전지적 독자 시점

전지적 독자 시점

Omniscient Reader's Viewpoint

싱숑 장편소설

비채

PART 3

02

일러두기
- 이 책은 e-book 《전지적 독자 시점》을 바탕으로 편집 및 제작되었습니다.
- 인명 등 고유명사는 국립국어원 외래어 표기법을 따르되, 입말로 굳은 단어 등은
  예외로 하였습니다.

60
Episode

파멸의 맛

1

「*꼬 장꼬 장한 녀 석.*」

[제4의 벽]도 저 벽을 아는 모양이었다.

멸살법에도 잠깐이지만 언급이 되기는 했다. 장하영의 [정체불명의 벽]과 마찬가지로 강력한 힘을 지녔으나, 그 유래가 밝혀지지 않은 벽 중 하나.

['선악을 가르는 벽'이 당신의 선악을 가늠합니다.]

['제4의 벽'이 콧김을 뿜습니다.]

['선악을 가르는 벽'이 당신의 존재를 가늠하는 데 혼란을 느낍니다.]

[선악을 가르는 벽]은 이 세계의 선악을 나누는 기준이다.

메타트론의 합리적 의심에 반응하여 스타 스트림의 선과 악을 분별하는 힘. 저 스킬이 누군가를 '악'이라 명명하면, '절대선'에 속하는 성좌는 그 결정에 대해 표결권을 가지게 되고, 그 결과는 즉각적으로 반영된다.

정희원의 [심판의 시간] 또한 저 '벽'의 개연성을 공유하는 힘이었다.

[당황하는군요. '벽의 주인'을 처음 보는 것도 아닐 텐데.]

"갑자기 꺼내실 줄은 몰랐거든요. 그래서 저를 '악인'으로 규정하실 겁니까? 그 결정은 예전에 철회된 걸로 아는데요."

[그럴 생각은 없습니다. 그대 말대로, 그대는 쓸모가 있으니.]

메타트론의 정확한 생각은 모른다. 다만 확실한 것은, 그가 나를 이용해서 앞으로 있을 〈에덴〉의 대멸망을 대비하고자 한다는 것.

[이 모든 세계의 ■■이 적힌 벽. 그대는 그곳에서 〈에덴〉의 멸망을 읽었겠죠. 그렇지 않습니까?]

나는 조금 놀랐다. 아무래도 이번 회차의 메타트론은 내가 알던 메타트론과는 조금 다른 듯했다. 그는 어렴풋하게나마 멸살법의 존재를 아는 것이다. 그리고 그것을 '최후의 벽'이라는 이름으로 부르고 있다.

내가 뭐라고 답하려는 순간, [제4의 벽]이 말했다.

「**김 독 자 쓸데 없 는 소리하 지마.**」

나는 도로 입을 다물었다. 메타트론이 말했다.

['벽'이 입단속이라도 시킨 모양이군요. 과연 최후의 벽에서도 가장 큰 파편답달까.]

"'최후의 벽'이라는 게 뭔지 아십니까?"

내 질문에 메타트론의 표정이 묘연해졌다.

[그건 정말 궁금해서 묻는 겁니까, 아니면 뭔가 다른 목적이 있어서 묻는 겁니까?]

나는 대답하지 않고 메타트론의 눈을 가만히 응시했다. 메타트론이 쓴웃음을 지었다.

[좋습니다. 그 대신 채널은 이제 꺼주시죠. 다들 〈에덴〉 관광은 충분히 하셨을 테니.]

그 말에 허공에서 간접 메시지가 폭발했다.

[성좌, '긴고아의 죄수'가 머리를 벅벅 긁습니다.]
[성좌, '심연의 흑염룡'이 손톱을 뜯으며 발광합니다.]
[성좌, '대머리 의병장'이 천국의 정경에 감동합니다.]
[일부 성좌가 에덴 관광에 만족합니다!]
[50,000코인을 후원받았습니다.]

〈명계〉에서도 그랬듯, 〈에덴〉을 궁금해하는 성좌들이 제법 많았던 모양이다.

바앗, 하는 소리와 함께 비유가 채널을 닫는 소리가 들렸다. 두툼하게 쌓인 책의 장정을 매만지며, 메타트론은 본격적인 이야기를 시작했다.

['최후의 벽'은 이 세계의 본질을 구성하는 벽입니다. 아주 오래전부터 존재했고, 조금씩 부서져왔으며, 끝내는 무너져 내린 벽이죠.]

메타트론의 손이 닿은 장정은 무척 낡아서, 스치는 것만으로도 부스러기가 떨어져 나올 지경이었다.

[제가 가진 '선악을 가르는 벽' 또한 그 벽의 파편 중 하나입니다.]

"몇 명이나 이런 '벽'을 가지고 있죠?"

[저도 확실히는 모릅니다. 아직 '그분'에게서 계시는 없었으니까요. 다만.]

나는 순간 메타트론이 말하는 '그분'이 누구일까 고민했다. 사실 미련한 고민이었다. 애초에 〈에덴〉에서 '그분'이라 칭해질 존재는 하나뿐이니까.

메타트론이 말을 이었다.

[모든 '벽'에는 의미가 있습니다. 어떤 '벽'은 선악을 가르고, 어떤 '벽'은 소통을 통제합니다. 그리고 어떤 '벽'은, 정해진 세계의 미래를 바꿀 수도 있고…….]

메타트론은 나를 보며 말꼬리를 흐리더니, 진지한 목소리로 말을 맺었다.

[나는 그대가 '정해진 멸망'을 바꿀 열쇠가 될 수 있다고 생각합니다.]

메타트론이 기대하는 바가 너무 명확해서 조금 부담스러울 지경이었다. 나는 일부러 자신 없는 투로 답했다.

"서기관께서도 '단 하나의 설화'를 만들고 계시겠지요."

눈치채기 힘들 정도의 짧은 망설임을 두고 메타트론이 대답했다.

[그렇습니다.]

"저는 이제 고작 '승'을 노리는 애송이입니다. 제가 그런 일을 할 수 있을 거라 생각하십니까?"

[어떤 설화가 마지막에 선택받을지는 아무도 모릅니다.]

메타트론이 집무실 창가로 고개를 돌렸다. 〈에덴〉으로 들어오는 볕이 메타트론의 수려한 얼굴을 비췄다. 덕분에 어떤 부분은 짙은 그늘에 가리었고, 어떤 부분은 비정상적으로 밝아졌다. 공평하지 않은 빛에, 일순간 메타트론의 얼굴은 기이하게 일그러진 것처럼 보였다.

[우리는 그저 이해할 수 있는 범주 안에서 경배의 방식을 정성껏 고르면 됩니다.]

아마도 그것이 메타트론이 생각하는 '이야기'일 것이다.

나는 메타트론을 가만히 바라보다가 입을 열었다. 슬슬 이쪽도 본론으로 들어가야 할 때였다.

"저를 어떤 용도로 이용하시든 상관없습니다. 다만 저도 조건이 하나 있습니다."

[그대는 화신 유상아를 살리기 위해 이곳에 왔겠죠.]

역시 이야기가 빨라서 좋다.

말투로 보아 메타트론은 성류 방송을 통해 유상아의 상세를 이미 파악하고 있는 듯했다.

[「의식의 흐름」은 무척 위험한 질병이어서, 개연성을 함부로 투자했다간 투자한 쪽도 큰 손실을 입습니다. 빠져나가는 설화의 급류에 함께 휩쓸리게 되니까요.]

"해결책은 없습니까?"

[있습니다. 다른 대천사처럼 이 동산에서 위대한 말씀을 믿고 실천하면…….]

"그건 〈에덴〉에 가입해야 하잖습니까. 그거 말고요."

[지금으로서는 화신체 자체를 극한까지 강화해 병증을 완화하는 것이 최선이겠군요. 기연이 될 만한 아이템을 구하는 편이 좋을 겁니다. 무림 인간들이 만든 '대환단' 정도로는 어림도 없고, '거대 설화'의 기적을 담은 성유과星遺果나 성유액星遺液 정도는 되어야 합니다.]

성유과와 성유액.

내 표정을 읽었는지 메타트론이 미소를 지었다.

[에덴에도 남은 성유과가 있긴 합니다만, 그대가 원하는 용도로 사용하기엔 무리입니다. 〈에덴〉의 성유과는 좀 특별하거든요.]

안다. 아마 지구인 중 〈에덴〉의 성유과가 무엇인지 모르는 사람은 없을 것이다.

"그럼 방법이 없군요."

나는 조금 낙담했다. 혹시 〈에덴〉이라면 가능하지 않을까 했는데, 아무래도 무리였던 모양이다.

그런데 메타트론이 말을 덧붙였다.

[어디까지나 〈에덴〉에는 방법이 없다는 이야기입니다.]

삐걱거리며 집무실 문이 열렸다. 높이 쌓인 책들을 무너뜨리며 집무실 안쪽으로 걸어 들어오는 한 사내. 눈부신 광휘에 덮인 화신체를 보며, 나도 모르게 전신의 격을 발동했다.

[오랜만이군, 구원의 마왕.]

✿ ✿ ✿

정희원은 반쯤 소풍 온 기분으로 〈에덴〉을 구경했다. 천사는 대부분 친절했고, 몇몇은 그녀에게 뭔가 묻기도 했다. 대부분 김독자나 유중혁에 관한 질문이지만 당연한 일이라 생각했다. 그 둘은 현재 한반도에서 가장 많이 주목받는 존재니까.

오히려 신경이 쓰이는 게 있다면, 아까부터 혼이 빠졌다 돌아오기를 반복하는 그녀의 배후성이었다.

"우리엘."

[응, 희원아.]

"있잖아요."

[응, 희원아.]

"제 얘기 안 듣고 있죠?"

[응, 희원…… 아?]

화들짝 놀란 우리엘이 정희원과 궁의 석판에 새겨진 계급표를 번갈아 보며 말을 더듬었다.

[무, 뭐…… 아, 맞아. 천사들 계급도를 설명하던 중이었지. 그러니까 우리 계급도는…….]

"그렇게 신경 쓰이면 직접 가서 보지 그래요?"

정희원이 궁의 '집무실' 쪽을 턱짓하며 말하자, 우리엘의 표정이 창백해졌다.

[그, 그게. 아니. 공과 사는 구분해야…….]

"〈에덴〉 설명은 나중에 해줘도 괜찮아요. 직접 마중 와준 것만도 고마워요."

그 무서운 '악마 같은 불의 심판자'가 이렇게나 허둥대는 걸 보며 정희원은 피식 웃었다. 십자 귀고리를 만지작거리며 입술을 잘근잘근 깨물던 우리엘이 고개를 들었다. 뒤이어 그녀에게서 흘러나온 목소리는 양털처럼 포근했다.

[김독자 보러 가도 돼?]

"그럼요."

정희원의 허락에 우리엘의 안색이 환하게 변했다. 그러나 다음 순간, 무슨 생각을 했는지 눈빛이 시무룩해졌다.

[아냐, 역시 안 되겠어.]

"왜요?"

[그게…….]

눈동자를 이리저리 굴리던 우리엘이 손가락을 꼼지락댔다. 그런 우리엘이 귀여워서 정희원이 피식 웃었다. 말이 배후성이지, 다 큰 여동생이 하나 생긴 느낌이었다.

우리엘의 침울한 얼굴을 보며 정희원이 물었다.

"독자 씨가 그렇게 좋으면 얼른 가서 봐야죠. 뭘 망설여요?"

그 물음에 얼굴이 발갛게 달아오른 우리엘이 횡설수설하며 손짓하더니, 이내 한숨을 푹 내쉬며 고개를 숙였다.

[그게, 뭔가 부끄러워서.]

"뭐가 부끄러워요? 맨날 간접 메시지 보내놓고."

[팬레터 보내는 거랑 직접 만나는 건 다르잖아.]

"지난번에도 만났다면서요? 별똥별의 연회인가 뭔가에서."

[그땐 그냥 화신체만 보낸 거고, 지금은 달라. 온라인 게임 아바타로 만나는 거랑 직접 만나는 거는 다르잖아.]

지극히 성좌다운 비유였다.

[그, 그렇다고 해서 너랑 함께한 모든 시간을 게임처럼 생각했다는 건 아냐! 그러니까 이건, 어디까지나 비유적인 뜻으로…….]

허덕대는 모습을 보며 정희원이 쓴웃음을 지었다. 아마 이것이 그녀의 배후성과 다른 성좌의 차이점일 것이다. 그리고 김독자가 우리엘만큼은 챙기는 이유도 이런 부분에 있을지도 모른다.

그때, 뭐라고 답하려던 정희원의 입술이 굳었다.

등줄기를 스치는 나쁜 예감. 멀찍이, 궁의 회랑을 돌아 누군가가 서기관의 집무실로 향하고 있었다. 정확히 김독자가 있는 방향이었다. 무척이나 갈무리된 격이었음에도, 스치는 인형人形을 보는 순간 정희원은 소름이 돋았다.

"우리엘. 저 성좌!"

정희원은 저 존재를 알고 있었다. 모를 수가 없었다. 왜냐하면 지난 '마왕 선발전'을 악몽으로 만든 장본인이니까.

고개를 돌리자 우리엘도 굳어진 표정으로 그쪽을 응시하고 있었다.

"당장 가보는 게 좋겠어요."

우리엘이 고개를 끄덕였다.

✿ ✿ ✿

거대한 열차가 궤도를 이탈하는 것 같은 환청이 귓가를 가득 메웠다.

그저 마주친 것만으로 여러 기억이 되살아나는 기분이었다.

이곳은 〈에덴〉이고, 저 성좌가 나를 공격할 일은 없다. 그럼에도 내 설화가 이토록 격렬히 반응하는 것은, 기억에 의거한 본능이리라.

태양 빛을 연상시키는 숭고한 목소리가 들려왔다.

[생각보다 예의가 없군. 지난 이야기를 아직도 반추하는가.]

"곱씹지 않으면 뒤통수를 맞는 게 스타 스트림이니까."

[성좌가 되었음에도 아직 필멸자의 사고방식에서 벗어나지 못했군. 별들은 그런 사소한 역사에 연연하지 않는다.]

사내의 몸통에 붙어 있는 네 개의 팔. 이마에 박힌 세 번째 눈이 오연한 시선으로 나를 내려다보고 있었다. '마왕 선발전' 당시의 처절했던 전투가 떠올라 간담이 서늘해졌다.

[수르야. 악마 사냥은 잘 다녀오셨습니까?]

메타트론의 말에, 수르야가 관심 없다는 듯 나를 스쳐 갔다. 지나치는 수르야의 허리춤에 악마 대공의 머리통이 매달려 있었다. 수르야는 그 머리통들을 끄집어 메타트론의 테이블에 올려놓았다.

머리 상태를 살피던 메타트론이 말했다.

[지원 보상은 성운을 통해 발송해드리겠습니다.]

아마 수르야는 〈에덴〉에서 하청 시나리오를 수주받은 모양이었다. 미카엘이나 우리엘처럼, 저 '지고한 빛의 신' 또한 악마종에게는 악몽이나 다름없으니까.

[아니, 그냥 지금 주면 좋겠군. 요즘 내 '성운'이랑 별로 사이가 안 좋아서 말이지.]

그렇게 말하며 수르야가 내 쪽을 흘끗 노려보았다.

메타트론이 답했다.

[이참에 〈에덴〉으로 오시는 것도…….]

[농담은 그쯤 하지. 용건은 끝났으니 이만 가보겠다.]

수르야는 그 말을 남기고, 보수를 받아 집무실 출구로 향했다. 멀어지는 뒷모습을 메타트론이 희미한 미소를 띤 채 응시하고 있었다.

어쩐지 허탈한 느낌이었다. 괜히 긴장하고 있었는데, 녀석이 여기 온 건 나와 상관없는 용무 때문이었다. 그런데 거칠 것 없이 나아가던 수르야의 발걸음이, 문 앞에 다다른 순간 우뚝 멈췄다.

[구원의 마왕, 네 동료 하나가 특수한 질병에 걸렸다고 들었다.]

수르야가 돌아보지 않은 채로 말을 이었다.

[원한다면, 내가 도와줄 수도 있는데.]

순간, 멸살법 속 정보가 머릿속을 빠르게 스쳤다.

「수르야는 <베다>의 여덟 로카팔라 중 하나.」

「그는 <베다>의 성유액이자 또 다른 로카팔라인 소마Soma의 기원 중 하나다.」

<베다>의 성유액 소마. 확실히 그것이라면, 유상아의 상태를 호전시킬 가능성이 있었다.

메타트론 쪽을 흘끗 돌아보니 의뭉스러운 표정으로 나를 향해 미소 짓고 있었다. 서기관은 처음부터 수르야가 올 줄 알고 있었던 것이다.

이런 책략가가 <에덴>에 있는데도 멸망을 막을 수 없었다니. 새삼 스타 스트림의 운명이 얼마나 혹독한지 실감했다.

나는 수르야 쪽을 돌아보지 않은 채로 물었다.

"뭘 원합니까?"

소마는 <베다>에서도 특권을 받은 신만 마실 수 있는 음료. 그런 귀품을 내주는데, 아무 조건이 없을 턱이 없었다.

지고한 빛의 신이 천천히 고개를 돌렸다. 악귀 같은 웃음이 수르야의 입가에 걸려 있었다.

[나는 〈올림포스〉의 파멸을 원한다.]

성큼성큼 다가온 수르야가 내 눈앞에 섰다.

나와 20센티미터 이상 차이가 나는 큰 키. 그가 내뿜는 격에 대항하기 위해, 나 역시 격의 일부를 개방했다. 집무실 안은 순식간에 나와 수르야의 기운으로 가득 찼다.

지금부터의 대화는 성좌와 성좌의 대화였다.

"〈올림포스〉의 파멸이라…… 〈베다〉의 뜻입니까, 아니면 당신의 뜻입니까?"

[그게 중요한가?]

"중요합니다."

지금쯤이면 거대 성운 사이의 트러블이 본격화될 거라 생각은 했다. '단 하나의 설화'를 추구한다는 점에서, 모든 거대 성운은 잠재적 경쟁 관계에 놓여 있으니까.

나를 엿 먹일 때는 서로 협력을 추구했다지만, 본래 〈베다〉나 〈올림포스〉, 그리고 〈파피루스〉는 견고한 농맹 관계가 아니었다.

[나는 〈올림포스〉도 〈베다〉도 마음에 들지 않아. 이 정도면 답이 되었나?]

애매모호한 대답이었다. 하지만 어떤 의미에서는 내가 원하던 대답이기도 했다.

멸살법 원작을 생각한다면 확실히 수르야는 〈베다〉에서도 이단적인 성좌였다.

"대답이 됐습니다."

[소마를 내주는 것 정도는 나 하나의 권한으로도 충분해. 내가 누구인지는 알고 있겠지?]

수르야는 불사의 음료인 소마의 출처. 그의 약속을 받아낸다면 소마를 얻는 데는 문제가 없을 것이다.

그나저나 일이 재미있게 되었다.

우리 이야기를 듣는 것이 즐거운지, 메타트론은 손가락을 까닥거리고 있었다. 나는 메트로놈처럼 움직이는 그 손가락을 보며 말했다.

"아직 질문이 하나 남았습니다. 〈올림포스〉의 파멸이라 함은 정확히 어떤―"

[60번 시나리오, 〈기간토마키아〉.]

"그건 그냥 테마파크 이벤트잖습니까. 고작해야 거신 몇 마리 소환해서 사냥 축제를 벌이는……."

[저쪽이 진지하지 않다면, 진지하게 만들겠다고 한 것은 그대일 텐데.]

언제 내가 한 말을 듣고 있었지? 이 자식도 비유 채널 구독좌인가?

[시나리오 하나 거꾸러뜨린다고 〈올림포스〉가 갑자기 멸망하지는 않겠지. 하지만 몰락으로 가는 단초를 제공할 수는 있을 것이다.]

"어떻게 말입니까?"

[방법은 그대가 이미 생각하고 있지 않나?]

수르야의 이마에 달린 '제3의 눈'이 희번덕거렸다. 나는 그 눈을 가만히 마주 보았다.

하긴 언제까지 한 발짝 물러서서 시치미만 뗄 수는 없겠지.

"저나 제 성운의 힘만으로는 무립니다. 그렇다고 아예 방법이 없는 건 아니지만 말입니다."

내 호언에 곁에 있던 메타트론의 손가락이 멎었다.

나는 메타트론을 보며 말했다.

"서기관. 당신이 저자를 이곳으로 불렀으니 책임을 지시죠."

[……어떤 책임 말입니까?]

"이 계약의 증인이 되어주시면 고맙겠습니다."

그러자 메타트론의 표정에도 흥미가 스쳤다. 줄곧 관망자이던 그의 표정이 책략가의 그것으로 변하고 있었다.

[제가 증인이 된다면 〈에덴〉에는 어떤 이득이 있습니까?]

"이번에 획득할 '거대 설화'의 지분을 나누어드리겠습니다."

거대 설화, 〈기간토마키아〉의 지분.

아무리 작위적으로 만들어진 시나리오라 해도, 거대 설화는 성운으로서도 무시할 수 없는 유혹이었다.

〈에덴〉의 대천사들이 하루에도 몇 번씩 사고를 치니, 그로 인한 개연성의 후폭풍을 무마하기 위해서는 막대한 '거대 설화'가 필요할 테지.

메타트론이 만족한 듯 고개를 끄덕였다.

"물론, 맨입으로는 안 됩니다."

[무슨 말이죠? 증언을 서는 것만으로도 조건은 충분……]

"겨우 그거 하나 해주고 '거대 설화'의 지분을 받아 가시려고요? 대천사의 양심은 어디로 갔습니까?"

['제4의 벽'이 고개를 끄덕입니다.]
['선악을 가르는 벽'이 자신의 주인을 유심히 바라봅니다.]

메타트론의 안색에 희미한 당혹감이 스쳤다. 어떤 양심은 때로 그 양심의 주인을 잡아먹는 법이다.

수르야가 고개를 절레절레 흔들며 중얼거렸다.

[과연 '마왕'이로군.]

['구원의 마왕'. 〈에덴〉에 원하는 것이 있습니까?]

나는 고개를 끄덕였다. 원하는 것이라면 많다. 앞으로 있을 〈기간토마키아〉에 대비하기 위해서는 한두 가지의 준비로는 부족하기 때문이다.

「김독자는 1,863회차를 떠올렸다.」

이제는 누구도 잃지 않을 것이다.

「김독자의 머릿속에 멸살법의 정보들이 떠올랐다 사라졌다.」

앞으로의 싸움에는 최상위권 성좌들이 참전할 가능성이 있었다. 수르야뿐만 아니라 〈베다〉의 또 다른 고위신─ 로카팔라들이 움직일 가능성도 있었고, 〈올림포스〉에서도 12주신

중 몇몇이 시나리오에 참가할 것이다.

그뿐인가?

'마왕 선발전' 때와 달리 고위급 마왕을 만나게 될 수도 있다. 그리고 어쩌면, 미카엘 같은 녀석도.

미카엘이라.

「마침내 김독자는 결정을 마쳤다.」

나는 메타트론 뒤쪽 진열대에 놓인 아이템 중 하나를 바라보며 말했다.

"제게 〈에덴〉의 성유물 중 하나를 주십시오."

☒ ☒ ☒

잠시 후, 수르야와 계약을 끝낸 김독자는 〈에덴〉의 출입 포털에 섰다. 들어올 때와 달리, 이번에는 당당히 정문에 선 모양새였다.

몇몇 천사가 배웅을 나왔다.

[벌써 가?]

정희원의 손을 꼭 잡은 우리엘이 섭섭하다는 듯 말했다. 그런 우리엘을 가만히 보던 정희원이 우리엘을 꼭 끌어안았다.

[웃……?]

처음에는 당황하던 우리엘도, 한발 늦게 정희원의 어깨에 얼굴을 푹 묻었다. 쑥스러움으로 가득한 얼굴이었다.

[성좌, '물병자리에 핀 백합'이 화신 '정희원'을 노려봅니다.]

어디선가 들려오는 가브리엘의 간접 메시지.

김독자는 잠시 뭔가 생각하는 듯 하늘을 바라보다가 정희원에게 말했다.

"감동적인 작별 인사를 방해해서 미안하지만, 희원 씨는 여기서 일주일 더 있다가 귀환하세요."

"네?"

"서기관에게는 따로 말해두었으니 걱정 마시고요."

갑작스러운 내 말에 우리엘이 눈을 동그랗게 뜬 채 물었다.

[정말? 그래도 돼?]

"그럼요. 대신 희원 씨 좀 단단히 훈련시켜주세요. 지난 삼년 동안 곁에 없으셨잖아요."

[응!]

환하게 웃는 우리엘을 뒤로하고, 김독자가 정희원을 바라보았다.

"희원 씨, 일주일 뒤 〈올림포스〉에서 만납시다."

"알았어요, 겁나 강해져서 갈게요. 그리고…… 고마워요."

짧은 악수를 마지막으로, 김독자가 포털 너머로 사라졌다. 몇몇 천사가 섭섭한 표정을 지었고, 또 어떤 천사들은 한숨을 내쉬었다.

잠깐의 이벤트가 끝났다는 듯, 천사들은 다시 각자의 자리로 되돌아갔다.

가브리엘은 멀리서 그 정경을 지켜보고 있었다.

[가브리엘.]

[서기관님.]

등 뒤에 나타난 메타트론을 향해 가브리엘이 고개를 꾸벅 숙였다.

[왜 그를 만나 이야기 나누지 않았습니까?]

가브리엘은 대답하지 않았다.

[요피엘의 일은 그대의 잘못이 아닙니다.]

[하지만……]

[요피엘은 강합니다. 자신의 임무를 제대로 수행하고 있어요. 그녀의 선택은, 분명 〈에덴〉의 멸망을 막을 단초가 될 겁니다.]

멸망이라는 말에 가브리엘의 맑은 눈이 흔들렸다.

뭔가 묻고 싶은 듯, 그녀의 입술이 살짝 열리는 순간.

[서신이 도착했습니다.]

허공에서, 메타트론을 향한 메시지가 도착했다.

놀랍게도 해당 메시지의 발신인은 '붉은 코스모스의 지휘관'이었다.

—이계의 신격, '은밀한 모략가'의 정체에 관한 보고.

메타트론은 허공에서 깜빡이는 보고서를 향해 손을 뻗으며 말했다.

[곧 진짜 전쟁이 시작될 겁니다.]

✖ ✖ ✖

전쟁터를 연상시키는 시끌벅적한 거리. 경매장으로 향하는 길목에, 무수한 좌판 상인이 온갖 종류의 아이템을 판매하고 있었다.

우뚝 멈춰 선 유중혁이 뒤쪽을 향해 말했다.

"빨리 와라."

말은 거칠게 하지만, 유중혁은 시종일관 이설화의 동태를 신경 쓰고 있었다. 혹여나 그녀가 다치지 않을까 지나치는 모든 성좌와 화신에게 희미한 격을 내뿜어댔고, 접근해오는 것이라면 생물이든 무생물이든 그 앞을 막아섰다. 몇몇 화신이 욕설을 지껄였지만 유중혁은 조금도 개의치 않았다.

"우리가 한쪽으로 비켜서서 걷는 게 좋지 않을까요?"

"보행자 우선이다."

그 뻔뻔함이 너무나 유중혁다웠기에, 이설화는 무슨 말을 하려다가 그냥 웃음을 터뜨리고 말았다.

유중혁이 물었다.

"왜 웃지?"

"중혁 씨는 회귀자라고 하셨죠."

"그렇다."

"그럼 이전의 삶에서도 절 만나신 적이 있나요?"

유중혁은 잠시 대답이 없었다.

"없다."

"그렇군요."

어색한 분위기가 두 사람을 갈랐다.

이설화는 유중혁의 옆모습을 보았다. 분명 곁에 있음에도 한참이나 먼 곳을 걸어가는 것 같은 사람.

이설화가 쓰게 웃으며 말했다.

"조금 천천히 가요."

"한눈팔 시간 따윈 없다."

"잠깐 한눈을 팔면 꽤 좋은 것들을 찾을 수 있답니다?"

이설화가 웃으며 손에 든 스킬북을 흔들었다.

[스킬북: 습도 보존]

스킬북을 확인한 유중혁이 눈을 가늘게 떴다.

"쓸데없는 스킬을 샀군."

벌써 스킬을 사용 중인지, 이설화의 뺨과 입술에 촉촉함이 감돌았다.

시나리오가 시작된 후 생필품을 구하기 어려워진 까닭에,

이런 생활 스킬들은 남녀를 불문하고 쏠쏠한 인기를 끌었다.

유중혁의 얼굴을 들여다보던 이설화가 말했다.

"중혁 씨도 필요하실 거 같아요. 손등이랑 입술이 다 텄잖아요. 이 도시는 기온이 전체적으로 낮아서 피부가 금방 건조해져요."

이설화가 무심결에 유중혁의 얼굴 쪽으로 손을 뻗자, 유중혁이 빠르게 고개를 돌렸다.

"전투 스킬 아니면 필요 없다."

"독자 씨도 이 스킬 있던데요?"

유중혁의 눈썹이 꿈틀거렸다.

"성좌들한테 인기 끌려면 이 정도는 필수로 가지고 있어야 한다면서……"

"그놈은 아이돌이라도 되고 싶은 모양이군."

유중혁이 으드득 이를 갈며 땅을 박찼다. 이설화는 그 모습을 재미있다는 듯 바라보았다. 왜인지는 모르겠지만, 이 냉정한 사내는 김독자라는 이름만 나오면 쉽게 화를 낸다.

자세히 보니 유중혁의 시선이 흘끗흘끗 가판대를 향해 움직이고 있었다.

―스킬북 50퍼센트 할인.

이설화가 싱긋 웃으며 말을 건넸다.

"하나 사드릴까요?"

유중혁의 걸음이 멎었다. 마음에 드는 아이템이라도 있나 싶었는데, 뭔가 심상치 않았다. 파르르 떨리는 주먹. 망막 깊숙한 곳에서 흘러넘치는 분노가 유중혁의 표정을 지배하고 있었다.

"중혁 씨?"

멀리서 보이는 경매장 입구. 그리고 그곳으로 들어가는 한 무리의 화신들. 찰랑이는 금발 머리.

이설화는 심장이 덜컥 내려앉는 느낌이었다. 살기를 억제하지 못한 유중혁의 손이 흑천마도 손잡이를 쥐고 있었다.

"중혁 씨, 잠깐만요!"

이설화는 본능적으로 유중혁의 팔을 붙잡았다. 저 금발 여자가 누구인지는 이설화도 알고 있었다.

'아스가르드의 예언자'.

언젠가 스치듯 이야기를 들은 기억이 났다. 지난 회차의 유중혁은 서 여자에게 배신당해서 죽었나.

"안 돼요. 여기서는. 아직 다른 일행들도—"

마음이 다급해진다. 아무리 유중혁이라고 해도, 이곳은 성좌의 경매장. 위인급부터 설화급에 이르는 성좌가 모여 있는 장소였다. 게다가 유중혁의 적은 지금 혼자가 아니었다. 섣불리 달려들었다간…….

"내 이럴 줄 알았지."

비꼬는 목소리에 뒤를 돌아보자, 한수영이 서 있었다.

"벌써 잊었냐? 김독자가 사고 치지 말랬잖아."

한수영이 한심하다는 듯 혀를 차며 손가락으로 코인을 튕겼다.

유중혁이 차가운 목소리로 답했다.

"네가 상관할 일이 아니다."

"왜 상관할 일이 아냐? 동료잖아."

"동료?"

유중혁의 입술이 일그러졌다.

"넌 아니다."

"뭐? 난 네가 맘에 들어서 이러는 줄 알아? 야, 네가 아무리 주인공이라도―"

"수영 씨!"

뒤늦게 달려온 일행들의 만류에 한수영이 이마를 짚으며 중얼거렸다.

"후우. 김독자, 유중혁…… 마음에 드는 놈이라곤 한 놈도 없어."

"안나 크로프트는 여기서 제거해야 한다."

"그래, 김독자가 참 잘했다고 하겠다."

"그 자식과는 아무 상관―"

"그냥 저 여자한테 한 방 먹일 수만 있으면 되는 거지?"

유중혁이 멈칫하더니 한수영을 바라보았다. 한수영은 그런 유중혁을 잠시 마주 보다가, 경매장 입구로 시선을 돌렸다.

"순진한 놈들. 나쁜 짓은 그렇게 하는 게 아냐. 이 누님이 하는 거 잘 봐라."

한수영의 손에 아이템 하나가 쥐어져 있었다. 유중혁의 눈동자가 흔들렸다.

"그건?"

"김독자한테 잠깐 빌렸지. 김독자는 모르겠지만."

한수영의 입가에 악동 같은 미소가 맺혔다.

"예언자의 '예언'이 어디까지인지, 한번 시험해보자고."

2

경매장은 '도깨비 보따리'나 일반 '거래소'에서는 구하기 힘든 성유물급 아이템을 구할 수 있는 몇 안 되는 장소였다.

그리고 예언자 '안나 크로프트'는, 이곳에서 꼭 얻어가야 할 아이템이 몇 가지 있었다.

"경호는 문제없겠죠?"

[물론이다. 애초에 이 경매장은 우리 〈올림포스〉의 법권 지대. 우리 가호가 있는 한 '별자리의 맥락'에서는 누구도 너를 건드릴 수 없을 것이다.]

"감사합니다."

안나 크로프트가 꾸벅 고개를 숙이자, 그녀를 보호하던 성좌들의 그림자가 사라졌다. 안나 크로프트가 곁에 있는 셸레나 킴을 향해 말했다.

"그럼 들어가죠."

"예."

셀레나 킴이 어두운 목소리로 대답했다.

경매장 통로를 걷는 내내, 안나 크로프트는 그런 셀레나 킴의 표정을 바라보았다. 누구에게나 친절하고 싹싹하던, 언제나 미소를 띠던 셀레나 킴은 언제부턴가 웃지 않게 되었다.

"셀레나."

"네."

사실 그게 언제부터인지 안나 크로프트는 잘 알고 있었다.

미식협. 정확히는 '구원의 마왕'을 만나고 나서부터다.

"아무것도 아닙니다."

고개 숙이며 다시 앞을 보는 셀레나 킴의 모습.

어느 정도는 '예언'하던 일이었음에도, 안나 크로프트는 이상하게도 고독한 기분이 들었다.

어떤 미래는 알고 있어도 제대로 대저할 수 없다. 특히 사람의 감정이란 것이 그러하다.

[제8611회 '별자리 경매'를 시작하겠습니다!]

그러나 지금은 그런 데 얽매일 때가 아니었다.

객석을 가득 채운 성좌와 화신들의 열기를 보며, 안나 크로프트는 자신의 결심을 재확인했다. 어디를 둘러보아도 만만한 '격'은 없다.

모두 그녀가 죽여야 할 적이었다.

[첫 번째 경매품입니다!]

경매를 진행하는 것은 단상의 준상급 도깨비였다.

안나 크로프트와 셀레나 킴은 미리 선점한 자리에 앉아 경매에 참가했다. 순식간에 몇 가지 아이템이 팔려나갔고, 안나크로프트도 몇 가지를 샀다.

[만티코어의 이빨]

[에인션트 드래곤의 비늘 조각]

[늙은 예티의 가죽]

그녀가 매입한 것은 주로 희귀한 재료 아이템이었다. 모두 [미래시]를 통해 확인한 아이템이었고, 목록에는 한 치의 오차도 없었다.

거신병을 제작하려면 반드시 이 아이템이 필요하다.

낙찰 경쟁에 참가한 화신이 있었지만, 이미 [미래시]를 통해 그들의 최고 낙찰가를 확인했기에 물품이 낙찰되는 데는 아무 문제도 없었다.

목록 점검을 마친 안나 크로프트가 자리에서 일어섰다.

"대충 끝난 것 같군요. 그럼 슬슬……."

[자, 오늘의 특별 상품이 들어왔습니다!]

별안간 무대 쪽에서 들려온 목소리에, 안나 크로프트가 흠칫 고개를 돌렸다.

안나 크로프트의 반응에 셀레나 킴이 물었다.

"왜 그러십니까?"

"아무것도 아닙니다."

표정이 굳어진 안나 크로프트가 경매장을 노려보았다.

[이것은 '헌 집 두꺼비'라 불리는 아이템입니다!]

—꾸룩, 꾸룩.

[하하, 귀엽죠? 이래 봬도 이 아이템은 '성유물'급 아이템으로…….]

—헌 집 주 면 새 집 줄 게. 헌 집 주 면 새 집 줄 게.

[말도 제법 할 줄 아는 녀석이죠. 아직 이 경매품은 상품 감정이 끝나지 않은 상태긴 합니다만, 분명 엄청난 가치의—]

저런 아이템은 '예언'에 없었는데?

이미 [미래시]를 통해 경매품 목록은 전부 확인했다. 그런데 그녀가 본 단편 미래 어디에도 저런 아이템은 출품된 적이 없었다.

그렇다는 것은, [미래시]를 흔드는 어떤 변수의 개입이 있다는 것.

안나 크로프트는 〈올림포스〉 성좌들이 있는 쪽을 흘끔 보았다. 안심하라는 듯, 몇몇 성좌가 고개를 끄덕여 보였다.

그녀는 망설이지 않고 무대를 향해 '대악마의 눈동자'를 발동했다. 붉은빛을 뿌리며 밝게 타오르는 눈동자. 그리고 잠시후, 안나 크로프트의 망막에 아이템 '헌 집 두꺼비'의 숨겨진 기능이 떠올랐다.

"저건 사야 돼."

"……안나 님?"

[최초 경매가는 '50만 코인'입니다!]

도깨비의 말이 떨어지자마자, 안나 크로프트는 곧바로 입찰을 신청했다.

"60만 코인."

생각보다 큰 금액이지만, 헌 집 두꺼비는 그럴 가치가 있는 아이템이었다.

> 이 아이템은 전설급 설화를 품고 있습니다.
> 이 아이템은 '낡은 아이템'을 먹어치운 뒤 동급의 '새 아이템'으로 교환해줍니다.

기능 자체는 간단했다. 낡은 아이템을 먹고, 동급의 다른 아이템을 뱉는다. 말은 간단하지만 그 응용은 무궁무진한 아이템이었다.

"성운에 연락해서 최대한 많은 코인을 끌어모으세요."

"왜 저런 아이템을……."

"저것만 있으면 우리가 원하는 아이템을 언제든 손에 넣을 수 있습니다."

아직 다른 성좌나 화신들은 저 두꺼비의 쓰임새를 모르는 모양이었다. 그러니 낙찰받을 기회는 바로 지금뿐이었다.

[현재 최고 입찰가 60만 코인입니다! 더 없으시면…….]

그런데 그때.

"70만 코인."

누군가가 입찰을 신청했다.

[오오! 70만 코인 나왔습니다!]

그녀가 앉은 객석 정반대 편에 입찰을 신청하는 불빛이 들어와 있었다.

햇볕을 흡수하는 거무튀튀한 마도魔刀.

안나 크로프트의 표정이 굳어졌다.

[입찰자는 화신 '유중혁'입니다!]

⌘ ⌘ ⌘

안나 크로프트에 이은 유중혁의 등장에, 경매장 곳곳에서 작은 소란이 일었다. 두 사람 모두 지구 시나리오에서는 유명한 화신이기 때문이다.

"안나 님, 잘못하면……."

"설마 패왕이 이곳에 있을 줄이야."

오히려 불이 붙은 것처럼, 안나 크로프트가 웃고 있었다. 그녀는 손을 들어 외쳤다.

"80만 코인!"

[화신 '안나 크로프트', 80만 코인!]

"90만 코인."

[90만 코인! 바로 90만 코인 나왔습니다!]

유중혁도 지지 않았다.

꼬리에 꼬리를 무는 경매 전쟁. 금액이 100만 코인을 넘어서자 경매장 분위기도 후끈 달아오르기 시작했다. 자칫하면 가격 거품이 낄 수 있는 상황이지만, 안나 크로프트는 여유로웠다.

'당신은 날 이길 수 없어.'

츠츠츠츳!

짧은 두통과 함께 밀려오는 현기증. 안나 크로프트의 망막 속으로 미래 단편의 일부가 떠올랐다. 찰나의 [미래시]를 통해, 그녀는 유중혁이 낼 최대 금액을 읽어내는 데 성공했다.

"128만 코인."

[화신 '안나 크로프트', 128만 코인입니다!]

안나 크로프트의 입찰에도 유중혁은 말이 없었다. 예상대로였다.

[자, 더 입찰할 분 없으시면…….]

안나 크로프트가 미소를 지었다.

128만 코인은 굉장히 큰 금액이지만 손해라고 보기는 어려웠다. 헌 집 두꺼비는 그만한 가치가 있는 아이템이고, 저걸 얻기만 한다면…….

"200만 코인!"

바로 위에서 들려온 여자 목소리에, 안나 크로프트의 몸이 휘청했다. 놀란 것은 그녀만이 아니었다.

[200만 코인 말씀이십니까? 갑자기 그런 금액을…….]

"이 구역 신흥 부자 한수영 님 등장이시다."

[누구신지······.]

"나 몰라? 흑염마황 한수영. 〈한수영 코퍼레이션〉의 대표이
사이자, 〈김독자 컴퍼니〉의 실질적 권력자다."

그 말에 곁에 있던 이현성이 깜짝 놀라 물었다.

"수영 씨, 진짭니까? 대체 언제······."

안나 크로프트는 눈을 가늘게 뜬 채 한수영을 노려보았다.

한반도의 흑염마황. 안나 크로프트도 익히 알고 있는 이름
이었다.

"무슨 수작이죠, 흑염마황?"

"저 두꺼비가 무지 갖고 싶어서 말이야."

안나 크로프트는 다시 한번 [미래시]를 발동했다. 아무리
초단기간의 미래 예측이라 해도, 하루에 [미래시]를 이렇게
많이 사용하면 몸에 엄청나게 부담이 간다. 하지만 지금은 어
쩔 수 없었다. 이미 이 싸움은 자존심 걸린 대결이 되었기 때
문이다.

츠츠츠츳, 하는 소리와 함께 안나 크로프트의 눈앞에 한수
영이 낼 최대 금액이 떠올랐다. 그리고 얼마나 지났을까. 화신
체의 과부하로 흘러내린 코피를 슥 닦은 안나 크로프트가 입
을 열었다.

"300만 코인, 입찰하겠습니다."

"안나 님!"

깜짝 놀란 셀레나 킴이 외쳤다. 그러나 안나 크로프트는 요

지부동이었다.

"사야 합니다."

안나 크로프트의 [미래시]에 떠오른 한수영의 금액은 '299만 9,999코인'이었다.

[300만 코인 나왔습니다!]

기쁨에 어깨춤을 추는 도깨비의 모습. 객석에서 커다란 환호성이 터져나왔다.

[역시 '예언자'다!]

[약삭빠르고 교활하다 들었는데, 통도 큰 작자였군.]

객석은 열광에 휩싸였지만 안나 크로프트는 조금도 들뜨지 않았다.

"안나 님, 300만 코인은 과해요. 이건 너무 큰 손해라고요!"

"도깨비 대출을 받으면 됩니다."

"그렇게까지 해서……."

"손해는 봤지만, 어떤 의미에서는 손해도 아닙니다. 저들에게 내주지 않은 것만으로도 손해를 면하는 셈이니까요."

"그게 무슨……."

"이렇게까지 입찰을 따라왔다는 것 자체가, 저들도 이 아이템이 간절했다는 이야깁니다."

안나 크로프트는 이쪽을 쏘아보는 한수영과 〈김독자 컴퍼니〉의 일행들을 마주 바라보았다. 여기까지 왔다는 것은, 저들 또한 〈기간토마키아〉에 참전할 가능성이 높다는 뜻. 언젠간 맞부딪칠 상대라면, 지금 기를 꺾어놓을 필요가 있었다.

실제로 한수영은 졌다는 듯 양손을 들어 올리고 있었다.

"이런. 별수 없네. 우리가 졌어. 완전히, 100퍼센트 져버렸다네."

"……."

"이래서 세상은 불공평해~ 금수저 화신한테는 이길 수가 없다니까?"

뭔가 느낌이 이상했다.

분명 낙찰받은 건 이쪽인데, 왜 저쪽이 즐거워 보이지?

[자, 물건을 낙찰받으실 분은 단상으로 내려와주시기 바랍니다.]

도깨비의 부름에 안나 크로프트가 단상으로 향했다. 그 와중에도 찜찜한 기분은 사라지지 않았다.

킬킬거리며 이쪽을 보는 한수영과 무표정한 유중혁의 얼굴.

[미래시]를 사용해 미래를 읽고 싶지만 벌써 오늘의 제한치를 모두 사용한 후였다.

'잠깐, 설마?'

마침내 경매품 앞에 섰을 때 안나 크로프트는 반사적으로 물었다.

"이 상품, 출품자가 누군가요?"

[그게, 〈김독자 컴퍼니〉의…….]

"사지 않겠습니다."

[예?]

도깨비가 황당하다는 표정을 지었다.

[이미 낙찰된 상품을 환불할 수는 없습니다. 금액을 지불하지 않으시면—]

"이건 명백한 사기입니다. 당장 낙찰을 취소해주세요."

[사기라뇨?]

안나 크로프트의 손가락이 〈김독자 컴퍼니〉 일행들을 가리켰다.

"저들이 편을 먹고 인위적인 가격 경쟁을 유도했습니다. 애초에 저들은 이 물건을 살 생각이 없었다는 얘깁니다."

안나 크로프트의 주장에 한수영이 혀를 차며 말했다.

"뭔 소리야? 진짜 살 거였거든?"

"설령 정말 살 생각이었더라도 이 경매는 무효입니다. 저 사람들은 이 상품의 출품자니까요. 출품자 본인의 경매 참가는 금지되어 있지 않습니까?"

그 말에 한수영과 유중혁이 서로 마주 보았다.

도깨비가 말했다.

[그건 그렇습니다. 확실히 출품자 본인이 자기 상품의 경매에 참가하는 것은 금지되어 있습니다.]

안나 크로프트는 그럴 줄 알았다는 듯 고개를 끄덕였다.

"출품자를 확인해보십시오. 분명 경매품의 출품자는 저 둘 중 하나일 테니까요."

[좋습니다. 잠시만 기다려주십시오.]

〈김독자 컴퍼니〉 일행들 사이로 곤란한 표정이 번졌다. 반면 안나 크로프트의 표정에는 안도감과 승리감이 번지고 있었다.

꽤 괜찮은 함정이었다. 하마터면 '예언자'인 그녀조차 당할 뻔했으니까.

그런데 출품자를 확인한 도깨비가 고개를 갸웃했다.

[이상하군요. 그들 중 출품자는 없습니다.]

"예?"

한수영이 피식 웃으며 말했다.

"내가 말했잖아? 아, 정말 갖고 싶었는데 그 두꺼비……."

"그럼 출품자는 대체……."

그 순간, 경매장 문이 활짝 열렸다. 경매장 바깥의 눈부신 빛살과 함께, 백색의 코트가 바람에 흔들렸다.

백색 코트의 사내는 한수영과 유중혁을 흘끗 보고는 휘적 휘적 이쪽으로 걸어왔다. 마침내 단상 위로 올라온 사내는 안나 크로프트도 익히 아는 자였다.

반갑다는 듯 미소를 지은 사내가 악수라도 청하는 것처럼 손바닥을 내밀었다.

"300만 코인입니다."

김독자였다.

3

내가 때마침 올 수 있었던 것은 한수영이 보낸 메시지 덕분이었다.

한수영이 '헌 집 두꺼비'를 가져갔다는 건 이미 알고 있었다. 그만한 아이템을 몰래 빼 가는데 모르는 게 오히려 이상한 일이다.

―예언자 엿 먹이는 거 구경 올래?

마침 경매장을 확인해볼 생각이었기 때문에 고민은 길지 않았다.

안나 크로프트가 내 예상대로 움직이는지도 확인해야 했고.

―왔군.

―타이밍 맞춰서 잘 왔네?

동시에 들려오는 '한낮의 밀회' 메시지. 일시적으로 일어난 혼선에, 유중혁과 한수영이 서로 바라보았다.

"뭐냐."

"내가 할 말이야. 너도 '한낮의 밀회' 있어?"

으르렁거리는 두 사람을 보고 있자니 피식 웃음이 나왔다.

앞을 보자, 완전히 표정을 잃어버린 안나 크로프트의 모습이 보였다.

나는 주먹을 쥐었다 폈다 하며 그녀를 도발했다.

"뭐 하십니까. 300만 코인 주셔야죠."

미식협 이후 첫 만남이었다.

안나 크로프트의 곁에 선 셀레나 킴이 나를 보고는 가볍게 묵례했다. 안나 크로프트가 눈가를 살짝 찡그리며 물었다.

"이 상품 출품자가 당신이라고요?"

"그렇습니다."

"당신이 이런 수준의 아이템을 획득할 수 있을 리가 없습니다. 이 아이템은 최소 후반부 시나리오에서나 얻을 수 있는 물건이에요."

아직까지 현실을 부정하는 모양이었다.

나는 대답 대신 도깨비 쪽을 일별했다. 그러자 도깨비가 대답했다.

[출품자는 〈김독자 컴퍼니〉 소속 성좌 '구원의 마왕'. 확인 결과 이분이 맞습니다.]

도깨비까지 사실을 증언하자 안나 크로프트의 안색이 한층 더 창백해졌다.

300만 코인. 현시점에서 화신 단일의 재력으로 그 정도 코인을 가진 존재는 스타 스트림에 없을 것이다. 그만한 돈이면, 어지간한 설화급 성좌에게도 부담이 되는 금액이니까.

멀리서 한수영이 이죽거렸다.

—야, 300만 코인 '반띵' 하는 거지? 나 아니었으면 없는 돈이었다?

안나 크로프트는 떨리는 주먹을 잠시 쥐었다가, 셀레나 킴을 한 번 보고는 다시 나를 향해 고개를 돌렸다.

"미안하지만, 낙찰가는 줄 수 없습니다."

어느새 안나 크로프트의 표정은 평소의 그것으로 돌아와 있었다.

"물건을 받지 않는 대신 위약금을 지불하겠습니다."

예언자다운 신중한 선택이었다.

지금 그녀의 자금 현황으로 300만 코인을 구하기는 어려울 것이다. 더군다나 그 코인이 고스란히 내 수중에 들어온다는 사실을 안 이상, 구태여 상품을 구매하려는 욕심도 싹 사라져 버렸겠지.

[등장인물, '안나 크로프트'에 대한 이해도가 상승합니다!]

나는 고개를 끄덕이며 말했다.

"뭐, 좋을 대로 하시죠."

정색이 된 한수영이 나를 노려보았다.

—야, 돌았어? 300만 코인이라고!

—우리한테도 이쪽이 이득이야.

안나 크로프트 말마따나, 헌 집 두꺼비는 상당히 유용한 아이템이다. 특히 곧 있을 〈기간토마키아〉를 생각하면 더욱이. 지금은 여기서 300만 코인을 받는 것보다, 아이템을 가지고 있는 편이 더 낫다.

도깨비가 말했다.

[위약금은 최초 입찰가인 50만 코인입니다.]

아무것도 안 주고 50만 코인을 받을 수 있다니, 이쪽으로서는 고마울 따름이었다.

안나 크로프트는 잠시 뭔가 생각하더니, 손가락 끝에 코인을 형상화했다. 그런데 그녀가 꺼낸 것은 50만 코인이 아니라 100만 코인이었다.

"구원의 마왕, 저랑 내기 하나 하겠습니까."

"내기라면 나도 좋아하지만, 지금은 그리 한가하지가 않아서요."

"그래요? 이런 짓까지 벌이기에 시간이 남아도는 줄 알았어요."

유치한 도발에 나는 웃었다.

이거, 갑자기 재미있어지는군.

안나 크로프트가 계속해서 말했다.

"내기를 해서 당신이 이긴다면 위약금의 두 배인 100만 코인을 드리죠."

"당신이 이겼을 때 뭘 얻게 되는지가 더 궁금한데요."

"얻어요? 제가? 이 내기를 통해서?"

안나 크로프트가 과장된 비웃음을 흘렸다. 나는 잠자코 다음 말을 기다렸다.

"제가 이기면 이 이야기는 없던 일로 하고, 각자 갈 길을 가면 됩니다."

붉게 빛나는 안나 크로프트의 눈동자를 보며, 나는 멸살법의 오래된 문장을 떠올렸다.

「안나 크로프트는 타고난 도박사다. 시나리오가 시작되기 오래전부터, 그녀는 '라스베이거스의 예언자'로 불리었다.」

나는 입을 열었다.

"이상한 내기군요. 난 아무것도 안 해도 50만 코인을 받을 수 있는데, 뭐 하러 그런 도박을 해야 합니까?"

"질까 두려운 모양이군요. 하긴 제게 지면 '패배 설화'가 생길 수도 있을 테니까."

이것 봐라.

[성좌, '긴고아의 죄수'가 당신의 선택에 주목합니다.]

[성좌, '은밀한 모략가'가 당신의 선택에 주목합니다.]

[성좌, '악마 같은 불의 심판자'가 당신이 이 내기를 거절하길 바랍니다.]

채널의 간접 메시지까지 들려오자, 안나 크로프트의 입가에 미소가 더욱 짙어졌다.

"구원의 마왕. 보는 눈이 아주 많습니다."

[다수의 성좌가 당신의 선택을 궁금해합니다.]
[일부 성좌가 당신의 소심함을 비난합니다.]

〈기간토마키아〉를 앞둔 지금 같은 상황에서 성좌들 여론은 생각보다 중요했다. 내 행동에 따라 동맹이나 지원군이 생길 수도 있고, 적이 생길 수도 있었다.

그나저나, 이렇게 도발해오시겠다 이거지.

나는 미소를 지으며 입을 열었다.

"내기 조건을 조금 바꾸는 건 어떻습니까?"

안나 크로프트의 눈동자에 이채가 스쳤다.

[성좌, '드러누운 드래곤'이 당신의 말에 흥미를 갖습니다.]

"조건이라. 내기 금액을 더 올려주길 원합니까?"

"코인은 그 정도면 됐고, 다른 조건을 하나 더 걸었으면 싶은데요."

"다른 조건?"

"내가 이긴다면 셀레나 킴에게 걸려 있는 '주종 서약'을 풀어주시죠."

[성좌, '정의와 화목의 친구'가 당신의 말에 깜짝 놀랍니다.]
[성좌, '악마 같은 불의 심판자'가 당신의 말에 고개를 끄덕입니다.]

셀레나 킴의 눈동자가 흔들리고 있었다.

아마 셀레나 킴은 '별자리의 맥락'을 지나며 '별의 증명'의
구속을 받았을 것이다. 안나 크로프트가 자신이 통제할 수 없
는 자를 곁에 두었을 리가 없으니까.

안나 크로프트는 조금 당황한 모양새였다.

"구원의 마왕! 그건."

"〈아스가르드〉의 개연성을 빌리면 셀레나 킴 하나 정도는
충분히 해방시켜줄 수 있을 텐데?"

'별의 증명'으로 맺어진 주종 관계를 푸는 것은 안나 크로프
트에게도 상당한 부담이 될 것이다. 애초에 주종 관계를 맺었
다는 것 자체가 그녀가 셀레나 킴을 온전히 신뢰하지 못한다
는 증거니까.

잠시 고민하던 안나 크로프트가 대답했다.

"좋습니다."

셀레나 킴이 놀란 눈으로 나를 보았다.

허공에서 비유의 목소리가 들렸다.

[바아앗!]

[다수의 성좌가 해당 '내기'의 시나리오 승격을 요청합니다!]

[성좌들의 승격 요청이 받아들여졌습니다.]

[새로운 서브 시나리오가 도착했습니다!]

〈서브 시나리오 - 파멸의 한탕〉

분류: 서브

난이도: ???

클리어 조건: 안나 크로프트와 '구원의 마왕'이 내기를 시작했습니다. 해당 내기를 관망 중인 구독좌와 화신들은 내기에 코인을 걸 수 있습니다.

제한 시간: —

보상: 내기에 승리한 구독좌는 비율에 따른 배당금 획득 가능

실패 시: —

[성좌, '긴고아의 죄수'가 50,000코인을 걸었습니다!]

[성좌, '심연의 흑염룡'이 50,000코인을 걸었습니다!]

[성좌, '대머리 의병장'이 1,000코인을 걸었습니다!]

흥미롭게도, 이번 시나리오는 나와 안나 크로프트가 아닌 다른 존재도 적극적으로 참가할 수 있었다.

깜짝 놀란 한수영이 '한낮의 밀회'를 통해 외쳤다.

─야! 너 대체 무슨 생각이야!

─내기에서 이길 생각.

나는 안나 크로프트를 향해 입을 열었다.

"내기 내용을 말하시죠."

"간단합니다."

안나 크로프트는 '1,000,000C'라 적힌 코인을 허공으로 던졌다. 코인은 팽그르르 돌면서 상공 30미터가 넘는 지점까지 솟아오르더니, 이내 허공에서 우뚝 멈춰 섰다.

"저 코인을 당신 손으로 직접 가져가시면 됩니다."

내기 내용을 들은 성좌들이 경악하는 소리가 들려왔다.

[성좌, '심연의 흑염룡'이 깜짝 놀랍니다.]

[성좌, '심연의 흑염룡'이 자신의 코인을 돌려달라 말합니다!]

한수영이 인상을 찌푸렸다.

[성좌, '심연의 흑염룡'이 화신 '한수영'의 시선을 피합니다.]

부유 스킬이 걸려 있는지, 코인은 제자리에서 가만히 맴돌고 있었다.

얼핏 보면 너무 간단하고 쉬웠다. 그냥 스킬을 사용해 점프한 뒤, 저 코인을 가져가면 끝인 셈이니까. 하지만 내기가 간단하다는 것은 그만큼 함정이 치밀하다는 이야기였다.

한수영이 외쳤다.

—야, 김독자. 저거 함정인 거 알지?

나도 알고 있었다. 안나 크로프트는 절대로 자신이 질 내기는 시작하지 않는다.

"내기 내용에 동의하십니까?"

"좋아."

[내기 성립이 완료됐습니다!]

나는 허공에서 회전하는 코인을 가만히 바라보았다. 다수 성좌가 지켜보는 상황이니, 코인에 이상한 짓을 하지는 않았을 것이다. 즉 저 코인 자체가 아니라 다른 곳에 함정이 있다는 뜻.

[전용 스킬, '책갈피'를 활성화합니다!]

[전용 스킬, '바람의 길 Lv.11(+1)'이 활성화됐습니다!]

30미터는 꽤 높고, 일반인이라면 맨손으로 저 코인을 가져오기는 불가능에 가깝다. 하지만 이 세계에 시나리오가 시작된 이후 나는 일반인이 아니었다.

슈우우우!

[바람의 길]을 발동하여 가볍게 점프하자, 내 몸은 쾌속하

게 상공을 향해 솟아올랐다.

코인까지 남은 거리는 10미터.

츠츠츠츠츳!

그때, 누군가가 내 앞을 가로막았다.

[성운, <올림포스>의 개연성이 당신에게 반응합니다!]

한 사람이 아니었다.

객석 곳곳에서 솟구치는 강력한 격. 몇몇 성좌의 화신체가 내 앞을 막아서고 있었다.

[구원의 마왕. 당장 스킬 발동을 취소해라.]

진언에서 느껴지는 격의 파장이 익숙했다. 내 앞을 막아선 이들은 <올림포스>였다. 위인급 성좌 셋에, 설화급 성좌 하나.

나는 차가운 목소리로 말했다.

"무슨 짓입니까?"

[이곳에서 '전투 스킬' 발동은 금지되어 있다. 모르는가?]

성좌들 사이에서 익숙한 인형이 튀어나왔다.

머리 위에 뱅글뱅글 도는 작은 운석들을 가진 성좌.

나는 녀석의 수식언을 알고 있었다.

왜냐하면 저 녀석은 <올림포스>에서도 제법 끗발이 있는 성좌니까.

'헤매는 공포'.

객석에서 누군가가 외쳤다.

['헤매는 공포', 포보스다! 아레스의 아들이야!]

올림포스의 12신좌. '흉포의 군신'에게는 아들이 하나 있다. 전쟁이 낳은 '공포'의 신. 이 녀석이 바로 '헤매는 공포'라 불리는 포보스였다.

나는 안나 크로프트를 내려다보았다. 보아하니 이 녀석이 안나 크로프트가 믿는 뒷배인 모양이었다.

"구원의 마왕, 뭘 하고 계시죠? 어서 코인을 가져가시죠."

안나 크로프트가 도발하듯 말을 이었다.

"아니면 깔끔하게 패배를 인정하는 것도 나쁘지 않겠군요."

나는 객석에 자리 잡은 성좌들을 천천히 둘러본 뒤, 내 앞을 막아선 포보스를 다시 바라보았다.

오래된 멸살법의 정보들이 머릿속을 스쳐 갔다.

「'별자리의 맥락'에서 가장 커다란 힘을 행사하는 성운은 <올림포스>다. 개중에서도 특정 구역은 성운의 힘이 극대화되는 성소인데, 가장 대표적인 곳이 바로 '경매장'이다.」

이것이 바로 안나 크로프트가 그토록 여유로울 수 있었던 이유였다.

47번 시나리오 지역인 '별자리의 맥락'을 통해 진출할 수 있는 가장 큰 이벤트는 <기간토마키아>. 그러니 최고 주최자인 〈올림포스〉의 위세는 이곳에서 누구보다 강력할 수밖에 없었다.

"뭔가 오해가 있는 것 같은데, 난 당신과 싸울 생각이 없습니다."

[거듭 말하지만 스킬을 거두고 네 자리로 돌아가라. 그러지 않으면 '법권 지대'의 권한으로 너를 구속할 것이다.]

말이 안 통하는 상대였다.

[성좌, '긴고아의 죄수'가 〈올림포스〉의 완고함에 감탄합니다.]

만약 여기서 내가 스킬을 사용해 코인을 회수한다면, 저 성좌들은 반드시 내게 '법권 지대'의 권한을 행사할 것이다. 즉, 안나 크로프트는 처음부터 내가 스킬을 사용할 수 없다는 것을 알고 이 내기를 꾸민 것이었다.

나는 포보스를 향해 말했다.

"먼저 스킬을 사용한 건 안나 크로프트입니다. 그쪽 말대로라면 저 여자부터 처벌해야 하지 않습니까?"

[화신 안나 크로프트는 〈올림포스〉에게서 스킬 사용을 이미 승인받았다.]

"그럼 저도 승인해주시죠."

[너는 안 된다.]

"왜죠?"

[자세한 것은 말할 수 없다. 경매는 끝났으니 일행들과 함

께 이곳에서 떠나라.]

안나 크로프트가 특유의 모호한 미소로 나를 보고 있었다.

어이가 없어서 속으로 웃음이 나왔다.

그래, 여기까지 계산하고 있었다 이거지?

멀리서 이야기를 듣던 한수영이 욕설을 내뱉었다.

"뭐 그딴 개소리가 다 있어! 지금 장난쳐?"

어느덧 유중혁도 흑천마도를 빼 들고 있었다. 순한 이현성조차 글러브를 손에 꽉 끼우며 목을 풀고 있었다.

나는 한수영을 향해 경고했다.

—일행들 말려. 절대 섣불리 움직이지 마.

—뭐? 넌 지금 이게 말이 된다고 생각해?

—여기서 싸우면 저 녀석들 생각대로 돼.

—지금 저 여자 계략에 놀아나주겠다는 거야?

—그럴 리가 있나.

나는 안심하라는 표시로 손을 흔들어준 뒤, 포보스를 돌아보았다.

"그럼, 예정대로 코인은 가져가겠습니다."

[뭐?]

그와 동시에 나는 스킬을 발동했다.

[거대 설화, '마계의 봄'이 이야기를 시작합니다!]

갑작스레 개방된 거대 설화에, 성좌들의 안색이 하얗게 질렸다.

설마 내가 격을 개방할 줄은 몰랐는지, 깜짝 놀란 포보스가 외쳤다.

[구원의 마왕. 무슨 생각인지는 모르겠지만, 너는 실수하고 있다.]

"실수? 뭔 실수?"

[이곳은 우리 성운의 '법권 지대'다. 난동을 부리게 되면 개연성의 구속을 받는다는 것을 알지 못하는가?]

쓰읍 숨을 들이쉰 나도, 곧바로 진언으로 대답했다.

[그래서? 뭐 어쩌라고?]

[뭣이?]

[넌 모르겠지만, 내가 그동안 꽤 많이 참았거든? 너희가 내 '운명' 가지고 놀 때부터 말이야.]

포보스는 아레스의 아들.

아마 이 녀석도, 내 지랄 같은 운명을 만드는 데 한 손 거들었을 것이다.

[무슨!]

[구속이든 예언이든 다 해봐. 너희한테 그럴 만한 능력이 있다면.]

쿠구구구구구!

마계의 설화가 [전인화]의 마력에 깃들었다. 백청의 마력에 검은 마력이 그러데이션처럼 번져갔다.

아직도 사태를 파악하지 못한 포보스가 외쳤다.

[네놈! 지금 감히 〈올림포스〉에게 적대하겠다는……!]

[〈올림포스〉의 12신좌들에게 전해.]

나는 나를 향해 격을 키우는 포보스에게 있는 힘껏 주먹을 휘둘렀다.

[〈김독자 컴퍼니〉는 아주 공격적으로 회사의 몸집을 키울 생각이라고.]

경매장의 중심에서 일어난 폭발과 함께, 피떡이 된 포보스의 화신체가 허공을 날았다. 연속으로 쏟아진 [전인화]의 전격에 포보스의 화신체가 끔찍한 비명을 지르며 바닥 깊숙한 곳으로 처박혔다.

[다수의 성좌가 당신의 행동에 경악합니다!]

[성운, 〈올림포스〉가 당신의 행동을 눈치챘습니다!]

나는 신음을 흘리며 처박힌 포보스를 내려다보았다. '헤매는 공포'는 그래도 설화급 성좌. 정석대로 부딪쳤다면 쉬운 상대는 아니었다. 하지만 녀석은 내가 소성운의 성좌라고 방심하고 있었고, 이것이 그 방심의 대가였다.

[또 법권 지대니 뭐니 떠들 놈 있어?]

나는 고개를 들어, 웅성거리는 〈올림포스〉의 성좌들을 노려보았다.

황망해진 성좌들은 나를 보며 뒷걸음질 쳤다.

[당신은 <올림포스>의 법권 지대에서 범법 행위를 저질렀습니다!]

개연성의 구속은 곧바로 발동하지 않는다.

나는 곧장 [바람의 길]을 발동하여 허공으로 뛰어올라 코인을 낚아챘다.

[서브 시나리오의 보상으로 1,000,000코인을 획득했습니다!]

그와 동시에 쏟아지는 시스템 메시지.

[서브 시나리오 - '파멸의 한탕'이 종료됐습니다.]

[성좌, '긴고아의 죄수'가 환호합니다!]

[일부 성좌가 당신의 객기에 박수를 보냅니다!]

[성좌, '악마 같은 불의 심판자'가 당신의 안위를 우려합니다!]

[내기에서 승리한 성좌들이 당신에게 100,000코인을 후원합니다!]

주먹질 한 방에 110만 코인. 대단히 남는 장사가 아닐 수 없었다.

[저놈 잡아! 당장 구속해!]

몇몇 성좌가 외쳤지만, 〈올림포스〉 성좌 중 누구도 선뜻 나서는 이는 없었다. 내가 보여준 '거대 설화'의 힘을 확인한 까닭이었다.

아래쪽에서 안나 크로프트가 나를 보고 있었다. 약간 질린 듯한 얼굴이었다.

"당신은 가진 힘에 비해 몸이 너무 가볍군요, 구원의 마왕."

무려 100만 코인을 잃었음에도 그녀는 낙담하지 않았다. 아마도 이다음에 일어날 일을 알고 있기 때문일 테지.

"이제 당신은 〈올림포스〉의 감옥에 갇히게 될 겁니다."

법권 지대에서 난동을 부린 성좌는 〈올림포스〉의 구속을 받는다.

"그렇다는 것은, 〈기간토마키아〉에 참가할 자격을 잃게 된다는 뜻이기도 하지요."

나는 그런 안나 크로프트를 보며 웃었다.

[그거 정말 큰일이군요.]

아마 안나 크로프트는 모를 것이다. 나는 처음부터 그걸 노리고 있었다는 것을.

[〈올림포스〉의 개연성이 당신을 구속합니다.]

[당신의 화신체가 〈올림포스〉의 재판정으로 이송됩니다.]

허공에서 환한 빛이 쏟아지며, 뭔가가 나를 빨아들이기 시작했다.

한수영이 외쳤다.

"김독자! 또 어디 가! 이 미친놈아!"

마침내 법권 지대의 개연성이 작동하기 시작한 것이다.

이 경매장에서 일어나는 모든 트러블은 해당 지역의 관할 성운의 의사에 따라 처리된다.

나는 한수영을 향해 싱긋 웃으며 말했다.

─나 갔다 올게!

"너 설마? 미친… 미친 새끼야!"

─일주일 있다가 보자. 내가 말한 것들 기억하지? 준비 잘
해둬.

한수영이 뭐라 뭐라 외치는 소리가 들렸다. 전부 욕이었다.

그리고 다음 순간, 내 몸은 빛살 속에 사라져버렸다. 강제로
진행된 차원 이동에 짧은 현기증이 닥쳤다.

작은 신음과 함께 휘청이며 눈을 떴을 때, 나는 어슴푸레한
어둠 속에 던져져 있었다.

그런데, 나만 온 게 아니었다.

"깜짝이야. 넌 왜 왔냐?"

유중혁이 내 어깨를 으스러져라 붙잡고 있었다.

"네놈의 미친 계획은 이제 진절머리가 난다."

역시 이 녀석은 내가 뭘 할지 알고 있었던 모양이다. 유중혁
이 분노에 손을 떨며 흑천마도를 움켜쥐었다. 나는 재빨리 말
을 이었다.

"그 미친 계획들이 지금까지 널 살린 거야, 인마."

"혼자 어디서 죽어나가는 계획 말인가?"

내가 대꾸하려다 말을 멈춘 것은 은은한 어둠 속에서 드러
난 인기척 때문이었다. 고개를 돌리자 눈앞에 작은 계단이 나
타났다. 계단의 최상층에 두 개의 옥좌가 있었다. 옥좌에는 두

개의 인형이 일렁거렸다.

쿠구구구구.

그저 이쪽으로 시선을 준 것만으로도 피부가 오싹해지는 격. 담대한 유중혁조차 칼자루를 굳게 쥐지 않고서는 견딜 수 없는 존재가 그곳에 있었다.

특히 둘 중 한쪽은, 지금 우리로서는 감히 측량할 수조차 없는 위대한 격을 지닌 존재였다.

[구원의 마왕, 꼭 이렇게까지 해야 했나요?]

옥좌에 앉아 있던 한 여인이 한숨처럼 말을 뱉었다. 걷힌 어둠 속에서 일어난 여인이 사뿐사뿐 걸어 내려왔다. 나는 그녀를 향해 꾸벅 고개를 숙였다.

계단 아래로 내려온 여인은, 바로 '가장 어두운 봄의 여왕' 페르세포네였다.

"오랜만입니다. 또 외양이 바뀌셨군요."

내 말에 페르세포네가 희미하게 웃었다.

[요즘 〈에덴〉에 관심이 많거든요. 그대도 이 성좌를 좋아하는 것 같던데, 아닌가요?]

"그게, 좋아하긴 하는데……."

[성좌, '악마 같은 불의 심판자'가 당신의 말을 좋아합니다.]

[그나저나, 당신의 무례에 몹시 화가 난 분이 계세요. 알고 있죠?]

"압니다."

「<올림포스> 법권 지대에서 범법을 저지른 이는 <올림포스>에서 가장 끔찍한 심판대에 올라서게 된다.」

본래였다면 나를 맞이하는 것은 페르세포네가 아니라 명계의 심판관 중 하나였을 것이다. 아마 나는 적당한 판결을 받고 타르타로스에 잠깐 수감되거나 했겠지. 그럼에도 나는 심판관 대신 페르세포네와 만나게 되었다.

아마도 페르세포네가 손을 썼기 때문일 것이다.

"죄송합니다만, 방법이 이것밖에 없었습니다. <올림포스>에서 포털이란 포털은 다 막아놨더라고요."

[후후, 정말 건방짐이 하늘을 찌르는군요.]

일대의 공기가 차갑게 얼어붙었다. 소리를 내며 굳어버린 어둠.

숨을 쉬기가 점차 버거워졌고, 손가락을 움직이는 것조차 힘겨웠다.

단지 의념만으로 이만한 위압감을 풍길 수 있다는 게 놀라웠다.

[성좌, '긴고아의 죄수'가 흥미로운 표정을 짓습니다.]

[성좌, '심연의 흑염룡'이 호승심을 갖습니다.]

[성좌, '해상전신'이 격의 향연에 진심으로 감탄합니다.]

[성좌, '대머리 의병장'이 놀란 입을 다물지 못합니다.]

채널 안에서 내 화면을 공유하던 성좌들이 격렬한 반응을 보였다.

아마 스타 스트림 전체를 뒤져도, 지금 저 옥좌 위 성좌보다 강력한 '격'을 지닌 이를 찾기는 어려울 것이다.

[소개하죠.]

고개를 들자 어둠의 꼭대기에 희미한 빛이 들어왔다. 풍부한 어둠의 중심에 누군가가 있었다.

그 존재를, 어떻게 말로 형용할 수 있을까.

어둠 그 자체로 보이는 한 사내. 새하얀 피부의 중심에 박힌 흑요석 같은 눈동자가 내 존재를 꿰뚫는 것만 같았다.

[거대 설화, '명계冥界'가 이야기를 시작합니다.]

이 세계에서 가장 오래된 '신화' 중 하나가 나를 내려다보고 있었다.

〈올림포스〉 신화에 늘 함께 언급되지만, 사실 〈올림포스〉에 속하지는 않는 존재.

멸살법 전체를 통틀어 가장 외롭고 가장 고독한 성좌.

이번 〈기간토마키아〉를 무사히 헤쳐나가기 위해서, 그리고

'유상아'를 살리기 위해서 나는 반드시 저 성좌의 손을 빌려야만 했다.

숨을 들이켠 후 천천히 입을 열었다.

"명계의 왕, '부유한 밤의 아버지'시여."

명계의 밤이 나를 내려다보았다. 오싹한 기류가 압박해왔지만, 여기서 밀려서는 안 된다.

왜냐하면 나는 지금, 〈김독자 컴퍼니〉 대표로 이곳에 온 것이니까.

"저와 함께 '진짜 기간토마키아'를 일으켜볼 생각은 없으십니까?"

기간토마키아

1

 무섭도록 깊게 내려앉은 분위기. 하데스는 무엇을 생각하는
것인지 오래도록 말이 없었다. 나는 초조함을 감추려 애썼다.

「김독자는 생각했다. 여기가 첫 번째 고비다.」

 하데스가 입을 연 것은 점차 무거워지는 주변 공기가 정점
을 찍었을 무렵이었다.

 ['진짜 기간토마키아'라. 그게 무엇인지는 알고 있는가?]

 "압니다."

 거대 성운 〈올림포스〉가 주최하는 〈기간토마키아〉.

 타르타로스에 갇힌 하위 격 거신 대여섯 마리를 세상에 풀
어놓고, 그것을 사냥하며 오래된 승리감을 만끽하는 스타 스

트림의 축제.

하데스가 말했다.

[전쟁은 오래전에 끝났다. 〈티타노마키아〉도, 〈기간토마키아〉도 모두 신들이 승리했다.]

하데스 말이 맞았다. 진짜 전쟁은 수천 년 전에 끝났다.

[그것은 이미 '정해진 역사'. 그것을 다시 불러내는 것이 무슨 의미가 있는가? 그대는 왜 〈기간토마키아〉를 일으키려는 것이지?]

"오히려 제가 묻고 싶습니다. 어째서 〈올림포스〉 성좌들은 가짜 〈기간토마키아〉를 계속해서 만들어내는 겁니까?"

하데스는 입을 굳게 다물었다. 나는 그 이유를 알고 있었다.

"시나리오에서 패배한 거신을 소환하고, 죽이고. 그 오래된 전투를 엉성하게 재연하면서, 왜 그 시나리오에 〈기간토마키아〉라는 이름을 구태여 붙이느냔 말입니다."

쿠구구구구!

피어오르는 하데스의 격에 나도 모르게 무릎이 후들거렸다. 떨어져 있던 페르세포네가 당황하며 하데스와 내 쪽을 번갈아 보았다.

페르세포네가 입을 열려는 순간, 나는 그녀를 향해 고개를 저었다.

여기서 도움을 받으면 안 된다. 우리의 힘으로, 무릎 꿇지 않고 버텨야 한다.

[거대 설화, '마계의 봄'이 최고 담화자들을 보호합니다.]

하데스의 「명계」에 비할 바는 아니겠지만 우리에게도 이야기는 있다. 우리 힘으로 직접 쌓아온 이야기가.

그 이야기의 힘으로, 나는 하데스에게 대항했다.

"두렵기 때문이겠지요."

거대 성운은 무시무시하고 강력한 존재이다. 그리고 스타 스트림에서 가장 겁쟁이기도 하다.

"또다시 저 거신들이 들고 일어날까 두려운 것이겠지요. 그래서 이미 죽은 자의 영혼을 끄집어내 짓밟고, 또 짓밟으며 마약 같은 승리감을 되새기는 겁니다."

'진짜'를 사라지게 만드는 방법에는 여러 가지가 있다. 그리고 그중 하나는 무수한 '가짜'를 만들어내는 것이다.

무가치하고 흔한 가짜.

처절했던 전투는 무수한 복제 속에 하나의 놀이가 되었다.

누구에게나 웃음거리가 되는, 아무것도 아닌 '이야기'.

〈기간토마키아〉는 이미 오래전에 그 진정성을 잃어버렸다.

그 어떤 성좌도 진심으로 두려워하지 않는 '시나리오'가 되었다.

나는 하데스를 올려다보며 물었다.

"'부유한 밤의 아버지'시여. 언제까지 타르타로스의 거신을

〈올림포스〉의 장난감으로 내버려두실 겁니까?"

〈올림포스〉에 속하지 않으면서 〈올림포스〉의 3대 주신으로
꼽히는 존재.

나는 그에 관한 멸살법의 설정을 떠올렸다.

「하데스는 수많은 거신을 <기간토마키아>에 공급해왔지만, 단 한
번도 그 시나리오에 참가한 적은 없었다.」

이 늙은 명계의 왕은 자신의 감옥에 갇힌 거신의 고통을 오
랫동안 지켜봤을 것이다.

「그렇기에 하데스는 죄수의 슬픔을 알고, 그들의 고통을 이해했다.
마치 죄수에게 교화된 교도관처럼.」

"지난번에 방문했을 때, 타르타로스 지하에서 거신병巨神兵
을 준비하시는 걸 보았습니다. 모두 이때를 예비하신 것 아닙
니까?"

[과한 추측이다.]

〈올림포스〉의 12신좌에게, 하데스는 거신병의 존재를 이렇
게 설명했을 것이다. 또다시 거신들이 전쟁을 일으킬 것을 대
비해 만드는 거라고.

하지만 나는 하데스의 진짜 생각을 알고 있다.

"12신좌를 증오하신다는 걸 알고 있습니다."

[……]

"말이 3대 주신이지, 그들에게 당신은 그저 골칫덩이를 떠맡아주는 '교도관'일 뿐이니까요."

세상에서 가장 오래된 교도관은 어쩌면 죄수와 다를 바가 없다.

하데스는 가만히 나를 내려다보았다.

[〈기간토마키아〉는 지독한 전쟁이다.]

"알고 있습니다."

['진짜 기간토마키아'가 시작되면 시나리오의 장난감이 되는 것은 거신만이 아니다. 그곳의 모두가 '거대 설화'의 일부가 된다.]

하데스는 먼 곳의 멸망을 바라보는 것 같은 눈으로 말을 이었다.

[도깨비들이 날뛰고, 스타 스트림에는 격변이 일어날 것이다. 오랫동안 지속되어온 성운들의 역학 관계는 무너지겠지.]

"그 또한 알고 있습니다."

[그런 끔찍한 고통을 세상에 전시해서 그대는 무엇을 얻고자 하는가?]

그 말에 대답한 것은 내가 아니었다.

[설화, '왕이 없는 세계의 왕'이 이야기를 시작합니다.]

[설화, '이적에 맞서는 자'가 이야기를 시작합니다.]

[설화, '구원의 마왕'이 이야기를 시작합니다.]

[거대 설화, '마계의 봄'이 이야기를 시작합니다.]

여태껏 내가 쌓아온 모든 설화가 나를 대신해 대답하고 있었다.

처음 보는 설화도 하나 있었다.

[설화, '생과 사의 동료'가 이야기를 시작합니다.]

모든 이야기는 마땅한 결말을 향해 흘러가기 마련이다.

[……작은 인간이 아주 놀라운 꿈을 꾸는구나.]

"작을수록 꿈은 크게 가져야죠."

['무대화'에 대해서는 알고 있겠지.]

나는 고개를 끄덕였다. 하데스가 무슨 말을 할지도 이미 알고 있었다.

[12신좌만이 문제가 아니다. 전쟁이 시작되면 〈기간토마키아〉를 승리로 이끌었던 고대 영웅이 다시 나타날 것이다. 그들이 거신과 부딪치는 순간 '무대화'가 시작되고, 역사의 비극은 반복될 것이다.]

"영웅이라면 이쪽에도 있습니다. 무대 부수는 걸 아주 좋아하는 영웅입니다."

나와 시선이 마주친 유중혁이 인상을 찌푸렸다.

하데스가 다시 입을 열었다.

[아직 결정적인 문제가 하나 남아 있다.]

"무대에 참가할 주요 배역 말씀이겠지요."

나는 궁의 바닥을 내려다보았다. 이 오래된 감옥 지하에, 늙은 〈기간토마키아〉의 주역들이 나를 기다리고 있을 것이다.

[그들이 '기간토마키아'를 원할 거라 생각하는가?]

"이 '기간토마키아'의 결말은 그들이 아는 것과는 다를 겁니다."

나는 가만히 웃으며 답했다.

"그리고 원하지 않는다면, 원하게 만들어야죠."

¤ ¤ ¤

김독자가 사라진 뒤, 한수영은 일행들 달래기에 여념이 없었다.

"이것들은 내가 보모인 줄 아나."

이길영과 신유승은 자리에 주저앉았고, 이현성은 그런 아이들 사이에서 거대한 몸을 웅크린 채 뭔가 중얼거리고 있었다.

한수영은 한숨을 내쉬며 일행들을 다그쳤다.

"야! 다들 정신 차려! 이번엔 유중혁이 따라갔잖아!"

물론 통하지 않았다.

"독자 형이…… 독자 형이 또……."

"역시 그때 다시 가뒀어야 했는데……."

이지혜와 이설화가 아이들을 달래는 동안, 한수영은 골머리를 싸맨 채 당면한 문제를 생각했다.

김독자와 유중혁이 끌려갔으니, 이제 남은 일주일 동안 〈기간토마키아〉 준비는 그녀가 도맡아야 했다.

"그래, 회사 이름부터 바꾸자. '한수영 코퍼레이션'으로……."

['정체불명의 벽'을 통해 메시지가 도착했습니다.]

장하영의 메시지였다.

—얍. 한수영, 잘 있어?

오랜만의 연락이라 한수영은 정신이 번쩍 들었다. 그러고 보니 슬슬 초월좌 일행들도 돌아올 때가 됐다.

—너희 지금 어디 있어?

—이제 슬슬 지구로 돌아가려는 참이야.

—빨리 안 와?

마침 털어놓을 곳도 없었기에, 한수영은 그간 쌓인 울분을 [정체불명의 벽]을 통해 풀기 시작했다. 그동안 무슨 일이 있었고, 일행들에게 어떤 일이 일어났는지…….

평소 자기 이야기를 잘 하지 않지만, 이상하게도 이 '벽'을 통해 대화할 때는 말이 많아지곤 했다. 꼭 상담이라도 받는 느낌이었다.

—그러니까 요약하면, 김독자가 돌아왔는데 또 없어졌다 이거지?

순간 '벽'의 메시지 창이 넓어지며 화면 형태로 바뀌었다.

화면 너머로 장하영과 왕왕 짖는 파천신군이 보였다.

—아니, 그걸 왜 이제 말해? 김독자는 대체 언제 돌아왔던 건데?

—지금 그게 중요한 게 아니라…….

다음 순간, 화면에 강한 노이즈가 일더니 대화의 주체가 바뀌었다.

처음에는 화면에 벌레가 붙은 건가 싶어 손을 휘저었는데, 잘 보니 그 벌레가 이야기를 하고 있었다.

—내 제자 놈이 돌아왔다 했느냐?

활발하게 짖는 파천신군의 머리 위에 앉은 작은 사내가, 지엄한 목소리로 소리쳤다.

—당장 그놈을 비춰라. 본좌는 백청문의 문주로서 제일 먼저 스승을 찾지 않은 녀석에게 엄벌을……!

다음 순간, 누군가 벌레를 손가락으로 튕겨냈다. 이어서 화면에 작은 산이 나타났다. 아니, 자세히 보니 산이 아니었다.

그것은 누군가의 코였다.

—허여멀건 녀석이 어디로 갔다고?

아무래도 파천검성인 것 같았다.

한수영은 조금 전에 일어난 일을 최대한 요약해서 설명했다.

이야기를 끝까지 들은 파천검성은 잠시 뭔가 생각하더니 답했다.

—〈올림포스〉 법권 지대에서 끌려갔다면 타르타로스에 갇혔겠군. 그럼 별로 걱정할 필요 없다.

너무 태연한 목소리에, 한수영은 조금 놀랐다. 그러나 무슨 말을 덧붙이기도 전에, 거대한 코가 어딘가를 바라보며 그리운 목소리로 중얼거렸다.

―그분들은 잘 계실지 모르겠구나.

※ ※ ※

나와 유중혁은 곧장 타르타로스의 1층에 내던져졌다.

장난스러운 얼굴의 페르세포네가 내 어깨를 톡톡 건드리며 말했다.

[구원의 마왕, 거신들을 회유하기는 쉽지 않을 거예요.]

"즐거워 보이십니다."

[〈올림포스〉에 이만한 사건이 벌어지는 건 오랜만이니까요. 남편 몰래 좀 도와줄 수도 있겠지만, 그럼 재미없겠죠?]

"도와주시면 저희야 좋은―"

[이야기의 가호를 빌어요, 구원의 마왕.]

도와주지 않을 것은 예상하고 있었다. 〈명계〉는 공식적으로는 이 '시나리오'에 참전하면 안 된다.

〈명계〉에서 〈기간토마키아〉 참전을 선포한다면, 이 전쟁의 규모와 개연성 제한치는 걷잡을 수 없이 커진다. 그러니 이 전쟁은 어디까지나 〈명계〉의 암묵적인 승인하에 진행되는 '반란' 형태가 되어야 한다.

우리는 타르타로스 1층을 가로질렀다. 여전히 1층 곳곳에는 거신병을 제작 중인 죄수들이 힘을 쏟고 있었다. 개중 몇

몇이 흘끗거렸지만, 크게 관심 가지는 이는 없었다. 아마 새로 온 죄수라 생각하는 모양이었다.

"네가 거신들을 설득할 수 있을 거라 생각하나."

"나도 몰라. 지금 해보러 가잖아. 그리고 남 일처럼 말하지 좀 마."

타르타로스 지하 감옥에는 정말 상상을 초월하는 녀석들이 갇혀 있었다. 거신뿐만 아니라, 〈올림포스〉와 대적하여 온갖 악행을 저지른 성좌나 초월좌까지. 지금의 나나 유중혁의 힘으로는 절대로 상대할 수 없을 괴물도 있었다.

"힘들 것이다. 일주일 안이라면 더욱."

"저주를 해라. 도울 생각 없으면 너는 만날 사람이나 만나고 와."

유중혁이 어떻게 알았냐는 듯 나를 노려보았다.

내 기억이 맞는다면 전 회차의 유중혁에게 [거신화]를 가르친 존재가 바로 이곳에 있다.

"나도 만나야 할 사람이 하나 있어. 동료로 영입해야 하는 놈이 있거든."

"동료?"

"원래의 나라면 절대 동료로 삼지 않을 놈이지만, 살다 보니 생각이 바뀌었어."

우리는 동시에 걸음을 멈췄다. 멈출 수밖에 없었다. 거대한 뭔가가 우리 앞을 막고 있었으니까.

"설마 동료라는 게 저 개는 아니겠지?"

지하 2층으로 내려가는 문. 그곳을 막아선 거대한 파수견이 있었다.

머리 셋 달린 괴물 개, 켈베로스.

나는 그 개를 가만히 올려다보았다. 정확히는 그 개의 머리통을 열심히 쓰다듬고 있는 거대한 거신병을. 켈베로스의 머리 중 하나가 거신병의 팔뚝을 왕왕 물고 있었다.

[하하핫! 베아트리체! 간지러워!]

깨갱!

[간지럽다니까! 요 귀여운 녀석.]

거무튀튀한 금속 재질 장갑. 멸살법에서는 하데스 본인이 사용한 설화병기.

"어이."

내가 손을 흔들자 거신병이 이쪽을 돌아보았다. 녀석은 깜짝 놀란 듯 몸을 부르르 떨더니, 이내 희열에 찬 목소리로 답했다.

[누구? 엇, 너…… 지하철 메뚜기남? 하하핫! 드디어 뒈졌구나? 그렇지?]

나는 쓴웃음을 지었다.

〈기간토마키아〉에서 승리하기 위해서는, 반드시 저 프라모델 오타쿠의 도움이 필요하다.

"널 데리러 왔다, 김남운."

2

[나를 데리러 와? 왜?]

"네가 필요해."

김남운은 그게 무슨 헛소리냐는 뉘앙스가 담긴 눈빛으로 나를 내려나보았다.

막상 말하고 보니 뭔가 기분이 이상했다. 하긴 나도 내가 이런 말을 할 줄은 몰랐으니까.

나는 1,863회차의 김남운을 떠올렸다. 이지혜를 좋아하고, 일행들과 함께 어영부영 어울리던 하얀 머리의 사내. 철없고, 주변 배려할 줄 모르고, 자아에 깊이 심취해 있던 녀석.

「김남운은 악인이다. 그 사실에는 변함이 없다.」

나는 그곳에서 김남운의 가능성을 보았지만, 그렇다고 녀석에 대한 선입견이 완전히 뒤집힌 것은 아니었다.

내가 김남운을 기용하기로 결심한 것은, 1,863회차에서 나눈 한수영과의 대화 때문이었다.

—그렇게 물러터진 마음가짐으로는 절대로 95번 시나리오까지 갈 수 없을 거야.

나와 한수영과 유중혁은 서로 다르다.

하지만 우리 모두 한 가지 동의하는 사실이 있다면, 모든 이야기에는 효율을 추구해야만 하는 순간이 있다는 것이다.

[성좌, '은밀한 모략가'가 당신의 선택에 흥미를 갖습니다.]
[성좌, '심연의 흑염룡'이 화신 '김남운'에게 관심을 갖습니다.]

우리엘의 메시지가 안 보이는 걸 보니, 정희원을 가르치느라 바쁜 모양이었다. 내가 여기 온 걸 알면 정희원은 또 노발대발하겠지. 〈에덴〉에 두고 와서 다행이다.

김남운이 입을 열었다.

[싫어. 내가 왜 널 도와줘야 해?]

그렇게 말할 줄 알았다.

"싫으면 말든가. 가자, 유중혁."

나는 유중혁과 함께 켈베로스를 향해 다가갔다.

[뭐야! 어딜 가려고?]

"아래층."

[푸하핫, 농담이지? 지금 우리 베아트리체가 눈을 부릅뜨고 널 보고 있는데!]

그 말을 증명이라도 하듯 반쯤 졸던 켈베로스가 우리를 향해 이를 드러냈다. 그리고 거의 동시에 유중혁이 [파천검도]를 발동했다.

쫘아아아앙!

예전이었다면 지하 1층의 켈베로스를 상대하기도 버거웠겠지. 하지만 지금은 얘기가 다르다.

"베아트리체가!"

"여기서 낭비할 시간 따윈 없다."

일격에 고꾸라진 켈베로스가 혀를 빼물고 누워버렸다. 폭음에 놀란 죄수들이 소리를 질러댔고, 곳곳에서 경보가 울려댔다. 보통 때라면 지금쯤 심판관이 달려왔겠지만, 하데스와의 암묵적 약속도 있고 하니 당분간은 안전할 것이다.

우리는 쓰러진 켈베로스를 지나쳐 2층으로 내려갔다.

[미친…… 미친놈들아!]

당황한 김남운의 목소리가 들려왔다. 유중혁이 나를 흘끗 보며 물었다.

—정말 두고 갈 건가? 저 거신병은 유용하다.

—지켜보기나 해.

우리는 곧장 지하 2층으로 가는 원형 계단을 내려가기 시작했다.

원형 계단 아래쪽으로 끝이 보이지 않는 낭떠러지가 펼쳐져 있었다. 전설에 따르면 타르타로스의 깊이는 모루를 던졌을 때 아흐레 동안이나 떨어질 정도로 아득했다.

[잠깐만, 같이 가!]

김남운이 허겁지겁 우리를 뒤쫓아왔다. 거신병의 몸집도 어느새 2미터 남짓 크기로 줄어들어 있었다. 플루토는 사용자 편의에 맞게 크기 조절이 가능한 거신병이었다.

나는 놀리듯 물었다.

"싫다면서 왜 따라오냐?"

[그냥 동선이 겹치는 것뿐이야.]

씰룩거리는 한쪽 뺨이, 도저히 감정을 숨길 수 없는 모양새였다.

[근데 뭐 하러 가는 길이야? 어디까지 가는 건데? 응?]

"거신들 만나러."

[뭐?]

잠시 멍한 표정을 짓던 김남운이 소리쳤다.

[크핫…… 으하하하핫! 이야, 지하철 메뚜기남! 그때 알아보긴 했지만 진짜 미친놈이구나. 너 거신이 어떤 존재인지는 알아?]

물론 안다.

[너 같은 건 그 ■■들 만나면 ■■에 구멍이 뚫려서 당장 ■■……]

[죄수 필터링이 발동했습니다!]

[타르타로스의 올바른 언어 사용 정착을 위해 해당 내용은 필터링됐습니다.]

[죄수 '김남운'에게 벌점 1점이 부과됩니다.]

[이런 시■!]

[죄수 '김남운'에게 벌점 2점이 부과됩니다.]

김남운의 욕설을 빌리지 않더라도, 나도 거신이 어떤 존재인지는 잘 알고 있었다.

거신.

〈올림포스〉의 초창기, 금金의 시대를 지배했던 종족.

쿠우우우우우우─!

기다렸다는 듯 들려오는 아찔한 포효에 나도 모르게 발걸음이 멎었다. 저 까마득한 아래에서, 벌써 우리 존재를 눈치챈 거신들이 반응하고 있었다. 포효에 담긴 '격'의 일부만으로도 오싹 소름이 끼쳤다.

[미쳤다. 미쳤어.]

나는 김남운의 말을 무시하고 비유를 불렀다. 품속에 있던 비유가 꾸물거리며 튀어나왔다.

[바앗?]

"채널 통제 잘 하고 있지?"

[바앗!]

"〈명계〉 방송은 모두 '오프 더 레코드'니까, 정보 발설 금지 서약을 하는 성좌만 입장시켜줘."

바아앗, 하고 고개를 끄덕인 비유가 채널 조작을 시작했다. 일부 성좌에게서 불만이 일었지만, 지금은 이렇게 하는 것이 옳았다. 지금부터의 일은 외부에 적게 노출될수록 좋으니까.

얼마 지나지 않아 몇몇 성좌가 메시지를 보내왔다.

[성좌, '긴고아의 죄수'가 투덜거리며 서약에 동의합니다.]

[성좌, '심연의 흑염룡'이 못마땅한 듯 입맛을 다시며 서약에 동의합니다.]

[성좌, '은밀한 모략가'가 자기는 이미 서약했다고 말합니다.]

쏟아지는 메시지를 보며 김남운이 감탄사를 내뱉었다.

[와, 채널이 이런 거였구나.]

하긴 〈배후 선택〉을 시작하기도 전에 죽어 나자빠진 김남운은 성좌들의 간접 메시지가 신기하기도 할 것이다.

계단을 내려가는 내내 김남운은 시끄럽게 떠들었다.

[그런데 명왕 아저씨가 용케도 여길 내려보내줬네? 그 아저씨 엄청 꼬장꼬장한데.]

"시끄럽군. 한 번만 더 입을 열면 베어버리겠다."

[뭐야? 한판 붙어볼래?]

김남운을 노려보는 유중혁의 눈빛이 복잡했다.

유중혁은 이미 김남운을 알고 있었다. 지난 회차에서 김남운은 유중혁의 일행이었으니까.

"유중혁. 여기서 힘 낭비할 시간 없다. 알지?"

검을 집어넣는 유중혁을 보며 김남운이 입맛을 다셨다. 씩씩 흥분한 숨을 몰아쉬는 모양새가 꼭 어린아이 같았다. 오랫동안 관심을 받지 못해 혼자가 된 어린아이.

왜 김남운을 기용했냐는 내 질문에 1,863회차의 한수영은 다음과 같이 대답했다.

―어떤 인물은 이야기 내내 정해진 나쁜 짓을 저질러. 작가가 그렇게 만든 거야. 이야기에 그게 필요하니까. 근데 진짜 사람이란 그렇게 만들어져 있지 않아. 그걸 깨달았을 뿐이야.

나도 한수영 말에 어느 정도 동의한다. 하지만 이 세계의 김남운은 '첫 단추'를 너무 잘못 끼웠다. 이 녀석은 지하철에서 사람들을 선동해 최악의 범죄를 꾸몄으니까.

[두근두근하구만. 이런 기분은 엄마 아빠가 동시에 날 버린 이후로 처음이야.]

"그건 어떤 기분인데?"

[새로운 모험이 날 기다리는 기분이지.]

분명, 김남운은 만들어졌다.

나는 멸살법 작가를 원망해야 할까. 아니면 그때 김남운을 제대로 말리지 못한 나를 원망해야 할까.

스마트폰을 켜자 새로운 메시지가 떠올라 있었다.

[현재 '4차 수정본' 업데이트가 진행 중입니다.]

슬슬 업데이트가 될 줄은 알았다. 그간 많은 일이 있었는데
도 조용한 게 이상하다 했다.

나는 내려가는 동안 멸살법 파일을 열어 필요한 부분을 읽
었다. 역시 마음이 불안해질 때는 멸살법을 읽는 게 최고다.

「김독자는 생각했다. 내가 살아가는 3회차는 이제 원작의 어떤 회
차도 닮지 않게 되었다.」

군이 닮은 부분을 찾으려면 찾을 수는 있을 것이다.

멸살법 원작에서 〈명계〉를 찾는 장면은 많았다. 47회차,
211회차, 397회차…… 정말 무수히 많았다.

하지만 어떤 회차에서도 '지금 이 시점'에 온 적은 없었다.

「이용할 수 있는 모든 정보들을 취합해야 한다.」
「거신을 설득하지 못하면 <기간토마키아>에서 이길 수 없다.」

멸살법 페이지 곳곳에 〈올림포스〉의 흔적이 남아 있었다.
단 한 번의 손짓으로 바다를 갈라버리고, 초월좌와 성좌들을

짓밟고, 행성마저 무참히 박살 내는 무지막지한 12신좌들.

이곳에서 나가면 나는 녀석들과 정면으로 상대해야 한다.

수많은 정보가 머릿속을 스쳤고, 이용할 수 있는 것과 없는 것들이 머릿속에서 가려졌다.

"김독자."

"왜."

유중혁은 가만히 나를 들여다보더니 낮은 목소리로 말했다.

"아무것도 아니다."

뭐야 이 자식은. 나는 곧바로 [전지적 독자 시점]을 발동했고, 곧 유중혁의 머릿속이 훤히 들려왔다.

「자신 없어 보이는군. 역시 뾰족한 계획 따윈 없었나.」

나는 일부러 큰 목소리로 입을 열었다.

"〈명계〉에서 얻어야 할 건 두 가지야. 하나는 '거신갑巨神鉀', 그리고 다른 하나는 '거신들의 맹세'."

"어느 쪽도 쉽진 않을 거다."

"그렇겠지."

"하지만 쉽지 않은 쪽이 더 보상이 좋다."

유중혁의 말을 들으며 나는 피식 웃었다.

얼마 지나지 않아 명계 2층 출입구가 나타났다.

2층도 예상대로 켈베로스가 지키고 있었다. 1층에 있던 녀석보다 덩치가 큰 놈이었다.

유중혁이 검을 뽑아 드는 순간, 김남운이 외쳤다.

[잠깐만! 베아트리체 투는 때리지 마!]

"비켜라. 시간 없으니까."

켈베로스를 쓰다듬던 김남운이 우리를 돌아보며 말했다.

[심판관이 쓰는 궤도 엘리베이터가 있어.]

궤도 엘리베이터. 분명 타르타로스에는 그런 기물이 있다. 오직 심판관들만 사용하는 숨겨진 운송 기구. 하지만 멸살법에서도 엘리베이터의 정확한 위치는 설명되지 않는다.

나는 약간의 의구심을 가지고 물었다.

"네가 그걸 어떻게 알아?"

[타고 몰래 내려가봤으니까.]

"몇 층까지?"

[77층.]

나는 깜짝 놀랐다.

77층이면 최저층으로 직행하는 관문이었다.

[따라와.]

자신만만하게 걸어가는 김남운을 보며, 나와 유중혁이 서로 돌아보았다.

의외로 이 녀석이 도움이 될 때도 있군. 역시 살려둘 걸 그랬나? 아니지, 이번에는 죽어서 도움이 된 것 같으니 역시 죽이길 잘한 건가.

✠ ✠ ✠

궤도 엘리베이터는 정말 빨랐다. 지하 2층, 3층, 4층…… 엘리베이터는 순식간에 하강했고, 도중 우리는 끔찍한 타르타로스의 정경을 볼 수 있었다. 서로 공격하던 죄수들과, 끔찍한 유황불 속 악마들이 우리를 향해 소리쳤다.

"신입이다!"

"어이! 뭘 똑바로 보는 거야? 눈 깔아!"

킬킬 웃는 죄수들 중에는 초월좌도 보였다. 나처럼 〈올림포스〉 법권 지대에서 범법을 저질렀거나 12신좌에게 반항하다가 붙잡혀온 녀석들. 저 중 일부는 미식협 식탁에 스테이크가 되어 올라갈 것이다.

끼이이익, 하는 소리와 함께 엘리베이터가 정지하고, 우리는 77층에 내렸다.

77층은 죄수가 없는 층이었다. 감히 너비를 잴 수조차 없는, 광활한 공동空洞을 연상시키는 공간. 그 공간 중심에 큼지막한 문이 있었다.

[78층부턴 베아트리체가 없어. 있어도 소용이 없거든.]

겨우 켈베로스 정도로는 거신을 막을 수 없다. 캄페Campe 정도 되는 대괴수라면 모를까. 호기롭던 김남운이 머뭇거리며 말했다.

[나도 저 너머로 가본 적은 없어. 손을 살짝 넣어본 적은 있는데, 그때 이 꼴이 됐지.]

나는 거신병 어깨에 남은 상흔을 바라보았다. 지금은 거의 아물었지만 팔이 뜯겨 나갈 정도의 타격을 받은 모양이다.

비록 완성체가 아니라고는 해도, 거신병 플루토는 탑승자 없이도 설화급 성좌에 준하는 힘을 낼 수 있는 무시무시한 병기. 그런 병기에 저 정도 타격을 입히는 존재들이 이 너머에 있는 것이다.

나는 문을 향해 다가갔다. 높이만 30미터를 훌쩍 넘는 문에는 사람 얼굴과 비슷한 문양이 그려져 있었다.

유중혁이 말했다.

"들어가려면 제물이 있어야 한다."

그 말에 김남운이 흠칫 놀랐다.

[뭐야, 네가 그걸 어떻게 알아?]

우리는 김남운을 무시하고 말했다.

"알아. 준비했어."

"너무 강력한 제물을 주면 '태고의 거신'을 부르게 될 거다."

"어차피 너도 언젠가 만나야 하잖아."

"지금은 아니다. 지금 만나면 우리는 죽는다."

오만한 유중혁의 표정에도 긴장이 감돌고 있었다.

타르타로스의 거신에는 종류가 있다.

하나는 〈티타노마키아〉를 일으킨 오래된 〈올림포스〉의 지배자, '태고의 거신' 티탄Titans이고, 다른 하나는 〈기간토마키아〉를 일으킨 거신 기간테스Gigantes들이었다.

굳이 급을 나누자면 신화급 성좌와 설화급 성좌 정도의 차이라고 해둘까.

내가 불러야 할 이들은 기간테스 쪽이었다.

"걱정 마. 성유물 중에서도 상위급 아이템을 내주지 않는 이상, 티탄급 거신이 나올 일은……."

그 순간, 바닥에서 지진이 일어났다.

['타르타로스'의 구성이 불안전해집니다!]

뭔가 잘못되었음을 눈치챈 순간, 갑자기 문이 벌컥 열리고 거대한 손이 나타나 유중혁을 잡아챘다.

"유중혁!"

내가 유중혁을 향해 손을 뻗는 찰나, 문 안쪽에서 두 개의 손이 더 튀어나왔다. 나는 황급히 [전인화]를 사용해서 피했지만, 김남운은 그러지 못했다.

[우와아아아악! 나 두 번 죽는다!]

그리고 다음 순간, 열 개가 넘는 손이 한꺼번에 나를 덮었다. 손들이 만들어낸 폐쇄 공간 속에서 몸이 엉망으로 나뒹굴었고, 정신을 차렸을 때는 허공에 거꾸로 매달려 있었다. 대롱대롱 흔들리는 시야 속에서, 나를 잡은 거대한 팔이 보였다.

[전용 스킬, '제4의 벽'이 강하게 발동합니다!]

츠츠츠츳, 튀는 스파크 불빛 속에 숨 쉬기가 버거울 정도의

'격'이 주변을 가득 메우고 있었다.

언제든 마음만 먹으면 나를 터뜨려버릴 수 있을 정도의 존재. 거대하고 둔탁한 손가락 같은 것이 내 엉덩이를 팡팡 튕기고 있었다.

[맛있는 냄새가 나는구나.]

파천검성을 닮은 거대한 눈동자가 나를 들여다보고 있었다.

[작은 아이야, 너는 누구냐?]

거신에게서 뻗어나온 수많은 팔 중 세 개가, 정확히 나와 유중혁과 김남운을 쥐고 있었다.

허공에 대롱대롱 매달린 채 나는 현실감 없는 눈으로 거신을 마주 보았다.

이렇게 쉽게 문이 열렸다고?

이해가 가질 않았다.

지하 77층 아래의 거신들을 봉인한 문은 본래 안쪽에서는 열 수 없게 되어 있다. 47회차에서도 211회차에서도 마찬가지였다. 그래서 미리 제물을 준비해왔는데…….

[큼…… 개연성이 곤란하구만. 요즘 들어 심해지는군.]

츠츠츠츳, 소리와 함께 거신의 전신으로 스파크가 번졌다.

거신이 자신의 손가락 하나를 뽑아 문밖으로 내던졌다. 그러자 기다렸다는 듯 스파크가 달려들어 그 손가락을 녹여 없애버렸다. 그러고는 천천히 사그라지는 스파크. 믿을 수 없는 광경이었다.

고작 손가락 하나로 제물의 개연성을 대신했다고?

유중혁의 어떤 회차에서도 그런 일이 가능한 적은 없었다.

고오오오오.

전신에서 희미하게 피어오르는 아우라. 힘을 감추고 있지만 그 깊이를 쉬이 헤아릴 수 없는 막대한 '격'이 거신 내부에 잠들어 있었다.

세상에서 가장 오래된 것들 중 하나. 세월을 통해 쌓인 '신화'. 표면에 맴도는 세월을 가늠하는 것만으로도 심장이 떨려올 지경이었다.

이자는 티탄.

틀림없는 '태고의 거신'이었다.

거신의 몸피에서 약동하는 신화들은 많이 낡았지만 살아 있었다. 그러나 내가 아는 원작과는 많이 다른 모습이었다.

「유중혁이 만난 태고의 거신들은 늘 쇠락 속에 죽음을 앞두고 있었다.」

이상한 일이었다.

모든 거신은 〈티타노마키아〉와 〈기간토마키아〉의 '거대 설화'에 의존해 살아간다. 그리고 그 신화의 영향력이 약해지거나 전승의 왜곡이 심해질수록 그들의 힘 또한 약해진다. 그러니 〈올림포스〉의 상습적인 〈기간토마키아〉 이벤트로 인해, 그들의 '거대 설화'는 지금쯤 상당히 약화된 상태여야 했다.

[아이야, 대답하지 않을 셈이냐? 나는 인내심이 바다처럼 깊어 기다리는 데는 자신이 있단다.]

하지만 눈앞 거신의 목소리에는 믿을 수 없는 활력이 남아 있었다.

문득 스치는 가정이 있었다.

「어쩌면 <명계>에 너무 일찍 온 것은 아닐까?」

이번 〈기간토마키아〉는 아직 일어나지 않았고, 그 때문에 거신들의 쇠락이 아직 임계점을 넘지 않았다면 충분히 가능한 일이었다.

거신은 계속해서 말했다.

[하지만 나 말고 다른 친구들도 그럴지는 모르겠구나. 너희처럼 맛있어 보이는 아이들이 들어온 건 정말 오랜만이거든.]

김남운은 대답할 생각도 못 하고 턱을 떨고 있었다. 그런 김남운이 귀엽다는 듯, 거신이 김남운의 뺨을 쓰다듬었다.

[죄업이 깊은 아이구나. 그런 아이일수록 입안에서 터지는 맛이 좋지. 스스로 거신병의 몸이 되다니…… 혹시 지난번에 뜯긴 그 아이인가?]

타르타로스를 탈출하려다 지하로 추락한 죄수는 대개 거신의 먹이가 된다. 덜덜 떠는 김남운은 인간이었다면 이미 거품이라도 물었을 듯한 모습이었다.

거신은 다시 내게 시선을 돌렸다.

[네게선 많은 냄새가 난다. 성좌, 천사, 마족, 인간…… 거기에 이계의 신격까지. 대체 어떻게 돼먹은 설화인 게냐?]

나는 대답하지 않았다. 때로는 말보다 확실한 대답이 있으니까. 설령 상대가 '태고의 거신'이라 한들, 처음부터 주눅 들어 있을 수는 없었다.

[마왕의 '격'을 개방합니다!]

손아귀에서 빠져나오자 거신의 모습이 한결 명료하게 보였다. 크기는 내 상상 이상이었다. 거의 100미터는 넘을 듯한 신장. 애초에 싸움이 되지 않을 수준이었다.

[그 아이는 내가 먹겠다.]

[반을 찢도록 하자.]

곳곳에서 스멀스멀 기어나오는 목소리.

나는 그에 경고하듯 냉정한 목소리로 입을 열었다.

"우리는 먹이가 아닙니다."

"우리는 협상을 하러 왔다."

유중혁도 말을 보탰다. 초월좌의 격을 뿜어내는 유중혁도 어느새 거신 손아귀에서 빠져나와 있었다.

그러나 아랑곳없는 거신의 답이 돌아왔다.

[그것은 너희가 결정할 일이 아니다.]

그렇게 나올 줄 알았다. 거신들의 멸망은 결국 저 오만함에서 비롯된 것이니까. 나는 더 지체하지 않고 진언을 발동했다.

[처음 뵙겠습니다. 위대한 '백수百手의 왕자들', 헤카톤케이레스 삼 형제시여.]

내 말과 함께, 어둠 속에서 삼백 개의 눈동자가 일시에 뜨였다. 눈동자들은 단 '세 거신'의 것이었다.

세 거신이 동시에 말했다.

[재미있구나. 우리를 알면서도 이곳에 찾아왔다?]

오십 개의 머리와 백 개의 팔을 가진 백수거신百手巨神.

나는 이 티탄 거신의 이름을 알고 있었다.

굳센 폭풍, 브리아레오스.

돌진하는 거암巨巖, 코토스.

변화하는 수족手足, 귀에스.

이들은 〈티타노마키아〉와 〈기간토마키아〉를 모두 겪은, 살아 있는 신화의 증인이었다. 그 몸에는 〈올림포스〉의 온갖 설화가 고스란히 누적되어 있었다. 만약 이들이 '책'이라면 이 자리에 앉아 몇 달이고 몇십 년이고 읽어낼 수 있을 것만 같은 기분이었다.

['제4의 벽'이 탐욕스레 입맛을 다십니다.]

이것이 신화神話다.

세상에서 가장 오래된 이야기. 필멸자를 매개로 전승되어 마침내 하나의 세계관을 이룬 것들.

세 거신은 외양은 같으나 눈동자 색이 달랐다. 브리아레오스는 푸른색, 코토스는 흙색, 그리고 귀에스는 초록색 눈동자.

나는 그 수백 개의 눈동자를 가만히 응시하며, 다시금 입을 열었다.

[나는 당신들을, 이곳의 모든 거신족을 타르타로스에서 해방시키러 왔습니다.]

쩌렁쩌렁 울리는 진언이 메아리치며 퍼져나갔다. 헤카톤케이레스 형제뿐만 아니라 타르타로스 전체의 거신이 충분히 들을 수 있을 목소리였다.

어둠 속에서 몇몇 거신이 몸을 일으키는 소리가 들려왔다. 하지만 누구도 입을 열지 않았다. 눈앞의 티탄이 아무 말도 하지 않았기 때문이다.

내 말을 들은 헤카톤케이레스의 반응은 제각각이었다. 코토스는 심드렁한 모습이었고, 귀에스는 지겨운 표정이었다.

하지만 브리아레오스만은 달랐다.

[재미있는 농담이로군. 너를 더 먹고 싶어졌다.]

나는 살 떨리는 협박에도 굴하지 않고 웃었다.

"보시다시피 전 너무 작아서 맛을 느낄 새도 없을 텐데요. 저보다는 저 녀석이 더 먹을 게 많을 겁니다."

나는 유중혁을 돌아보았다. 기다렸다는 듯 유중혁의 근육이 크게 꿈틀거리고 있었다. 이내 쩌저저적, 하는 소리와 함께 골

격이 커지기 시작했다. 2미터, 3미터, 4미터…… 급격하게 체고가 늘어난 유중혁이 흑천마도를 쥔 채 브리아레오스를 바라보았다.

우리를 보던 백 개의 눈 중 절반이 의심의 빛을 띠었다.

[거신화? 어떻게 그 스킬을 가지고 있는 거지?]

"당신에게 배웠다, 브리아레오스."

흑천마도에 하늘을 깨부수는 [파천검도]의 힘이 어른댔다.

신화에 대항하는 작은 영웅처럼, 유중혁이 으르렁거리며 말했다.

"정확히는, 지난 '회차'의 당신에게."

�☆☆☆

엄밀히 따지면 유중혁의 '스승'은 파천검성 하나뿐이다. 녀석이 가진 힘의 원천은 회귀로 반복 숙련된 [파천검도]가 핵심이니까.

그렇다고 유중혁이 하나의 기술만 익힌 것은 아니었다.

무수한 회귀를 거치며, 유중혁은 다양한 존재에게서 다양한 기술을 습득했다.

스킬 [거신화]가 그랬고.

성흔 [전승]이 그러했다.

특히 [거신화]를 가르쳐준 브리아레오스는 유중혁과 약간의 인연이 있었다. 파천검성을 닮은 저 푸른색 눈동자가 그 증거였다.

[얼마 전 어린 거신족 하나가 이곳을 방문한 적이 있었지. 그때 그 아이의 '운명'을 각성시켜주는 대가로 약간의 이야기를 들었다. 뭔가 싶었는데, 너희에 관한 이야기였군.]

제1 무림에서 파천검성에게서 도움을 얻는 대가로 그녀를 타르타로스에 보내준 적이 있었다. 아마 그때 우리 이야기를 한 모양이었다. 그 고집불통 초월좌가 무슨 말을 늘어놓았는지 모르겠지만, 의외로 이야기가 잘 풀릴 수도 있겠다는 생각이 들었다.

[성좌들이 말하는 특이점이로군. 거대한 수레를 움직이는 존재.]

[정말로 시나리오가 ■■을 향해 가는 것인가.]

조금 전까지 우리를 먹어치울 듯 굴던 거신들 목소리에 알 수 없는 피로감과 해방감이 묻어났다. 아니, 해방감이라기보다는 거의 체념조에 가까운 목소리였다.

[너희에게 흥미가 생겼다. 그래, 우리를 어떻게 해방시켜줄 생각이냐?]

"〈기간토마키아〉를 일으킬 겁니다."

나는 곧장 본론을 말했다. 어차피 티탄과 만나버렸고, 일을 물릴 수도 없다면 저지르고 보는 편이 나았다.

헤카톤케이레스 삼 형제는 〈티타노마키아〉와 〈기간토마키아〉의 주역. 이들만 있다면 〈기간토마키아〉를 내 생각대로 뒤엎는 것도 불가능한 일만은 아니었다.

"이쪽은 준비가 되어 있습니다. 당신들이 마음만 먹는다면—"

[거절한다.]

"어째서입니까?"

[어린아이야. 너는 말해도 이해하지 못할 것이다.]

헤카톤케이레스 삼 형제와 거신들은 타르타로스에 아주 오랫동안 수감되어 있었다. 누구보다 이 감옥을 증오하고, 12신좌에 대해서도 깊은 원망을 품은 자들이었다.

그런데 왜 해방을 거부하는 것일까.

「*김 독자 머리 나 쁘 다.*」

나는 빠르게 멸살법 내용을 떠올려보았지만, 마땅한 혜안은 떠오르지 않았다.

설명 덩어리 멸살법에도 거신에 관한 정보는 자세히 소개되지 않는다. 거신과 접점이 느는 후반부로 갈수록, 유중혁은 입을 떠벌리기보다는 칼을 먼저 꺼내기 때문이다.

그러니까…… 지금처럼.

—가만있어 인마. 여기서 칼 꺼내면 진짜 우리 다 망해.

나는 칼자루를 놓는 유중혁을 일별한 후 다시 거신들을 돌아보았다.

방법을 떠올려야 한다. 이 수천수만 년 묵은 덩어리들을 설득할 방법을.

그런데 뜻밖에도, 브리아레오스가 먼저 입을 열었다.

[어린 성좌야, 너는 이 세상에 얼마나 많은 〈기간토마키아〉가 있었다고 생각하느냐?]

거신들 표정에서 활자가 일렁였다. 거신들의 설화가 이야기를 시작하고 있었다. 아주 오래된 감정이 실린 문장들.

['시나리오의 해석자'의 특성 효과가 발동합니다!]
[설화에 대한 당신의 이해도가 급격히 상승합니다!]

나는 그 문장을 통해 거신들의 기억을 엿볼 수 있었다. 오래 전 있었던 〈티타노마키아〉와 〈기간토마키아〉의 역사.

[모든 시나리오의 결과는 정해져 있다. 우리는 그 시나리오의 단역일 뿐이야. 이미 우리는 네가 알지 못하는 수많은 〈기간토마키아〉를 치러왔다.]

60번 시나리오, 〈기간토마키아〉. 그 시나리오에서 거신들은 짓밟혔다.

전쟁에서 승리한 〈올림포스〉는 주기적으로 〈기간토마키아〉를 다시 열었다. 거신들은 몇 번이고, 다시 몇 번이고 그 전쟁에 끌려 나갔다. 남루한 옷과 장비를 걸친 채, 무장한 수백의 성좌와 화신의 사냥감이 되었다. 피 묻은 상흔이 거짓이 되고, 그들의 용맹은 조롱거리가 될 때까지.

[우리는 패배하고.]

그런 일이 열 번.

[패배했으며.]

백 번.

[또 패배했다.]

천 번도 넘게 반복되었다.

[그런데 너는 또다시 우리에게 그 전장에 서라고 하는구나.]

마치 유중혁의 회귀가 그러했던 것처럼.

[너희는 언제까지 과거의 망령을 불러낼 것이냐? 대체 언제까지 죽은 신화의 껍데기를 뒤집고, 능욕할 것이냐?]

이 거신들은 유중혁과는 다른 의미에서 '회귀자'였고.

마침내 그 '회귀'에 지쳐버린 존재였다.

[아이야, 우리는 해방을 원하지 않는다. 우리는 이제 그 '이야기'가 궁금하지 않다.]

3

오랜 세월이 지나며, 거신들은 첫 번째 〈기간토마키아〉의 분노를 잊었다.

반복되는 시나리오는 그들의 의지를 앗아갔고, 영광스러웠던 나날을 퇴색시켰다. 이제 60번 시나리오 〈기간토마키아〉는 몇 명의 거신이 징집되어 벌어지는 성좌들의 축제일 뿐이었다.

[그만 돌아가거라.]

거신들은 세계에 저항하는 대신, 이 세계에서 잊히는 쪽을 택했다.

그 절망이 너무나 거대했기에 나는 순간 말문이 막혔다.

이럴 때 유상아가 있다면 좋을 텐데. 누군가를 설득하는 것은 나보다 그녀가 제격이다.

"신화시대를 호령한 거신이라더니 별거 아니었네."

특유의 싸가지 없는 말투. 놀랍게도 김남운이 입을 열고 있었다.

"덩어리들, 너흰 아직 나처럼 죽은 것도 아니잖아."

거신들이 발하는 무시무시한 '격'에도 불구하고, 작은 입이 잘도 나불댔다. 묘하게 고조된 억양으로, 마치 지난 회한이라도 토해내듯 김남운이 소리쳤다.

"살아서 아직 미래를 바꿀 수 있잖아. 그런데 벌써 포기하는 거야? 인간보다 위대한 신격이라며? 어마어마한 정신력과 힘을 가진 존재라며? ■발! 그런데 겨우 게임 몇 번 졌다고 징징대기는!"

거신들 주변에서 흉악한 기세가 일어났다.

나는 재빨리 김남운 앞을 막아서며 말을 받았다.

"당신들은 아직 변할 수 있습니다. 이번 〈기간토마키아〉는 지금껏 있었던 〈기간토마키아〉와는 완전히 다를 겁니다."

[역사는 변하지 않는다.]

"'번개의 신좌'에게 배신당한 일을 벌써 잊었습니까? 그를 도와 〈티타노마키아〉를 승리로 이끌었음에도 타르타로스의 나락으로 떨어진 일을, 벌써 잊어버린 겁니까?"

유상아는 곁에 없지만, 나는 유상아가 말하는 방식을 기억하고 있었다.

세계사와 신화에 능통한 유상아.

나는 그녀가 특유의 말발로 '홍무대왕'을 설득하던 때를 떠올리며 말했다.

"〈기간토마키아〉에서는 또 어땠습니까? 당신들이 이길 수 있는 싸움이었습니다. 인간 영웅들의 도움만 없었더라면 당신들이 이길 수 있는 싸움이었단 말입니다. 정말 이대로, 영원히 패배한 신화로 기록될 셈입니까?"

[건방진 아이야. 너는 이해하지 못한—]

"이해합니다. 당신들의 절망, 모두 이해하고 있습니다."

거짓말이었다. 나는 이들에 대해 알지 못하니까. 그러나 거짓말이 아니기도 했다.

"당신들과 같은 처지였지만, 당신들과는 달리 끝까지 포기하지 않은 사람을 알고 있습니다."

우리는 결국 우리가 가진 이야기로 상대방을 이해할 수 있을 뿐이다.

"당신들보다 까마득한 세계에 맞서서, 수백 수천 번이나 절망하면서도 끝까시 포기하시 않은 사람을 알고 있다는 말입니다."

유중혁과 김남운이 나를 바라보았다.

브리아레오스가 물었다.

[누구 이야기를 하는 거지?]

"제가 아는 영웅의 이야기입니다. 원하신다면 들려드릴 수도 있습니다."

내 말에 브리아레오스가 웃었다. 뿌리 깊은 불신이 밴 조소였다.

['벽'의 뒤에 숨은 존재여.]

순간, 세계가 삐걱거리는 소리가 들렸다.

[네가 '최후의 벽의 파편'을 가졌다는 것은 안다. 그 뒤에 숨어서 다른 모든 성좌의 시선을 피하고 있겠지.]

사실이었다.

[그런 비겁자가 하는 말에 어떤 진정성이 있을 거라고 생각하는가? 너는 우리를 설득할 수 없다.]

우습게도, 나는 그 말에 반박할 수 없었다. 오랫동안 외면하던 사실을 지적받은 느낌이었다.

['제4의 벽'이 분개합니다!]

['제4의 벽'이 저런 녀석의 말은 들을 필요가 없다고 말합니다.]

뜻밖에도 나를 도운 것은 성좌들이었다.

[성좌, '긴고아의 죄수'가 거신들의 무력함을 비난합니다!]

[성좌, '심연의 흑염룡'이 '굳센 폭풍'을 한심하게 생각합니다!]

[성좌, '은밀한 모략가'가 고개를 절레절레 흔듭니다.]

갑작스레 쏟아진 간접 메시지에 브리아레오스가 놀라움을 표했다.

[채널에 대단한 후원자들을 데리고 있군. 시나리오의 망령들이여. 아직도 무슨 여한이 남았는가? 대체 무슨 이야기가

궁금하여 이 작은 아이를 쫓아다니는 것이지?]

　허공에서 쏟아지는 간접 메시지를 보며 난 잠시 고민했다.

　결정은 길지 않았다.

　"벽을 해제하겠습니다."

[성좌, '심연의 흑염룡'이 깜짝 놀라 당신을 바라봅니다!]

[성좌, '은밀한 모략가'가 고요한 눈으로 당신을 관조합니다.]

　"그러면 제 이야기를 들어주시겠습니까?"

「김 독자 그 건 안 된 다.」

　내 안에서 강렬하게 스파크가 튀어 오르며 [제4의 벽]이 말

했다.

「그 건 들 어 줄 수 없 어.」

　'한 번만. 잠깐이라도 괜찮아.'

「그런 짓을 하 면 네 가 위 험 해진 다.」

　[제4의 벽]은 완강했다.

['제4의 벽'이 희미하게 흔들립니다.]

사실 나도 자신은 없었다. 벽이 완전히 사라진다면, 내 정신이 온전히 버틸 수 있을지 의문이었다. 그래도 해야만 했다.

「*절 대 로 안 된 다.*」

'말 안 들으면 강제로 꺼버릴 거야.'

내 위협에 [제4의 벽]이 더욱 강하게 흔들렸다.
언제나 나를 지켜준 [제4의 벽]. 녀석과 싸우고 싶은 생각은 없었다.
결국 양보한 쪽은 [제4의 벽]이었다.

「*전 부 는 안* 돼.」

'그럼?'

「**일 부** 만.」

내가 답하려는 순간, 어디선가 하늘이 무너지는 듯한 소리가 들렸다. 나를 포근하게 감싸던 세계에 인위적인 균열이 일고 있었다. 머릿속이 혼탁해졌고, 시종일관 침착하던 마음이 급격하게 불안해졌다.

['제4의 벽'의 일부가 개방됩니다.]

미칠 것 같은 기분이었다. 시야가 붉어지고 심장이 빨리 뛰었다. 사위가 어지러웠다. 내가 가진 설화 중 일부가 목소리를 쏟아내고 있었다.

[설화, '영원불멸의 지옥도'가 이야기를 시작합니다.]
[전용 특성, '시나리오의 해석자'가 이야기를 통제합니다.]

1,863회차에서 겪은 일들이 머릿속을 떠돌았다. 눈을 끔뻑이자 내게서 쏟아지는 활자들이 보였다. 그것은 내가 읽어온 멸살법의 이야기였다. 황홀하게 펼쳐지는 설화의 향연에, 일순간 나조차 넋을 잃을 지경이었다.

그곳에 유중혁이 있었다.
이제는 없는 원작의 유중혁이었다.

내가 기억하는 회차들 일부가 파편이 되어 헤카톤케이레스 삼 형제에게 전해지고 있었다. 나는 토악질을 시작했다.

「내가 녀석을 죽였다.」

「그래서는 안 되는 거였는데.」

「내가 막을 수도 있었을 텐데.」

그럼에도 나는 끝까지 정신을 놓지 않았다. 내겐 이 이야기를 들려줄 의무가 있었고. 오직 나만이, 이 이야기의 전부를 기억하고 있었다.

「"포기하지 않는다. 백 번이고, 천 번이고. 몇 번이고 회귀해서, 반드시 네놈들을 모두 죽여버릴 것이다."」

그곳에 〈올림포스〉와 대적하는 유중혁이 있었다.

거신들의 눈동자가 일제히 커졌다.

「"하나도 남김없이, 죽일 것이다."」

유중혁의 회차가 흘러가고 있었다.

유중혁은 싸웠다.

211회차에서, 처음으로 12신좌 하나를 죽였고.

325회차에서 둘을 죽였으며.

438회차에서 넷을 죽였다.

회차의 숫자는 순식간에 네 자리를 돌파했다.

「"내가 말했지. 너희는 죽을 거라고."」

그는 말했고. 검을 휘둘렀고. 말을 실천했다.

개중에는 거신들이 패배한 〈기간토마키아〉 시나리오도 있었다.

12신좌의 목을 틀어쥔 유중혁이 웃고 있었다.

「"너희는 영원히 살아남지 못한다."」

터져나가는 신좌들 머리를 보며, 거신들의 눈빛이 경악으로 변했다.

싸우고 또 싸우는 유중혁이 그곳에 있었다. 무려 1,863번에 달하는 회귀 속에 성좌들을 학살하는 유중혁.

유중혁이 신좌 하나를 죽일 때마다 거신들의 주먹이 떨리고 있었다. 거신들의 동공에 오래전 잃어버린 뭔가가 깨어나고 있었다.

결국 이야기에 낙담한 이를 설득할 수 있는 것은 이야기뿐이다.

잊혔던 감수성을 깨우고 낡아 스러지던 의지를 다시 불태우는 것.

어떤 삶이 가능하다고 알려주는 것.

그것은 오직 이야기뿐이다.

[전용 스킬, '제4의 벽'이 발동합니다!]

이윽고 설화가 끊겼다. 힘이 빠져 자리에 주저앉으려는 순간, 누군가가 나를 부축했다. 유중혁과 김남운이었다.

거신들이 나를 바라보고 있었다.

[그래서……]

거신들이 나를 향해 묻고 있었다.

[다음 이야기는 어떻게 되는 거지?]

[이다음에는 무슨 일이 있었던 거냐?]

그 눈동자에 비치는 열망을 나는 잘 알고 있었다.

"알고 싶습니까?"

시나리오를 증오하면서도, 다음 시나리오를 궁금해하는 그 마음을.

[알고 싶다.]

츠츠츠츠츳!

"그럼 직접 알아내십시오."

거신들의 눈빛이 다시 한번 흔들렸다. 더 이상 다음 이야기 따위 궁금하지 않다고 말하던 그 부르튼 입술들이 일제히 경련하고 있었다.

다음 말은 한참 뒤에 돌아왔다.

[우리가 이길 수 있을 거라 생각하는가?]

무슨 말인지 알기에 나는 자신 있게 답했다.

"이길 수 있습니다."

삼백 개의 눈이 나를 노려보았다.

그리고 얼마나 지났을까. 눈이 늘어나기 시작했다. 삼백 개에서 사백 개로, 다시 오백 개로.

스르르 걷힌 어둠 속에서, 무수한 기간테스가 헤카톤케이레스 삼 형제를 중심으로 부복해 있었다.

[거신들은 들어라.]

쿵, 하고 내리찍은 발에 신화의 발자국이 남았다.

[우리는 〈기간토마키아〉에 참전할 것이다.]

소리를 내며 흔들리는 지축. 타르타로스 전체가 거신들의 격으로 들끓기 시작했다.

하나둘, 거신들이 발을 구르기 시작했다.

쿵. 쿵. 쿵. 쿵.

기다렸다는 듯 박자 맞춰 진동하는 발소리. 거신들이 일제히 일어서며 일대 장관이 펼쳐졌다.

쿵. 쿵. 쿵. 쿵.

파멸을 향해 가는 발걸음. 어둠 속에서 파도처럼 솟아오르는 거신들을 보며 나는 간신히 한숨을 놓았다. 꽤 힘들었지만 성공했다.

그때, 허공에서 페르세포네의 진언이 들려왔다.

[서두르는 게 좋을 거예요, 구원의 마왕. 이미 〈올림포스〉에

서는 〈기간토마키아〉에 참전할 '거신'을 뽑아갔거든요.]

"거신을 뽑아가다뇨?"

[몰랐군요. 이미 〈기간토마키아〉는 시작되었어요.]

"그게 무슨 말입니까? 아직 일주일이나 남았을 텐데요."

[명계에서는 시간이 다르게 흐른다는 거 벌써 잊었나요?]

아차 싶었다. 바깥의 시간을 물어보려는 순간, 지나치는 거신들 목소리가 들려왔다.

[이번 〈기간토마키아〉에는 몇이나 잡혀갔지?]

[올해는 넷이었지.]

넷이라고?

"그럴 리 없습니다. 이번 시나리오에 투입될 거신은 다섯일 텐데요."

그러자 거신들이 나를 보며 대답했다.

[넷이다.]

나는 재빨리 스마트폰을 열어 멸살법을 확인했다.

「올해 〈기간토마키아〉에는 다섯 명의 거신이 참전했습니다.」

틀림없었다. 멸살법에 따르면, 올해 참전한 거신은 총 다섯이다.

그런데 넷을 뽑아갔다고?

순간, 뒷덜미가 서늘해지는 느낌이 들었다.

돌아보자 유중혁도 얼굴이 심각해져 있었다.

"김독자."

스타 스트림의 모든 거신은 타르타로스에 갇혀 있다.

딱 하나.

우리가 아는 그 '거신족'을 제외하면 말이다.

4

"히야, 진짜 모처럼의 지구네."

포털을 껑충 넘어온 장하영이 금발을 쓸어 넘기며 한숨을 돌렸다.

탁 펼쳐진 광화문. 오랜 여정 끝에 돌아온 고향이었다.

"오랜만에 고향에 오니 좋으냐?"

장하영이 뒤를 돌아보자, 파천검성이 포털을 빠져나오고 있었다. 뒤이어 그녀의 다리 사이로 파천신군이 쏙 빠져나왔다. 파천신군의 머리 위에는 역설의 백청 키리오스 로드그라임이 올라타 있었다.

다른 차원으로 수련을 떠났던 초월좌 일행이었다.

"그게, 긴가민가한 것이······."

"혹시 장하영 씨 되시오?"

낯선 목소리에 장하영의 말이 끊겼다.

한 사내가 그들을 바라보고 있었다. 옷차림을 보아하니 저쪽도 한국인은 아니었다.

"그런데요."

"그렇다면 뒤쪽 거대하신 분은 설마 '파천검성'이시오?"

"그렇다."

파천검성이 대답하자 사내가 감탄하며 말했다.

"허, 역시 명불허전이로군. 기다렸소이다. 본인은 비천호리라는 무명소졸이오."

"무림인이군. 무슨 용건이지?"

"김 소협이 여기서 그대들을 기다리라 했소."

"김 소협? 그 허여멀건 녀석 말인가?"

"그 허여멀건 자가 김독자 소협을 가리키는 거라면, 맞소."

비천호리가 말을 이었다.

"'귀환자 연합이 곧 서울을 침공할 것이다'. 이렇게 전하라더군."

"건방진 제자 놈. 왜 빨리 돌아오라고 닦달인가 했더니."

키리오스가 인상을 찌푸리며 말했다.

귀환자 연합이 어떤 집단인지는 그들도 잘 알고 있었다. 특히나 파천검성은 그와 관련해 김독자와 유중혁에게 따로 이야기를 들은 적이 있었다.

"'귀환자 연합'이라…… 다른 세계선에선 내가 녀석들의 합공을 받고 죽었다지."

모든 귀환자가 비천호리처럼 상생의 길을 택한 것은 아니었다.

그리고 '귀환자 연합'은 폭력과 지배의 길을 택한 대표적인 집단이었다.

"그 세계선에선 수련을 게을리한 모양이군, 파천검성."

"상대는 천마와 혈마다. 얕볼 수는 없어."

"누가 오든 이번 세계선의 너는 죽지 않는다. 본좌가 함께 있으니."

키리오스의 단언에 파천검성이 희미하게 웃었다.

"나도 죽을 생각은 없다. 여기서 죽으면 내 귀여운 제자 녀석의 엉덩이를 두들겨주지 못할 테니까."

파천검성은 그 말을 하며 가만히 주먹을 쥐었다 폈다.

다른 세계선의 자신이 어느 정도의 강함을 지녔는지는 모른다. 하지만 확실한 것은, 지금의 그녀 또한 하나의 경지를 넘었다는 사실이다.

파천검성은 삼 년 전 있었던 '형용할 수 없는 아득함'과의 전투를 떠올렸다. 그 격의 끝을 잴 수 없던 '이계의 신격'. 성좌조차 넘어선 재앙과 마주하던 날의 공포를, 파천검성은 단 하루도 잊어본 적 없었다.

제1 무림을 지켜내며 '거대 설화'를 얻고, 타르타로스를 방문해 거신의 운명을 개방했다. 그럼에도 상대할 수 없던 적.

파천검성의 지난 삼 년은, 오직 '이계의 신격'과의 재전再戰을 준비하기 위한 기나긴 수련의 시간이었다.

멀리서 낯선 기운이 느껴진 것은 그때였다.

"뭔가 온다."

키리오스의 말과 함께, 장하영과 파천신군도 자리를 잡았다. 하필 이 타이밍이라면, 역시 '귀환자 연합'일 것이다.

파천검성이 재빨리 명령을 내렸다.

"천마와 혈마는 나와 키리오스가 맡는다. 하영과 신군은 서울 지역 민간인을 최대한 보호하면서……."

그리고 다음 순간, 파천검성의 몸이 환한 빛으로 물들었다.

[화신 '남궁민영'에게 깃든 '거신의 운명'이 발현합니다!]

"무슨?"

[시나리오 강제 전송이 시작됩니다!]
['신화의 낙인'에 의해 거절권이 주어지지 않습니다.]

"사부님!"

깜짝 놀란 장하영이 소리를 질렀으나, 이미 파천검성의 육신은 빛살 속에 어딘가로 사라진 후였다. 그 침착한 키리오스조차 이번만큼은 눈빛이 흔들리며 말을 잇지 못했다.

그리고 하늘 건너편에서 암운暗雲이 몰려오기 시작했다.

키리오스의 표정이 굳어졌다.

"이번엔 진짜 온다."

'귀환자 연합' 군단이 서울을 향해 진격해오고 있었다. 귀환자의 진군이 만들어내는 어마어마한 격의 향연.

긴장한 비천호리가 슬금슬금 발을 빼며 중얼거렸다.

"이거, 아무래도 위험하겠소이다."

¤ ¤ ¤

"유중혁, 잠깐만!"

"시간이 없다. 김독자, 설마 눈치 못 챈 건가?"

돌아보는 유중혁의 얼굴이 분노로 일그러져 있었다.

"다섯 번째 거신은 분명 파천검성이다."

"알고 있어."

원작의 파천검성은 〈기간토마키아〉의 제물이 되지 않는다. 본래 그녀는 타르타로스에 방문해 자신의 혈육을 만나지도 않고, 거신의 운명을 각성하지도 않으니까.

「나 때문이다.」

전개를 뒤틀었으니 한 번쯤은 이런 일이 벌어질 거라 생각했다.

"아무리 스승이라 해도 당장 도우러 가지 않으면 위험할 수 있다. 〈기간토마키아〉가 시작되었다는 말 못 들었나?"

채근하는 유중혁의 얼굴을 보며, 나는 고개를 저었다.

"위험하지 않아. 오히려 당분간 안전할 거야. 위험한 건 파천검성이 아니라 다른 쪽이야."

"무슨 헛소리냐? 만약 스승이 시나리오의 '거신'으로 지목되었다면……."

말을 하던 유중혁이 뭔가 눈치챘는지 입을 다물었다. 녀석도 깨달은 것이다.

〈기간토마키아〉에서 '거신 사냥' 이벤트는 맨 마지막 순서로 지정되어 있다.

사냥 이벤트가 시작되기 전까지 '거신'은 시나리오의 절대적인 보호를 받는다. 정말로 파천검성이 〈기간토마키아〉에 동원되었다면, 지금은 안전한 상태일 것이다.

오히려 문제는 파천검성이 사라진 지구였다.

"지금쯤 귀환전쟁歸還戰爭이 시삭되었을 거야."

우리가 45번 시나리오를 통과했다고 해서 지구의 모두가 그런 것은 아니었다. 여전히 그곳에서는 45번 시나리오가 진행 중이고, 지금쯤 차원을 넘어선 '귀환자 연합'의 진군이 시작되었을 것이다.

본래 파천검성을 비롯한 초월좌 일행은 '귀환자 연합'을 상대하기로 되어 있었다.

유중혁이 침음하듯 말했다.

"서울이 위험하다."

물론 파천검성이 없더라도 지구의 전력은 막강했다.

장하영과 파천신군, 키리오스 스승님도 있었고, 비천호리를 비롯한 몇몇 귀환자, 어머니와 '방랑자들' 세력도 있었다. 북한 쪽에 있다는 공필두와 한명오도 도움이 될 것이다.

하지만 초월좌인 천마와 혈마를 상대할 수 있는 것은 파천검성이나 키리오스뿐이다.

잠시 고민하던 유중혁이 말했다.

"지구엔 내가 가지. 네놈은 〈기간토마키아〉에 참가해라."

"괜찮겠어?"

"지금으로서는 방법이 없다."

나는 손에 쥐고 있던 아이템을 던져주었다.

"이거 가져가."

방금 브리아레오스에게 맹세의 증표로 받은 '거신갑'이었다. 중후반 시나리오로 들어가며 유중혁이 사용하는 주력 방어구 중 하나.

유중혁은 말없이 거신갑을 받아쥐더니 페르세포네의 도움을 받아 곧장 타르타로스를 탈출했다.

쿵. 쿵. 쿵. 쿵.

전쟁을 준비하는 거신들이 발 구르기를 계속하고 있었다.

[히든 시나리오 - '신화 전복'이 시작됩니다!]

[새로운 설화의 가능성이 발아합니다!]

저 의식이 끝나면 진짜 〈기간토마키아〉가 시작되겠지.

나는 거신들 눈치를 보다가 페르세포네를 불렀다.

"여왕님, 저도 슬슬 나가볼까 싶은데요."

[그대는 나갈 수 없어요.]

"예? 유중혁은 보내주셨잖아요?"

[그는 '죄수'가 아니에요. 하지만 그대는……]

나는 허공에 떠 있는 메시지를 바라보았다.

[현재 당신은 '법권 지대'에서의 범법 행위로 수감된 상태입니다.]

[잔여 감금 시간: 4시간]

[규칙은 규칙이에요.]

나는 인상을 찌푸렸다.

지축을 울리는 거신들의 아우성.

〈명계〉의 시간 비율이 어떤지도 모르는 판국에, 여기서 순순히 네 시간을 기다릴 수는 없었다.

☒ ☒ ☒

"저기, 우리 여기 놀러 온 거예요?"

이지혜는 멍한 얼굴로 섬 주변을 두리번거리며 말했다.

[테마파크, <기간토마키아>에 입장하신 것을 환영합니다!]

[현재 '올림포스 12과업 체험기'가 진행 중입니다!]

북적이는 화신과 성좌 무리가 분주히 어딘가로 이동하고
있었다.

〈거대 멧돼지 생포 체험〉

〈네메아의 사자 사냥 체험〉

(…)

토끼 귀 머리띠를 쓴 신유승과 이길영이 들뜬 기분을 감추
지 못하고 주변을 뛰어다녔다.

"이런 데는 처음 와봤어요."

"저거 진짜 '헤라클레스'가 입은 옷인가 봐요!"

일행들이 60번 시나리오인 〈기간토마키아〉에 진입한 것은
여덟 시간 전의 일이었다. 그리고 이후 여덟 시간 동안 일행
들이 한 일이라고는 〈올림포스〉의 따분한 영상을 관람하거나,
허접한 4급 괴수종을 신화의 멧돼지라고 우기는 것을 보거나,
체고 5미터도 안 되는 조그만 히드라가 우리에 갇혀 울부짖는
모습을 구경한 것이 전부였다.

"여기 그냥 놀이공원이잖아……."

멀리서 〈황금 사과 농장〉 이벤트에 참가하여 사과를 잔뜩
얻어 오는 이현성의 모습도 보였다. 아이들은 노는 데 정신이

팔렸고, 믿었던 군인은 저 모양이다.

이설화가 말했다.

"60번 시나리오가 절대로 이런 식일 리 없어요. 정신 바짝 차려야 해요."

그렇게 말하는 이설화의 머리에는 기념품으로 산 별 모양 머리띠가 반짝이고 있었다. 이지혜가 질린 얼굴로 한수영을 채근했다.

"다들 제정신이 아니야. 수영 언니 뭐라고 말 좀 해봐요!"

한수영은 한가롭게 사탕을 물고 벤치에 앉아 있었다.

일행들이 정신을 못 차리고 테마파크 곳곳을 쏘다니는 와중에도, 한수영은 날카로운 눈으로 시나리오 진행 현황을 살폈다.

[다음 '12과업 이벤트'에 참가하실 화신 및 성좌분들은······.]

특히 한수영이 제일 눈여겨보는 것은 테마파크 중심지에서 진언을 터뜨리는 한 성좌였다. 고대 그리스 갑옷과 장신구를 걸친, 언뜻 보기에는 이벤트 도우미 정도로 보이는 한 사내.

'발목에 두꺼운 덮개를 씌워놨네.'

〈올림포스〉에서 발목을 조심해야 할 영웅이라면 하나밖에 없다.

'트로이의 슬픔', 아킬레우스.

녀석은 이벤트 진행이 따분한지 연신 하품을 하고 있었다.

그리고 얼마나 지났을까.

[자아, 대충 구경들은 하신 것 같으니 슬슬 본론으로 들어가볼까요.]

나른하던 녀석의 말투가 처음으로 바뀌었다.

[〈기간토마키아〉는 오래전부터 우리 〈올림포스〉가 주최해온 시나리오입니다. 스타 스트림에서 가장 위대한 신화를 직접 체험하고, 그것을 몸소 느끼는 것.]

떠들썩하던 화신들의 시선이 일제히 집중되고 있었다.

[알다시피 이 시나리오는 곧 중후반 시나리오에 진입하시게 될 화신 및 성좌 여러분을 위해 만들어졌습니다. 여러분은 이 시나리오를 통해 성운 〈올림포스〉의 12신좌에게 간택될 기회를 얻을 수 있습니다.]

마치 도깨비처럼 말하는 고대의 영웅을 보며, 한수영은 쓴웃음을 지었다.

'성운의 명망을 위해서라면 도깨비 짓도 마다하지 않겠다는 건가.'

물론 저런다고 정말 '도깨비의 권한'을 행사할 수 있는 것은 아니지만, 참가자를 자극하기에는 저만한 퍼포먼스도 없었다.

[그뿐입니까? '고대 거신' 사냥 이벤트를 통해 강력한 '거대 설화'의 지분도 얻을 수 있습니다!]

'거대 설화'의 지분이라는 말에, 몇몇 화신과 성좌가 환호성을 내질렀다.

인자하게 웃은 아킬레우스가 말을 이었다.

[그럼 슬슬 본격적인 게임에 돌입해볼까요.]

테마파크 중앙 홀이 개방되기 시작했다. 봉인되어 있던 거대한 구의 덮개가 열리며, 허공에서 오색 빛이 쏟아졌다.

['첫 번째 거신'을 소개합니다!]

빛살이 사라진 곳에 전설 속 거신의 모습이 드러났다.

그런데 왜일까, 거신은 생각보다 왜소했다. 아무리 봐도 키가 3미터 정도밖에 안 되어 보였다.

[하하, 실망하시는 분들이 보이는군요. 첫 번째 거신은 '혼혈종'이라 조금 작은 편입니다. 하지만 거신의 설화를 가진 것은 틀림없으니 다들 사냥을 시작해주시기 바랍니다!]

한수영과 일행들도 그 거신을 보고 있었다.

넋을 놓은 채 입을 벌리고 있던 이지혜가 몇 번이나 눈을 비비더니 외쳤다.

"저 사람……!"

이현성노, 이길영도, 신유승도. 그곳에 있는 모두가 저 거신이 누구인지 알고 있었다. 왜냐하면 그 거신은 언젠가 함께 싸운 적이 있는 동료니까.

부스스 눈을 뜬 구릿빛의 거신족이 일행을 마주 보았다.

[메인 시나리오 #60 - '기간토마키아'가 시작됩니다.]

[첫 번째 사냥감이 결정됐습니다.]

[거신, '파천검성 남궁민영'을 사냥하시오.]

그들의 첫 사냥감은 유중혁의 스승인 파천검성이었다.

[왜 다들 가만히 계시죠? 설마 겁먹으신 겁니까?]

시나리오가 시작되었음에도 아무도 움직이지 않자, 아킬레우스가 두둥실 허공으로 날아올랐다.

[다들 〈기간토마키아〉가 처음이라 무서우신 모양인데……별거 아닙니다. 제가 먼저 시범을 보여드리죠.]

아킬레우스의 손에 성유물인 '물푸레나무 창'이 쥐어져 있었다. 트로이 전쟁에서 무수한 무장을 꿰어 죽인 전설의 창.

화신들에게서 함성이 터져나왔다.

아킬레우스는 〈올림포스〉의 대영웅. 어떤 거신이라 한들 대적할 수 있을 턱이 없었다.

한수영은 팔의 붕대를 풀었다. 시나리오는 중요하다. 하지만 그렇다고 여기서 파천검성을 잃을 수는 없었다.

[보십시오. 이렇게 하는 겁니―!]

쏜살같이 날아간 아킬레우스가 파천검성의 심장을 노리고 창을 휘두르는 순간, 한수영이 달려 나갔다. 그리고 한수영의 발걸음은 멈췄다.

텁.

쇄도하던 아킬레우스가 허공에 멈춰 있었다. 화신들의 함성도 멎었다.

파천검성의 거대한 손이 아킬레우스의 머리를 죄고 있었다.

[무림이든 〈올림포스〉든 거신은 언제나 같은 취급이군.]

졸지에 벌레처럼 허공에 매달린 아킬레우스가 발버둥을 쳤다. 발버둥 칠수록 파천검성 손등에 튀어나온 힘줄이 더 불거졌다. 어디선가 쩌저적, 하는 소리가 들려왔다.

[거신을 사냥하고 싶으냐?]

파천검성의 차가운 눈길이 화신과 성좌를 일별했다. 콰드득, 하는 소리와 함께 아킬레우스의 머리가 으깨졌다.

[그럼 어디 한번 해보아라.]

5

새카만 타르타로스의 천장이 열리고 있었다.

['타르타로스'의 일부 지대에 균열이 발생합니다!]
[누군가가 비정상적인 탈옥을 시도합니다!]

허공에서 튀어오르는 경고 메시지와 함께 〈명계〉 전체가
흔들리고 있었다.

[<명계>의 심판관이 '구원의 마왕'의 행동을 눈치챘습니다!]

페르세포네가 뾰로통한 목소리로 말했다.
[이번 한 번뿐이니 명심하세요, 구원의 마왕.]

일대가 지진파에 휩싸였고, 활짝 열린 타르타로스의 천장 위로 희미한 포털이 만들어지기 시작했다. 페르세포네가 지상으로 가는 출구를 열어준 것이다.

그 광경을 보며 거신 브리아레오스가 물었다.

[대체 무슨 말을 했기에 명계의 여왕이 널 도와주는 거냐?]

"그냥 협박을 좀 했습니다."

삼십 분 전, 나는 페르세포네에게 다음과 같은 메시지를 보냈다.

―협조를 거부하시면 타르타로스에서 촬영한 모든 영상을 스타 스트림 전역에 뿌릴 겁니다.

타르타로스는 〈명계〉가 감춘 비밀들을 여럿 품고 있다. 그들이 몰래 양성 중인 거신병이라든가, 암암리에 감추어져 있던 타르타로스의 기관 시설 같은 것들. 적대 세력이나 〈올림포스〉가 알아서 하등 좋을 것이 없는 비밀의 보고가, 바로 이 타르타로스였다.

하지만 브리아레오스는 고개를 갸웃했다.

[여왕이 겨우 그 정도 협박에 굴했다고?]

"그녀는 우리 편입니다. 저를 풀어줄 구실이 필요했을 뿐이에요. 혹시나 나중에 일이 잘못되었을 때 핑곗거리는 있어야 하니까."

만약 이번 〈기간토마키아〉가 실패하여 〈올림포스〉에서 일의 경위를 따지고 든다면 〈명계〉는 필시 곤란한 상황에 처할 것이다. 아마 내 협박은 그때 〈명계〉를 약간이나마 변호할 수

단이 되겠지.

물론 어디까지나 이번 〈기간토마키아〉가 실패했을 때 이야기고, 나는 일을 그렇게 만들 생각은 없었다.

브리아레오스가 말했다.

[그대는 명왕과 여왕을 잘 모르는 모양이군.]

"예?"

브리아레오스는 대답 대신 알 듯 말 듯한 미소를 지었다.

[당신은 '거신의 맹세'를 받았습니다.]

[새로운 준신화급 설화를 획득했습니다!]

[설화, '거신의 해방자'를 획득했습니다!]

[해당 설화가 '단 하나의 설화'의 일부로 귀속됩니다!]

거신의 해방자.

이것이야말로 이번 〈올림포스〉 대전에서 내가 얻어야 할 첫 번째 설화였다.

['거신의 해방자'여. 곧 이곳의 거신들은 〈기간토마키아〉에 참전할 것이다. 우리에게 특별히 바라는 것이 있는가?]

"바라는 건 없습니다. 그저 당신들이 원하는 것을 행하십시오."

[점점 궁금해지는구나. 이렇게까지 해서 그대가 도달하고자 하는 ■■이 무엇인지. 지금껏 그 어떤 성좌도 그대처럼 기승전결을 쌓아나간 이는 없었다. 설마 그대는 '완벽한 설화'를

꿈꾸는 것인가?]

완벽한 설화.

누군가는 '단 하나의 설화'를 그런 이름으로 부른다. 이제껏 존재하지 않던 설화를 쌓아 만든, 지금껏 없었고 앞으로도 없을 이야기.

"저는 그냥 동료들과 함께 끝을 보고 싶을 뿐입니다. 누구도 잃지 않고, 모두 함께 말입니다."

[그것은 세상에서 가장 어려운 이야기일 것이다. 지금껏 그런 이야기는 존재하지 않았으니까.]

사실이다. 희생 없는 신화는 세상에 존재하지 않는다.

[스타 스트림의 개연성은 항상 희생을 강요하는 방식으로 움직이지. '운명'이 너를 쉽게 놓아주지 않을 것이다.]

"해보지 않고는 모릅니다. 그리고 [운명]이라면 이미 극복한 적도 있습니다."

나는 빌어먹을 〈올림포스〉 녀석들이 부여했던 [운명]을 떠올렸다. 지금도 그때만 떠올리면 이가 갈린다.

그런데 브리아레오스의 표정이 묘했다.

[운명을 극복했다고?]

문득 떠오르는 것이 있었다. 멸살법에 따르면, 모든 티탄은 예언의 힘을 타고난다.

[해방자여, '운명'이라는 것은 네가 생각하는 것보다 훨씬 더 넓고 방대한 개념이다. 〈올림포스〉에서 부여한 운명은 고작 이 세계의 티끌을 건드리는 정도일 뿐이야. 진짜 '운명'은

피할 수도 없고, 피해간다면 개연성이 반드시 왜곡된다. 그리고 일단 뒤틀린 개연성은 기필코 누군가가 대신해서 해소해야만 하지. '완벽한 설화'가 존재할 수 없는 이유는 그 때문이다.]

"초 치지 마시죠. 전 한다면 합니다. 그리고 제 동료들도 운명에 굴할 만큼 약하지 않고요."

나는 포털 속으로 뛰어들며 말했다.

"그럼 〈기간토마키아〉에서 만납시다."

브리아레오스가 고개를 끄덕였다.

[네게 이야기의 가호가 있기를 바란다.]

¤ ¤ ¤

"키리오스 어르신."

"그래."

"아무래도 '이야기의 가호'가 필요할 것 같은데요."

소 떼처럼 밀려오는 귀환자를 보며 장하영이 중얼거렸다.

"충실하게 수련했다면 가호 따윈 필요 없다."

키리오스의 등에서 은백색의 빛을 흩뿌리는 한 자루의 검이 뽑혀 나왔다.

순백의 역설.

키리오스의 고향인 피스 랜드의 명장들이 십여 년을 합심하여 만든 검. 수많은 전장을 누비며 바야흐로 성유물에 준하는 성능을 가지게 된 키리오스의 독문병기였다. 좀처럼 무기를 꺼내지 않는 키리오스가 그 병기를 꺼내 들었다는 것은 이번 상대가 만만치 않다는 방증이었다.

귀환자들 선두에서 두 인물이 날아오고 있었다.

화려한 적색 무복을 입은 사내와, 교단의 상징을 수놓은 흑색 무복의 중년인.

"이상하군. 이곳에 파천검성이 있다고 들었는데."

"또 잘못 짚은 건가?"

"모두 파천검성을 찾아라!"

중후한 내공이 담긴 목소리들. 동시에 키리오스의 신형이 허공으로 쏘아졌다. 존재하는 것만으로 하늘 일대를 장악하는 격에, 놀란 무림인들이 일제히 멈춰 섰다.

키리오스가 입을 열었다.

"너희가 천마와 혈마로군."

"귀하는 뉘시오?"

키리오스는 질문에 대답하는 대신 자신의 기세를 일으켰다. 밀려온 먹구름 사이로 뇌전이 쳤고, 그 뇌전 가운데 일부는 키리오스에게 깃들었다. 김독자의 주력 기술인 [전인화]가, 이제 그 창시자의 전신에서 숭고한 아우라를 뿜어내고 있었다.

"너희는 내 이름을 알 수 없다."

놀란 귀환자들이 뒷걸음질을 쳤다.

"이제 곧 죽을 테니까."

하늘을 울리는 백청의 전격. 〈무림〉 출신이라면 그 이름을 모를 수 없었다.

"설마 '역설의 백청'인가?"

키리오스의 검이 하늘을 가리켰다.

<u>츠츠츠츠츳!</u>

폭주하는 개연성의 잔흔을 남기며 키리오스의 격이 귀환자들과 충돌했다. 어마어마한 풍압 속에 장하영과 파천신군의 신형이 뒤로 밀려났다. 하늘의 중심에서 천마와 혈마, 그리고 키리오스가 검을 나누고 있었다.

한 합 한 합이 오갈 때마다 우레가 쏟아지듯 공간이 비명을 내질렀다. 인간과 인간의 대결이라고는 도저히 믿을 수 없을 전인미답의 혈투.

장하영은 넋을 잃고 그 전투를 지켜보았다.

'언젠가 나도 저 정도로 강해질 수 있을까.'

―장하영! 파천신군과 함께 공단을 보호해라!

키리오스의 [전음]에 퍼뜩 정신을 차린 장하영이 움직였다. 천마와 혈마를 제외하고도, 남은 귀환자는 물경 천여 명에 이르렀다.

개중에서도 성가신 것은 각 무림의 10대 고수들이었다.

크게 기합을 내지른 장하영의 주먹에서 작은 폭풍이 휘몰아쳤다.

"끄아아아악!"

풍압에 휘말린 귀환자 몇이 나가떨어지자, 다시 그들의 몸을 밟고 수십 명이 도약했다. 수가 너무 많았다.

"다들 공단 쪽으로 대피하세요!"

이쪽 전력은 장하영, 파천신군, 그리고 비천호리를 비롯한 십여 명의 귀환자가 고작. 애초에 키리오스를 제외하면 초월 좌급 귀환자와 맞설 수 있는 이는 얼마 되지 않았다.

공단 북쪽 지역에서 거대한 성채 같은 것이 덜덜거리는 소리를 내며 이쪽으로 다가오고 있었다.

장하영의 얼굴이 화색으로 물들었다.

"공필두!"

두다다다다!

성채에서 쏟아진 마력 포탄이 귀환자를 가격하자, 순식간에 희생자가 속출했다. 그러나 귀환자들은 곧 대열을 정비하며 포탄을 방어하기 시작했다.

"저 성부터 부숴라!"

공필두의 [무장성채]는 수비에 적합한 성흔이지 공격용은 아니었다.

이백여 명의 귀환자들이 따로 대열을 지어 공필두의 [무장성채]로 진격했다. 남은 귀환자들의 숫자는 사백. 성채의 흙벽을 타 넘은 귀환자들은 공단의 내부로 진입했다. 그러자 기다렸다는 듯, 공단의 수비를 전담하던 방랑자들이 움직였다.

조선제일술사의 힘을 사용하는 조영란.
대물 저격총을 겨눈 이복순.

전우치의 도술이 허공을 물들였고, 날아든 총탄이 귀환자들을 꿰뚫었다.
"크아악!"
"도술사다! 도술사를 죽여!"
애꿎은 시민들이 파도에 휘말린 물고기처럼 떼죽음을 당하고 말았다.
범람하는 귀환자들이 쏟아내는 검기 세례에 조영란과 이복순도 상처를 입기 시작했다.
방랑자들의 전열이 밀려나자 귀환자 중 누군가가 외쳤다.
"서울 지역 리더는 들어라! 목숨을 내놓는다면 더 이상 무의미한 희생은 발생하지 않을 것이다!"
귀환전쟁의 핵심은 각 세력의 리더를 쓰러뜨리는 것. 이번에 서울을 침공한 귀환자들 또한, 서울의 리더를 해치우는 것이 시나리오의 핵심 목표였다.
그리고 잠시 후, 공단 내부에서 휘황한 빛이 뿜어져나왔다.
수세를 이어가던 조영란의 안색이 창백해졌다.
"안 돼! 수경아!"

이복순의 외침과 동시에, 공단 창밖으로 한 여인이 두둥실 떠오르는 것이 보였다.

방랑자들의 왕이 말했다.

"내가 서울의 리더다."

한 손에는 부서진 팔주령을, 그리고 다른 한 손에는 비파형동검琵琶形銅劍을 쥔 이수경이, 고고한 눈으로 귀환자들을 내려다보았다. 그녀가 쥔 천부인에서 흘러나오는 기이한 아우라에 몇몇 귀환자가 뒷걸음질을 쳤다.

"무서워할 것 없다. 어차피 배후성의 힘도 쓸 수 없는 자다!"

함성을 터뜨린 귀환자들이 달려들자, 이수경이 쓴웃음을 지었다.

지난 암흑성의 전투로 '시조의 어머니'가 발하던 격은 대부분 소실되었다. 하지만 그렇다고 해서 싸울 방법이 없는 것은 아니었다.

「의意로서 중심을 세우자, 그것은 바람이 되었다.」

이수경이 쥔 비파형동검이 환한 빛을 내뿜었다.

[성좌, '흥무대왕'이 화신 '이수경'의 행동에 깜짝 놀랍니다.]
[성좌, '외눈 미륵'이 그런 짓을 하면 위험하다 경고합니다!]
[성좌, '서애일필'이……]

한반도의 성좌들이 동시에 그녀를 향해 경고성을 발했다.

안다. 이런 짓을 하면 자신이 어떻게 될지는 이미 잘 알고 있다.

이수경은 흘끗 고개를 돌려 공단의 별실을 일별했다. 잠든 유상아의 얼굴이 눈앞에 아른거렸다.

유상아를 위해 〈올림포스〉에 참전한 아이들을 생각했다. 듬직한 군인 이현성, 불의를 참지 않는 정희원, 맹랑하지만 용감한 이길영, 침착하고 영특한 신유승.

온정 많고 일행을 잘 챙기는 이설화, 곧잘 투덜거리지만 예리한 감각을 가진 한수영.

그리고 자신의 아이를 떠올렸다.

그 아이가 살아갈 시간을. 오랫동안 꿈꾸었을 이야기를. 자신이 지켜주지 못한 시간을 기억했다.

비파형동검의 빛이 태양처럼 작렬했다.

조용히 이수경이 중얼거렸다.

"'천제天帝의 풍신風神'이여."

한반도의 성유물인 천부인에는 제각기 관련된 성좌가 있다. 지금 이수경이 쥐고 있는 비파형동검 또한 그 천부인 중 하나였다.

[성좌, '천제의 풍신'이 화신 '이수경'을 내려다봅니다.]

천제의 풍신. 〈홍익〉의 최고신을 받드는 세 명의 설화급 성좌 중 하나.

지금 이수경은 자신의 수명을 담보로 마지막 도박을 걸고 있었다.

"오시오, 풍백風伯이여!"

하늘이 열리는 순간, 비파형동검 주변에 새파란 아우라가 일렁였다. 그 기이한 빛에 귀환자들이 순간적으로 눈을 깜빡였다.

이수경이 하늘을 보자, 하늘도 이수경을 내려다보았다.

'단 한 순간이라도 좋으니. 내게 저들을 벨 힘을 주시오.'

그러자 하늘이 경고했다. 검고 푸른 번개가 내리쳤고, 이수경은 그 경고에 대답했다.

'상관없습니다.'

그리고 다음 순간, 이수경의 전신이 개연성의 스파크로 물들었다.

뼈마디가 으스러지고 피부가 새까맣게 타버리는 고통. 그 고통 속에서 검을 쥔 오른손이 무거워졌다. 한 인간이 감당할 수 없는 바람의 거력이 그녀의 오른손에 깃들고 있었다.

이것이 한반도 최강의 성좌 중 하나, 풍백의 힘.

왼쪽에서 오른쪽으로, 이수경은 검을 휘둘렀다. 그러자 공간이 분절되었다. 마치 처음부터 세상은 둘이었다는 듯이, 그녀가 휘두른 검의 궤적을 중심으로 일대의 모든 것이 절대의 풍압 속에 찢겨나가고 있었다.

"무, 슨……."

십, 이십, 삼십…… 터져나간 귀환자 수는 순식간에 백을 넘어갔다. 흙벽을 넘어 달려들던 모든 귀환자가, 허공에서 허리가 절단된 채 떨어져 내렸다. 죽는 그 순간까지 자신의 죽음을 이해하지 못하는 얼굴들이었다.

이수경은 떨리는 오른손을 붙잡은 채 숨을 몰아쉬었다.

일격으로, 귀환자는 대부분 사멸했다.

그러나 모두 죽은 것은 아니었다. 아주 짧은 순간, 위험을 눈치채고 타격 범위에서 벗어난 귀환자가 있었다.

제3 무림과 제4 무림 출신 10대 고수들이었다.

"끝났군. 죽여라."

달려드는 10대 고수들을 보며, 이수경이 미소를 지었다.

할 수 있는 모든 것은 다했다.

떨어져 내리는 그녀의 신형을 향해 수십 개의 도검이 쇄도했다. 들려오는 끔찍한 파육음 속에서 이수경은 죽음을 느꼈다. 하지만 시간이 지나도 관통상에 의한 고통은 느껴지지 않았다.

눈을 뜨자 보이는 것은 누군가의 등. 자신을 업은 아주 넓은

등이었다.

"이수경."

유중혁이 그곳에 있었다.

이어서 보이는 것은 허공에서 목이 꿰뚫린 10대 고수들의 모습. 꺽꺽거리는 단말마와 함께, 생명력을 잃은 육신들이 바닥으로 추락했다.

"네 도움을 받을 줄은 몰랐는데."

유중혁은 무표정한 얼굴로 이수경을 업은 채 달렸다. 그는 내내 아무 말도 하지 않았지만, 이수경은 그가 어디로 향하는지 알 수 있었다. 아마도 이 공단의 유일한 의원을 찾고 있을 것이다.

"고맙다."

순순히 흘러나오는 그 말에, 유중혁이 무심히 대답했다.

"마음에도 없는 소리는 그만두지. 나를 싫어한다는 건 알고 있다."

"물론 싫지. 엄청 싫어. 내 역할을 빼앗아간 놈이니까."

"무슨 의미인지 모르겠군."

이수경의 머릿속으로 느릿하게 시간이 흘러갔다. 주마등은 빠르게 스쳐 간다던데…… 왜일까. 생이 너무나 고되고 힘들었기 때문일까.

"나는 아주 오래전부터 너를 알고 있었어. 그 아이가 네 이야기를 많이 했지. 감옥에 있는 엄마 면회 와서 그런 이야기를 하는 건 그 아이뿐일 거야."

―그래서, 이번에 그 자식이 〈올림포스〉의 12신좌에 도전했거든요.

즐겁게 이야기하는 어린 김독자의 얼굴. 그런 아이의 표정을 마주하며 떠올리던 수많은 생각들.

느려지는 이수경의 심박을 느꼈는지 유중혁이 계속해서 말을 걸었다.

"이수경. 정신을 놓지 마라."

이수경은 흐려지는 정신을 간신히 다잡았다. 흔들리는 유중혁의 등이 계속해서 졸음을 불러왔다.

"아무튼 한 번쯤은 너에게 고맙다고 말하고 싶었어."

"아까부터 알아들을 수 없는 말만 하는군."

지금 자신을 업은 이 등은, 실제로 그녀의 아들을 업었던 등이다. 중학생이던, 고등학생이던 어린 김독자를. 실제로 업어 키운 등이었다. 그녀가 업어주지 못한 그 작은 아이를 키워낸 등. 그 아이를 살게 만든 등이었다.

―나도 그 녀석처럼 되고 싶다고 생각했어요.

하지만 이 등의 주인이 되고 싶었던 것은, 사실 누구보다도 그녀였다.

─그다음에 유중혁이 어떻게 했는지 아세요? 엄마도 궁금하죠?

십 분밖에 안 되는 면회 시간 내내 이어지던 아들의 말.

─그래, 궁금해.

벽을 사이에 두고, 두 모자는 말하고 들었다. 모험이 있고, 삶이 있는 이야기. 그녀와도, 아들과도 관련 없지만, 열심히 살아가는 누군가의 이야기를. 벽을 통해 이야기하듯. 그 시절의 두 사람은 멸살법을 통해 이야기했다. 어디에도 없을 허구의 이야기가 그들이 가진 전 재산이었다.

그리고 마침내 현실이 된 그 이야기는, 지금 그녀를 업고 있었다.

이수경이 현실감 없는 목소리로 중얼거렸다.

"드디어 내 인생 좀 살아보나 했는데……."

"말하지 마라."

유중혁의 등이 축축하게 피로 젖어갔다. 이수경의 안색은 점차 파리해졌다. 여전히 튀어 오르는 개연성의 스파크가 그녀를 태우고 있었다. 떨어지는 살점 사이로, 그녀가 쌓아온 설화가 증발하고 있었다.

그것을 감추기 위해 이수경은 일부러 아는 것을 물었다.

"넌 부모님이 계시니?"

"내가 어렸을 적 사고로 죽었다고 들었다."

"슬퍼하는 목소리는 아니구나."

"기억나지 않는 것을 슬퍼할 수는 없지."

이수경은 안다. 그것은 기억이 없는 것이 아니라 원래부터 없었던 것임을. 유중혁의 모든 것은 그저 등장인물의 설정값일 뿐이니까. 처음부터 유중혁의 부모는 존재조차 하지 않았을 것이다.

망설이던 이수경이 입을 열었다.

"인간은 누구나 그래. 나라고 어린 시절이 전부 기억나지는 않아."

"기억상실증인가?"

"인간은 누구나 기억상실증이야. 조금씩 기억을 잃어버리다가 언젠가는 죄다 잊어버리게 되어 있어."

이수경은 자신의 말이 유중혁에게 닿지 못할 것을 알고 있었다. 3회차의 삶을 살아온 회귀자. 그리고 앞으로 또 얼마나 많은 시간을 살아갈지 모르는 이 불멸자에게, 그녀의 말은 먼지보다도 가벼울 테니까.

유중혁이 말했다.

"가끔씩 기억나는 것도 있다. 누군가가 나를 지켜본 것 같은 기억들이지."

처음 듣는 그 이야기에 이수경이 물었다.

"누가 널 지켜봤다고?"

"그게 뭔지는 나도 모른다. 다만 아주 오랫동안 나를 지켜보는 시선이 있다. 지금도 종종 느껴질 때가 있다."

유중혁의 말이 끝난 후에도 이수경은 한참이나 말이 없었다. 오랫동안 침묵하던 이수경이, 피에 젖은 유중혁의 머리에 손을 얹으며 온화한 목소리로 말했다.

"어쩌면 그 사람이 네 부모일지도 모르겠구나."

이수경은 그 말과 함께 하늘을 올려다보았다. 무수한 별자리가 그들을 바라보고 있었다. 스러지는 육체. 쏟아지는 설화를 느끼며 점차 몸에 힘이 빠져나간다. 흐릿한 시야를 애써 돋우며 이수경은 계속해서 하늘을 헤아렸다. 마치 그 어딘가에 있을 별을 찾기라도 하는 것처럼.

"이수경?"

이수경의 대답은 더 이상 들려오지 않았다.

✿ ✿ ✿

콰콰콰콰콰!

파천검성이 나타난 테마파크에 피바람이 불고 있었다.

시범을 보인다며 달려든 아킬레우스의 머리가 터져버린 이후, 몇몇 성좌가 호승심을 부리며 연달아 달려들었지만 죄다 같은 꼴을 당하고 말았다.

서슴없이 휘두르는 파천검성의 두 주먹이 붉게 물들어 있었다.

[고작 이 정도로 〈기간토마키아〉를 재현하려 했느냐?]

쩌렁쩌렁 울려 퍼지는 파천검성의 목소리에, 겁먹은 참가자들이 주춤거렸다. 슬금슬금 눈치를 보던 한수영과 일행들은 어느새 파천검성 뒤쪽으로 숨었다.

이지혜가 말했다.

"우리가 도울 필요도 없겠는데요."

"그냥 여기 숨어 있으면 안 돼요?"

이길영도 한마디 보탰다.

한수영은 물고 있던 사탕을 깨물며 중얼거렸다.

"이거 말이 안 되는데. 〈기간토마키아〉에서 거신족이 이렇게 강하다고?"

거신족이 강한 것은 자명한 사실이다. 하지만 이 시나리오는 〈기간토마키아〉, 즉 거신족이 패배한 시나리오였다. 그리고 당연하게도, 해당 시나리오에서 거신족은 '무대화'의 영향으로 제대로 힘을 쓰지 못하게 되어 있다.

더군다나 아킬레우스 같은 영웅을 상대로라면…….

[혼혈 거신이라고 얕보았는데…… 제법이구나.]

돌아본 곳에서, 분명 머리가 터져 죽었던 아킬레우스가 깨어나고 있었다.

[성좌, '트로이의 슬픔'이 성흔, '불멸의 영웅'을 발동합니다!]

으깨진 머리가 회복되고, 쏟아진 피가 문장이 되어 몸을 복구하고 있었다.

「아킬레우스는 '아킬레스건'을 베기 전에는 죽지 않는다.」

심지어 재생된 아킬레우스의 몸은 조금 전보다 더 컸다. 순식간에 체고 3미터를 넘어서자 주변에 있던 화신들이 두려운 목소리로 중얼거렸다.

"거신?"

거신처럼 커다랗게 변한 아킬레우스의 몸.

파천검성이 물었다.

[네놈도 거신의 혼혈이었나?]

[……]

[우습군. 거신의 피를 물려받은 자가 〈올림포스〉의 하수인이 되었단 말인가?]

[나는 거신이 아니다. 〈올림포스〉의 영웅, 아킬레우스다.]

두 거신의 충돌을 보며, 한수영은 왜 아직 '무대화'가 발동하지 않았는지 이해했다. 아킬레우스는 〈올림포스〉의 영웅이지만 과거 〈기간토마키아〉의 참전자가 아니었다. 게다가 그또한, 파천검성과 마찬가지로 거신의 직계 혼혈이었다.

콰아아아앙!

거신의 충돌이 만들어낸 충격파가 테마파크 일대를 뒤흔들었다.

아킬레우스가 저릿한 손바닥을 매만지며 믿을 수 없다는 듯 중얼거렸다.

[일개 혼혈이 어째서 이런 힘을 가지고 있지? 나는 너 같은 자의 이름은 들어본 적이 없다. 대체 어떤 설화를 가지고 있기에……!]

거신 파천검성은 말없이 하늘을 올려다보았다.

[내 머나먼 혈육은 하늘을 거세하고 태어났다고 하지.]

그녀는 초월좌. 다른 성좌와 달리 극소수의 설화만 갈고닦으며 극강의 강함을 추구해온 존재.

지금껏 그녀가 걸어온 길은 한 갈래뿐이었다.

[설화, '파천의 길'이 이야기를 시작합니다!]

그녀에게 파천검성이라는 이름을 붙여준, 오직 저 하늘을 부수기 위한 힘.

줄기차게 흘러나오는 파천검성의 설화에, 어디선가 간접 메시지가 들려왔다.

[하늘을 깨부순 태고 거신의 힘이 '파천검성'을 가호합니다.]
[파천의 힘이 더욱 강화됩니다!]

그 메시지에 아킬레우스가 경악했다.

[하늘을 깨부순 거신? 설마……!]

파천검성이 말했다.

[너희도 같은 운명이 될 것이다.]

파천검성의 전신에서 무시무시한 기류가 발생했다.

화신들이 주춤거리며 뒷걸음치던 그 순간. 어디선가 커다란 뿔피리 소리가 들렸다.

[성운, <올림포스>가 준동합니다!]

멀리서 한 척의 배가 바다를 가르고 달려오고 있었다.

아르고Argo호.

[거대 설화, '원정대의 영웅들'이 이야기를 시작합니다!]

물살을 가르고 달려오는 거대한 배를 발견한 화신들이 소리를 질렀다. 배에 탄 이들이 누구인지 한눈에 알아본 까닭이었다.

"영웅이다! 진짜 영웅들이 오고 있다!"

"〈기간토마키아〉의 성좌들이여!"

아킬레우스와 달리, 정말로 〈기간토마키아〉에 참전한 적 있는 영웅들이었다. 그보다 멀리서 하늘을 가로질러 날아오는 성좌도 있었다. 〈올림포스〉의 설화급 성좌. 아킬레우스와는 비교도 되지 않는 힘을 지닌 존재들이었다.

[<스타 스트림>이 새로운 무대의 개막을 알립니다.]

마침내 '무대화'가 시작되려 하고 있었다. 강맹하던 파천검성의 기세가 급격하게 사그라들기 시작했다. 그에 용기를 얻은 아킬레우스가 웃으며 파천검성을 향해 말했다.

[하하하! 어린 거신이여. 너는 네가 어떤 재앙을 불러왔는지 알지 못한다! 너는……!]

그러나 그의 말은 끝까지 이어지지 못했다. 허공에 열린 또다른 포털에서 튀어나온 누군가가, 그의 머리를 터뜨려버렸기 때문이다.

연달아 두 번이나 머리가 터진 아킬레우스의 거체가 바닥에 쓰러졌다.

거체를 쓰러뜨린 사내는 망설이지 않고 아킬레우스의 아킬레스건을 베어버렸다.

[성좌, '트로이의 슬픔'이 고통 속에 사멸합니다.]

파스스슷, 흩어지는 아킬레우스의 거체.

흩날리는 백색의 코트를 보며 한수영이 피식 웃었다.

"빨리도 오네."

가볍게 숨을 몰아쉰 김독자가 일행들을 돌아보며 물었다.

〈김독자 컴퍼니〉. 다들 준비되셨습니까?"

쿵! 쿵! 쿵! 쿵!

어디선가 들려오는 무거운 발걸음 소리. 지축을 흔드는 굉음과 함께, 허공에서 무수한 산이 돋아났다. 테마파크 전체를 파괴하며 돋아나는 거대한 동산들.

그 산 꼭대기에 선 김독자가 말했다.

"이제 진짜 〈기간토마키아〉를 시작해봅시다."

62

Episode

신의 천적

Omniscient Reader's Viewpoint

1

[<스타 스트림>이 새로운 '거대 설화'의 가능성을 확인했습니다.]

[낡은 설화의 가능성이 재해석됩니다!]

[신화에 등장할 배역이 재구성됩니다!]

[과서 신화에 기반하여 '무대화'가 진행됩니다!]

연이어 터지는 간접 메시지들을 보며 대도깨비 '녹수'는 침묵했다.

본래 60번 시나리오 〈기간토마키아〉는 도깨비가 중계하지 않는다. 채널과 방영권만 가지고, 실질적 진행은 〈올림포스〉의 하위 영웅이 도맡기 때문이다.

하지만 이런 이변이 벌어진 이상 상황은 달라졌다.

화면에서 터져나오는 폭음과 땅속에서 튀어나온 기간테스

들의 포효.

　—대체 어디서 거신이 나타난 거지?

　—〈명계〉는! 〈명계〉는 어떻게 된 거야?

　—지하 감옥에 갇혀 있어야 할 놈들이 대체 어떻게……!

　지금부터 펼쳐질 〈기간토마키아〉는 이제까지와는 전혀 다른 이야기였다.

　"누가 중계하실 겁니까?"

　녹수가 돌아본 곳에 두 명의 상급 도깨비가 있었다.

　"제가 하겠습니다."

　"아니, 내가 갑니다."

　한반도 국장 비형과 일본 국장 독각.

　둘의 시선이 마주치며 허공에서 전류가 튀었다.

　독각이 외쳤다.

　"대도깨비시여! 비형은 안 됩니다. 놈은 화신 '김독자'를 너무 오래 중계해왔습니다."

　"익숙하니까 더 잘 중계할 수 있는 거지. 그리고 언제까지 화신이라 부를래? 그놈도 이젠 성좌야."

　화면으로 〈김독자 컴퍼니〉 화신들이 영웅들과 맞서 싸우는 모습이 보였다. 정확한 진형을 짜 밀려오는 '격'을 받아내는 모습은, 하나의 별을 중심으로 모여든 눈부신 별자리를 연상케 했다.

　꽈드득.

　어디선가 팝콘 씹는 소리가 들려왔다.

[거참 시끄럽네. 도깨비는 평소에도 이렇게 말이 많아?]

찰랑이는 잔에 담겨 있던 붉은 와인이 사내의 입속으로 쓰읍 빨려 들어갔다. 뒤이어 화면 속에서 〈올림포스〉 측 영웅 하나가 죽어나갔다.

[성좌, '술과 황홀경의 신'이 환호합니다!]

[성좌, '술과 황홀경의 신'이 '구원의 마왕'에게 3,000코인을 후원했습니다!]

어처구니없는 광경에 비형이 말했다.

"성좌님은 〈올림포스〉 소속 아니십니까? 한가롭게 여기 계셔도 되는 겁니까?"

[알 게 뭐야. 난 원래 쟤들이랑 안 친해. 그리고 오늘 견학해도 된다고 한 건 너희잖아?]

거리 응원이라도 나온 것처럼, 디오니소스는 등에 깃대를 꽂고 있었다. '올림포스 망해라'라고 굴림체로 적힌 깃발이 깃대 끝에서 휘날리고 있었다.

독각이 눈을 가늘게 뜨며 말했다.

"다른 12신좌들께서는 지금쯤 〈올림포스 신전〉에 모여 계실 텐데요."

[난 김독자네 애들이 이겼으면 좋겠어.]

"예?"

갑작스러운 폭탄 발언에, 좌중의 도깨비들이 수런거렸다.

디오니소스가 너털웃음을 지었다.

[뭘 그렇게 놀라? 응원이야 누구든 할 수 있잖아. 그리고 너희가 그런 반응을 보이면 안 되지. 도깨비는 '재미있는 시나리오'만 있으면 되는 거 아니었어?]

맞는 말이라서 도깨비들이 고개를 주억거렸다.

"하지만 당신이 기대하는 일은 벌어지지 않을 겁니다."

독각의 말에, 곁에 있던 비형마저 표정이 어두워졌다.

실제로 지금 〈김독자 컴퍼니〉가 〈올림포스〉에 건 싸움은 말이 안 되는 것이었다. 계란으로 바위 치기가 아니라, 메추리알로 바위 치기도 이것보다는 승산이 있을 것이다.

게다가 지금은 지구 쪽 일마저 겹친 상황이었다.

〈기간토마키아〉 개전을 지켜보던 비형의 다른 쪽 망막에 이수경을 업고 달리는 유중혁의 모습이 비치고 있었다.

[이 이야기가 비극일지 희극일지, 끝나기 전까진 모르지.]

"지금으로선 뻔한 거 아닙니까? 〈기간토마키아〉는 그런 시나리오니까요."

[〈기간토마키아〉는 〈올림포스〉가 가진 거대 설화 중 일부에 지나지 않아. 간절하지 않은 만큼 녀석들을 얕보고 있을 테니, 럭키 펀치를 잘못 맞고 뻗어버릴 가능성을 아예 간과할 수는 없지.]

"0에 수렴하는 확률은 확률로 치지 않습니다."

[설화가 확률로만 결정된다면 무슨 재미로 〈스타 스트림〉을 보겠어?]

화면을 보던 디오니소스가 팝콘을 한 움큼 입에 쑤셔 넣으며 말했다.

[관건은 우리 '생선 아찌'가 어떻게 나오느냐 하는 건데 말이야……]

✿ ✿ ✿

좀처럼 모이지 않는 12신좌의 의석이 절반 이상 차 있었다. 신들은 제각기 자신을 상징하는 상징체의 형태를 하고 있었다.

제일 먼저 입을 연 것은 삼지창이었다.

[잘난 '번개의 좌'께서는 이번에도 오지 않으셨고, 디오니소스도 빠진 건가?]

[그렇습니다.]

쿠르르르르. 거해의 분노가 일 듯, 신전 주변 바닷물이 끓어올랐다.

긴장한 몇몇 상징체가 서로 눈치를 보는 순간, 삼지창이 말했다.

[그래서 '거신'들이 다시 깨어난 이유는?]

[타르타로스에서 집단 탈옥을 감행했다고 합니다.]

대답한 이는 쌍검 상징체를 가진 성좌였다.

삼지창이 다시 물었다.

[하데스가 가만있지 않았을 텐데?]

['신화의 의식'을 행했다 합니다.]

['신화의 의식'? 막대한 개연성을 희생했겠군. 설마 '모두의 어머니'가 깨어나신 건 아니겠지?]

[그건 아닙니다. 움직인 건 헤카톤케이레스 삼 형제와 기간테스들입니다.]

[삼 형제가 모두?]

[브리아레오스 혼자입니다. 그나마도 백수百手의 절반을 잃었다더군요.]

[하긴 셋 모두 나오기엔 개연성이 부족했겠지.]

좌중이 정적에 잠겼다.

이글거리는 태양이 말했다.

[이번 일은 좌시할 수 없습니다. 〈김독자 컴퍼니〉? 그딴 조막만 한 성운이 우리를 도발했단 말입니다.]

[확실히 엄벌을 줄 필요는 있겠지.]

그러자 무수한 데이터 창을 띄운 날개 달린 신발이 말했다.

[쉽지 않을 겁니다. 그 성운의 주인은 3주신과 마찬가지로 '끝의 암시'가 담긴 ■■을 받았으니까.]

[그게 정말인가, 헤르메스?]

[그렇습니다.]

[웃기는군. 고작 소성운의 주인이 '번개의 좌'와 동급의 설화를 쌓고 있다고?]

좌중에 소란이 일었다.

'단 하나의 설화'는 12신좌 모두에게 예민한 화제였다.

성좌는 모두 궁극의 이야기를 추구하는 존재. '끝의 암시'가 깃든 종막에 관해 관심 없는 성좌는 아무도 없었다.

삼지창이 이야기를 정리했다.

[조용. 각자 일도 바쁘고 본신도 해야 할 일이 많으니, 그만 표결을 시작하겠다.]

좌중의 모든 신좌가 입을 다물었다.

사실 겨우 60번대 시나리오 때문에 이렇게 많은 신좌가 모인 것은 오랜만이었다.

[본 의장은 〈김독자 컴퍼니〉의 도발에 대해 설화 병기 출병을 요구하는 바이다.]

그리고 표결이 시작되었다.

[성좌, '혼인과 가정의 신'이 기권을 선언합니다.]

[성좌, '농경과 계절의 주관자'가 중립 의사를 표합니다.]

[성좌, '정의와 지혜의 대변자'가 인간은 몰라도 거신에게는 정의의 철퇴를 내려야 한다 선언합니다.]

[성좌, '흉포의 군신'이 거신과의 전쟁을 원합니다.]

[성좌, '전능의 태양'이 하찮은 소성운을 불태울 것을 원합니다.]

[성좌, '화산의 대장장이'가 거신과 맞서 싸울 무구를 만들기를 원합니다.]

[성좌, '순결한 달빛의 사냥꾼'이 무의미한 전쟁을 거부합니다.]

[성좌, '사랑과 미의 여신'이 자신은 천박한 표결에 끼지 않겠다며 기권합니다.]

[성좌, '하늘 걸음의 주인'이 이 사안은 그렇게 단순하게 접근할 것이 아니며, 방대한 데이터를 검토한 후 사건의 본질을 점검하고 분노한 거신들의 양태를 먼저 살필 것을……]

[헤르메스, 간단히 말해라.]

[성좌, '하늘 걸음의 주인'이 전쟁에 반대합니다.]

그 선언에 몇몇 성좌가 수군거렸다.
[겁쟁이로군, 헤르메스.]
[저 녀석이야 사사건건 신전의 뜻에 반대했으니……]
헤르메스는 아무 대꾸도 하지 않았다.
그사이에 투표 결과가 떠올랐다.

[찬성: 4표]
[반대: 2표]
[기권: 3표]

그리고 마지막 한 표가 남았다.
물론, 의장의 것이었다.

[성좌, '해역의 경계를 긋는 창'이 출병을 요구합니다.]

[찬성: 5표]

[비참석자를 제외한 모든 의석의 표결이 완료됐습니다.]

삼지창이 고개를 끄덕였다.

[기권자를 제외하고 과반수 이상이 찬성하였으므로, '설화 병기' 출병을 선언한다.]

신전 전체가 울리는 망치 소리와 함께, 바다 곳곳에서 불길한 포말이 올라왔다. 포말의 방향은 거신이 난립하는 〈기간토마키아〉의 테마파크 쪽이었다.

[병기를 이끌 지휘관이 필요하다. 위인급 성좌가 함께 가겠지만 그들만으로는 거신을 상대할 수 없다.]

[누구를 더 보내시렵니까?]

[찬성한 신좌 중 두엇만 움직이도록 하지. 화신체만 보내도 정리할 수 있을 테니 기탄없이 지원해주기 바란다.]

그리고 누군가가 손을 들었다.

[제가 가겠습니다.]

⌘ ⌘ ⌘

아킬레우스의 화신체가 쓰러진 후 화신들은 패닉에 빠졌다. 곳곳에서 솟아오른 '거신'의 산을 발견한 몇몇 화신이 달아나기 시작했다.

"어째서 이런 짓을 하는 겁니까!"

"당신! 이게 대체 무슨 짓이오!"

화신들의 경악과 분노는 곧 내게 집중되었다.

"네놈 때문에 성유물 얻을 기회를 놓쳐버렸다!"

"거신을 잡은 설화를 얻을 기회였는데!"

"12신좌의 눈에 들어 〈올림포스〉에 가입할 수 있었다! 하지만 너 때문에……!"

〈기간토마키아〉.

단 10만 코인의 참가비로 숨겨진 영약도 얻고, 운이 좋으면 거대 설화의 파편도 얻을 기회. 눈앞에서 그 기회가 한 줌 먼지로 사라져가고 있었다.

나는 화신들을 보며 말했다.

"정말 〈기간토마키아〉가 그런 순진한 이벤트일 거라 생각합니까?"

어쩌면 그들의 말은 맞다. 실제로 〈기간토마키아〉를 통해 강해지는 성좌나 화신은 존재하니까. 게다가 그중 대다수는 높은 확률로 〈올림포스〉의 일원이 된다.

"당신들이 〈올림포스〉의 일원이 되었다 칩시다. 그다음엔 뭘 할 겁니까?"

"뭐?"

"이미 12신좌와 고대의 성좌들이 주요 권좌를 차지한 그 성운에서, 당신들이 대체 뭘 할 수 있냐고 묻는 겁니다."

멸살법을 통해, 나는 〈기간토마키아〉로 〈올림포스〉에 가입한 화신들의 말로를 보았다.

비정상적인 계약에 묶여 조잡한 설화를 모으고, 시나리오의 장기말로 쓰이게 될 화신들.

"지난 〈기간토마키아〉의 화신은 모두 상위 시나리오로 올라갔다! 그들은……!"

"저들을 말씀하시는 겁니까?"

사람들은 내가 가리킨 방향으로 고개를 돌렸다. 바다를 가르는 아르고호를 비롯해 무수한 배가 뒤따라오고 있었다.

승선자 중에는 지난 〈기간토마키아〉 참가자도 보였다.

"어, 어째서 저들이?"

〈기간토마키아〉.

거신과 〈올림포스〉의 신과 영웅이 편을 갈라 싸운 사건으로 기록된 신화.

하지만 그 전쟁에 참전한 영웅이 어떤 식으로 만들어졌는지, 대부분의 화신은 알지 못한다.

[다수의 성좌가 흥분합니다!]

거신을 두려워한 신들이 얼마나 많은 인간을 겁탈하여 〈기간토마키아〉를 대비한 '영웅'을 양산했는지.

[성운, 〈올림포스〉의 성좌들이 당신에게 적개심을 보입니다.]

심지어 〈기간토마키아〉가 끝난 후에도 얼마나 많은 화신이

이 끔찍한 '재현'의 전쟁에 동원되고 있는지, 참가자들은 알지 못한다.

자신의 꼬리를 무는 뱀처럼 스스로를 먹고 스스로를 생산하는 시나리오.

[다수의 성좌가 채널에 입장합니다!]
[다수의 성좌가 <기간토마키아>에 흥분을 감추지 못합니다!]

시나리오를 증오하던 성좌들은 이제 시나리오의 끝에 도달해 그 시나리오를 즐기게 되었다. 필사적으로 시나리오의 사다리를 올라오는 화신들을 조롱하면서. 꼭대기로 향하는 사다리를 하나씩 걷어차면서.

그렇게 비극의 희생자는 다시 비극의 주체가 된다.

공포에 젖은 화신들을 향해 나는 말했다.

"나는 이 시나리오를 부수고 싶습니다."

"시나리오를 부수다니? 당신, 무슨 말을……"

사람들은 무슨 뜻인지 조금도 이해하지 못하는 표정이었다.

당연한 일이었다. 지금껏 시나리오를 깨고, 그 안에서 살아남기도 벅차던 존재들이 그런 발상을 할 수 있을 턱이 없다.

시나리오는 이미 그들에게 삶의 조건이 되었으니까.

[예상대로 정말 호탕한 성좌로군! 그대는 〈올림포스〉에 맞설 생각인가?]

누군가의 목소리에 고개를 돌리자, 그곳에 익숙한 거한이 있었다.

1장 8척의 거창에 덥수룩한 수염.

내가 아는 성좌였다.

"그렇습니다."

[크하하핫! 실례가 되지 않는다면 수식언을 묻고 싶군.]

"저는 '구원의 마왕'입니다."

구원의 마왕.

내 수식언을 들은 몇몇 화신과 성좌가 곧바로 반응해왔다.

"설마 '마왕 선발전'의……?"

"수, 수르야를 쓰러뜨린 마왕이다!"

"장판파의 호신! 장비도 있어!"

장비는 자신의 거대한 흉부를 탕탕 두드리며 외쳤다.

[이 장 모가 그대를 돕고 싶네. 안 그래도 유치한 놀이에 김
이 샌 참이었거든.]

장비가 〈올림포스〉의 테마파크에서 수확한 물품을 내던지
며 말했다. 어린 히드라의 머리, 황금 사과, 가짜 황금 양털 같
은 것들이 우수수 쏟아졌다.

나는 고개를 끄덕이며 말했다.

"좋습니다."

장비 정도의 위인급 성좌라면 분명 큰 전력이 될 것이다.

하지만 그 하나만으로는 부족했다.

[히든 시나리오 - '신화 전복'이 메인 시나리오에 영향을 끼칩니다.]

나는 다른 화신과 성좌를 돌아보며 외쳤다.

"이제 선택하시죠."

무시무시한 거신들이 뿜어내는 격과 바다를 건너 달려오는 아르고호 사이에서, 화신들이 나를 바라보고 있었다.

"거대 성운의 꽁무니에 붙어 평생 그들의 수족이 될지, 아니면 신화 속 거신들과 함께 새로운 '신화'의 주인이 될지 말입니다."

[당신과 당신의 성운이 받은 '메인 시나리오'의 내용이 갱신됩니다!]

〈메인 시나리오 #60 - 기간토마키아〉

분류: 메인

난이도: SSS+

클리어 조건: 고대의 거신들이 〈기간토마키아〉 전장에 강림했습니다. 당신은 '거신' 또는 〈올림포스〉 편을 들어 참전할 수 있습니다. 적장의 목을 베어 새로운 신화의 등장을 〈스타 스트림〉에 선언하시오!

제한 시간: —

보상: 새로운 거대 설화, ???

실패 시: 보유 중인 '거대 설화'의 일부 소멸

시나리오 수주와 동시에 내 머리 위에 초록색 화살표가 떠올랐다.

[당신은 이미 세력에 소속되어 있습니다.]
[당신은 '거신'의 세력을 이끄는 두 수장 중 하나입니다.]

주변 화신들은 말이 없었다.
아마 그들 또한 갱신된 시나리오를 받았을 것이다.

[성좌, '긴고아의 죄수'가 오랜만의 구경거리에 즐거워합니다.]
[성좌, '심연의 흑염룡'이 당신의 고난을 즐거워합니다.]
[성좌, '은밀한 모략가'가 당신의 전략을 궁금해합니다.]

바다 쪽에서 포격이 시작된 것은 그때였다.
뾰족한 한수영의 목소리가 들려왔다.
"김독자! 언제까지 폼 잡고 있을 거야? 다 뒈지는 꼴 보고 싶냐?"
나는 검을 뽑으며 거신의 어깨에서 내려왔다.

"슬슬 시작하자고."

"어떻게 싸울 건데? 우리 쪽 전력이 압도적으로 부족해."

한수영의 말은 사실이었다. '압도적'이라고 말할 것까진 아니더라도, 나와 함께 포털을 넘어온 거신은 열 명이 채 되지 않았다. 게다가 핵심 전력인 헤카톤케이레스 삼 형제의 브리아레오스는 아직 참전하지도 못한 상황이었다.

아마 그가, 나와 함께 거신 세력을 담당할 '수장'일 것이다.

[거신들을 죽여라.]

어디선가 들려온 진언과 함께, 아르고호에서 도약한 인간 영웅들이 거신을 공격하기 시작했다.

[〈기간토마키아〉의 '무대화'가 진행됩니다.]

츠츠츠츳, 하는 스파크와 함께 주변 정경이 뒤바뀌었다.

고대의 전장, 최초의 〈기간토마키아〉가 일어난 학살의 땅이었다.

〈올림포스〉의 성좌들이 허공을 격하고 날아왔다. 대부분 위인급이지만, 그들이 합세하여 거신에게 맹공격을 퍼붓자 전황은 순식간에 기울었다.

「영웅과 신의 합공에 지고의 거신들은 무릎을 꿇으리라.」

그오오오오오!

신과 영웅들이 함께 펼친 공격에 강맹한 기간테스들이 하나둘 무릎을 꿇었다.

나와 일행들이 도우려 했으나, 그럴 때마다 바다 쪽에서 무지막지한 포탄 세례가 날아와 운신이 자유롭지 않았다.

이현성이 외쳤다.

"저쪽 설화 병기부터 어떻게든 해야 할 것 같습니다!"

설화 병기 '아르고호'.

〈올림포스〉의 원정 영웅들이 탄 배가, 막대한 마력을 품은 포탄을 연달아 발사해대고 있었다. 이대로는 해상 쪽으로 접근하기조차 힘들었다.

"잊었습니까? 우리한테 누가 있는지."

나는 일행들 사이에서 멀뚱한 얼굴로 서 있는 한 소녀를 바라보았다.

"나……?"

정확히는, 이지혜의 배후를 지키는 한 성좌를 바라보았다.

[성좌, '해상전신'이 당신을 바라봅니다.]

대경한 이지혜가 소리쳤다.

"미쳤어? 나보고 저걸 상대하라고?"

〈올림포스〉의 아르고호는 이지혜의 [유령 함대]보다 훨씬 규모가 큰 배였다. 굳이 비교하자면 초계함과 이지스함 정도의 크기 차이랄까. 그러니 무리라고 생각하는 것도 당연했다.

"할 수 있어."

나는 안다. 이지혜는 정말로 할 수 있다.

"네 배후성을 믿어."

한반도의 성좌들이 지켜보는 가운데, '해상전신'이 하늘을 올려다보고 있었다.

오랫동안 '한반도'에 갇혀 있던 성좌.

나라의 이름을 등에 업어야 했고, 삶 전체를 바쳐 국가의 상징으로 남아야만 했던 성좌.

언젠가 '고려제일검'이 말한 적이 있었다. 한반도의 위인급 성좌 중 자신과 자웅을 겨룰 만한 상대는 충무공뿐이라고.

그런데 왜 '고려제일검'이 설화급 성좌가 된 후에도, 충무공은 여전히 '위인급'으로 남았을까.

[성좌, '해상전신'이 자신의 전우들을 바라봅니다.]

그가 설화급이 되기를 거부했기 때문이다.

[성좌, '서애일필'은 '해상전신'이 자신을 위해 싸우기를 원합니다.]

'위인급'으로 시작한 성좌가 '설화급'이 되는 순간이 있다.

성좌가 민족이나 국가의 단위를 떠나 자신의 길을 향해 나아가는 순간.

이지혜의 몸에서 눈부신 광채가 솟아나고 있었다.

[성좌, '해상전신'이 자신의 격을 개방합니다.]

자신의 모든 것을 드러내듯 충무공이 품고 있던 격이 풀려
나왔다.

[<스타 스트림>이 성좌 '해상전신'을 응시합니다.]

시나리오의 하늘이 충무공을 내려다보았다.

줄곧 자신의 역량을 숨겨온 노련한 배우처럼, 하늘을 향한
충무공의 격은 한없이 웅장하고 담담했다.

물러나지도, 두려워하지도 않는 기백.

[다수의 성좌가 '해상전신'의 격에 깜짝 놀랍니다!]

오랜 세월을 웅크린 끝에 충무공이 마침내 한반도를 벗어
나고 있었다.

[<스타 스트림>이 '해상전신'의 승격을 받아들입니다.]

[성좌, '해상전신'이 '설화급 성좌'가 됐습니다.]

"지혜야."

〈기간토마키아〉의 개전은 해상제독海上提督의 이름으로 시작한다.

"다 부숴버려."

'해상전신'의 기백에 휩싸인 이지혜가 검을 뽑았다.

[등장인물 '이지혜'가 성흔, '유령 함대 Lv.10'를 발동합니다!]
[배후성의 격이 상승하여 '유령 함대'의 파괴력이 급격하게 상승합니다!]

해안선을 가르고 나타난 열두 척의 배.

분명 초계함급이었을 함선들은 어느새 구축함급으로 커져 있었다.

「병법에 이르기를, 죽으려 하면 살 것이고 살려고 하면 죽을 것이다.」

동시에 불을 뿜어대는 열두 척의 배가 아르고호에 맞섰다.

초기에는 비등해 보이던 포탄 숫자는 시간이 지날수록 조금씩 변하기 시작했다.

아르고호의 선두가 먼저 뭉개졌다. 쏟아내는 포탄 개수가 급격하게 줄어들었고, 선체 외피가 터져나가는 소리가 연달아 울려 퍼졌다.

저 단단한 아르고호가 흔들리고 있었다.

포탄을 방어할 화망이 갖춰지자 우리도 발을 움직였다. 거신들을 향해 달려들던 〈올림포스〉 측의 화신을 베고, 전열의 앞으로 나아갔다.

더 이상은 안 되겠다고 생각했는지, 결국 아르고호의 영웅들이 나섰다.

[모두 상륙하라!]

강렬한 진언과 함께 등장한 이는 아르고호의 원정대장인 '바람의 원정왕'이었다.

아르고호의 원정대장, 이아손.

[거신은 인간과 신의 합공을 막아낼 수 없다! 이 전쟁의 승자는 이미 정해져 있다!]

와아아, 하는 소리와 함께 쏟아져나오는 군세.

나는 주춤하는 일행들 사이로 앞장서며 말했다.

"두려워할 필요 없습니다. 우린 거신이 아니니까요."

우린 거신이 아니다.

즉 우리에게는 '무대화'의 영향이 없다.

커다란 덩치의 이아손이 달려오고 있었다. 그에 맞서 우리 쪽에서도 거한이 달려나갔다.

"저 덩치는 제가 맡겠습니다."

이현성이었다.

엄청난 돌진력으로 이아손과 부딪친 이현성은, 마치 힘겨루기를 하듯 깍지를 낀 채 기합을 터뜨렸다.

"하아아아아압!"

콰드드드드드!

주변 지축이 밀려날 정도로 엄청난 힘 대결에, 이아손도 깜짝 놀란 눈치였다.

멸살법 후반으로 갈수록 이현성은 힘 하나만큼은 어떤 화신이나 성좌에게도 밀리지 않는다.

[성좌, '강철의 주인'이 동조율을 높입니다!]

뿌드드득 자라난 강철 갑피가 이현성의 전신을 감쌌다. 이현성이 이룬 [강철화]의 경지는 가히 고절한 수준. 영웅의 주먹질에도, 이현성의 몸은 끄떡도 하지 않았다.

하늘엔 드래곤을 타고 날아오른 신유승과 이길영이 있었다.

신유승은 용살의 설화를 가진 영웅들을 피해 허공에서 브레스를 뿌렸다. 바다는 순식간에 독무로 물들었고, 그 독무 사이로 스며든 이길영의 충왕종이 허덕이는 적군을 베어갔다.

[맹독조]를 사용해 영웅들을 상대하는 이설화, [흑염]을 발동해 〈올림포스〉의 성좌들을 막아서는 한수영의 모습도 보였다.

이제 다들 위인급 성좌 하나 정도를 상대할 역량은 넘었다.

고작 열 명 남짓한 성운의 구성원이 저 막강한 거대 성운의 성좌와 맞서 싸우고 있었다.

뒤쪽에서 전투를 관망하던 화신들이 웅성거렸다.

"뭐야, 〈올림포스〉가 밀리는 것 같은데……?"

"저런 작은 성운에?"

내가 노린 효과도 바로 이것이었다.

전투는 아직 초전. 지금 확실히 전력을 어필해야 더 많은 지원군을 불러들일 수 있다.

하지만 승리의 신 니케는 아직 우리의 편을 들어줄 생각이 없는 듯했다.

쿠구구구구!

결국 나타났구만.

나는 시야를 가득 메운, 키 20미터의 괴물을 올려다보았다.

아무리 봐도 인간의 체고는 아니었다. 휘황한 황금빛 갑옷. 망토처럼 두른 사자 가죽. 그리스 로마 신화를 잘 모르는 사람이라도 그의 이름을 모를 수는 없었다.

그 장엄한 외양에 몇몇 거신이 주춤거리며 외쳤다.

[헤라클레스……!]

12신좌조차 꺼리는 영웅의 '격'이 전장 전체를 장악했다.

주변을 덮는 새카만 그림자를 올려다보며, 나는 쓴웃음을 지었다.

괴물을 상대하려면 이쪽도 괴물을 불러야겠지.

여기까지 오는 데 정말 오래 걸렸다.

그러니 당연하게도 여기서 물러설 수는 없었다.

"잠자는 거신을 베기 위해 버려진 검이여."

나는 조용히 시동어를 외쳤다.

"지금, 이곳에 강림하라."

와라, 김남운.

2

허공이 소용돌이치며 포털이 열렸다.

[성좌, '가장 어두운 봄의 여왕'이 당신을 주시합니다.]

플루토의 사용권은 하데스에게서 따냈다. 나는 이번 〈기간토마키아〉 한정으로, 플루토를 자유자재로 사용할 수 있었다.

[하하하핫, 메뚜기남! 싫어하던 것치곤 시동어 잘 외우네?]

장난스러운 김남운의 목소리.

그러나 거신병은 곧바로 나타나지 않았다. 소용돌이치는 포털 위로 보이는 것은 새카만 무저갱의 어둠뿐이었다.

[근데 십 분만 기다려. 지금 이쪽 소환진이 망가져서 당장은 못 갈 것 같거든. 거신들이 발 구르기를 너무 많이 해서…….]

이런 빌어먹을.

새하얀 김을 내뿜는 헤라클레스가 무표정한 눈으로 이쪽을 응시하고 있었다.

어쩔 수 없다. 내가 조금이라도 시간을 끌어야 한다.

나는 앞으로 한 발짝 나서며 외쳤다.

"헤라클레스! '12과업의 대영웅'이시여!"

헤라클레스가 나를 바라보았다. 헤라클레스의 머리 위에는 적색 화살표가 깜빡이고 있었다.

[해당 성좌는 〈올림포스〉 측 '수장'입니다.]

역시 녀석이 〈올림포스〉의 두 수장 중 하나인 모양이었다.

신화에 따르면, 헤라클레스는 〈기간토마키아〉에서 거신들의 수장을 죽인 장본인이니 당연한 일이었다.

멸살법의 많은 성좌들은 이야기했다.

「"헤라클레스가 있는 한, 〈기간토마키아〉의 승자는 바뀌지 않는다."」

헤라클레스를 처음 보는 화신들이 환호성을 질렀다.

"오오오오!"

"헤라클레스! 헤라클레스다!"

셀 수 없이 많은 전승과 신화를 남긴 〈올림포스〉의 대영웅,

헤라클레스.

그의 설화들이 스타 스트림 전역에 울려 퍼지는데도 불구하고, 헤라클레스를 실제로 본 화신이나 성좌는 손에 꼽았다.

그가 신과 인간의 혼혈인 반신_{半神}이라느니, 강철로 빚은 육체를 가졌다느니, 〈올림포스〉의 수호자라느니 하는 이야기만 떠돌 뿐.

[설화, '네메아의 사자를 목 졸라 죽인 자'가 이야기를 시작합니다.]
[설화, '거대 멧돼지를 두들겨 팬 자'가 이야기를 시작합니다.]
[설화, '켈베로스를 맨손으로 제압한 자'가 이야기를 시작합니다.]
(…)

헤라클레스의 전신에서 어마어마한 설화들이 일렁였다. 언뜻 보기만 해도 미친 설화라는 게 느껴졌다. 하나하나가 최소 전설급 이상이었다. 축적한 '거대 설화'의 격도 나와는 비교가 안 되는 수준.

하지만 그것을 모르고 시작한 게임은 아니었다.

"역시 스타 스트림의 소문은 믿을 것이 못 되는군요."

도발하듯 던진 내 목소리에, 헤라클레스의 집채만 한 주먹이 나를 향해 날아들었다.

[전용 스킬, '책갈피'를 발동합니다!]

찰나의 사이를 두고 [소형화]와 [전인화]가 발동했다.

머리끝을 스쳐 간 헤라클레스의 주먹이 내가 서 있던 지상을 작살내며 크레이터를 만들었다.

그 무식한 힘에 가슴을 쓸어내리면서도, 나는 도발을 멈추지 않았다.

"그래도 주먹질 하나는 쓸 만하군요. 거신들을 제압했다기엔 뭔가 미심쩍지만 말입니다."

분하다는 듯 헤라클레스 몸 안에서 울음소리 같은 것이 들려왔다.

"당신에 관한 전승을 여럿 알고 있습니다. 네메아의 사자를 잡았다느니, 히드라를 베어 죽였다느니, 스팀팔로스의 새를 사냥했다느니…… '한 사람'이 단기간에 이루었다고는 믿을 수 없을 정도의 설화들이죠"

그리고 마침내 헤라클레스의 몸속에서 진언이 터져나왔다.

[그렇다. 그것이 바로 나 헤라클레스다!]

듣는 것만으로도 오싹한 목소리. 틀림없이 12신좌에 준하는 격이었다.

하지만 그 덕분에 나는 더욱 강한 확신을 마쳤다.

"당신이 〈기간토마키아〉를 위해 태어났다는 소문은 들었습니다. 당신의 12과업은 모두 〈기간토마키아〉의 승리를 위해 주어진 시련이었고요."

[몇몇 성좌가 당신의 이야기에 흥미를 갖습니다!]

[성좌, '악마 같은 불의 심판자'가 당신을 걱정합니다.]

　내 말을 어떻게 받아들였는지 헤라클레스가 가슴을 탕탕 두드렸다. 20미터가 넘는 체고의 괴물이 그런 짓을 하니 장관은 장관이었다.

　나는 말을 계속했다.

　"그런데 제 친한 동료 중 하나가 당신 이야기를 듣고 이런 의문을 제기한 적이 있습니다."

　나는 속에서 들끓는 분노를 꾹꾹 누르며 말을 이었다.

　"본래 헤라클레스는 '대홍수' 시대 이후에 태어난 인간이에요. 그런데 어떻게, 자신이 태어나기도 전에 발생한 〈기간토마키아〉에 참전할 수 있었을까요, 라고."

　그 말을 한 사람은 다름 아닌 유상아였다.

　채널 내 성좌들이 웅성거리기 시작했다.

　눈을 부라린 헤라클레스가 진언을 발했다.

　[오만방자한 놈! 이 헤라클레스가 거짓말이라도 했다는 것이냐?]

　"그래. 너뿐만 아니라 12신좌 전체가 말이지."

　내 즉답에 헤라클레스가 순간적으로 입을 다물었다.

　"너희는 너무 많은 '거짓 설화'를 만들었어. 심지어 연대까지 조작하면서."

　헤라클레스의 표정에 명백한 당황이 묻어났다.

　"나도 황당하더라. 너희처럼 헛소리를 지껄이고, 지껄이고,

또 지껄이다 보면…… 언젠가 그게 '진짜 설화'가 될 수도 있다는 게."

천 년, 이천 년. 수천수만 년 동안 반복된 거짓말.

"심지어 일단 설화가 된 후에는 '존재하지 않았던 것'을 '원래부터 있었다'라며 우길 수도 있다는 게…… 이야기라는 거, 참 신기하지 않아?"

[나는 헤라클레스다! 〈기간토마키아〉의 영웅이자 〈올림포스〉의 상징인 헤라클레스다!]

"어떤 세계선에서는 그랬을지도 모르지. 다른 세계선 어딘가에는 진짜로 네메아의 사자와 히드라를 때려잡은, 그런 영웅이 있을지도 몰라."

[성좌, '은밀한 모략가'가 흥미로운 미소를 짓습니다.]

나는 그 말을 하며 하늘을 올려다보았다.

1,863회차를 여행하며 스친, 무수한 유중혁의 회차를 떠올렸다.

"그런데 이 세계선은 아냐. 이 세계선에 '헤라클레스' 같은 영웅은 존재하지 않아."

[네놈!]

"왜냐하면 '헤라클레스'는 너희가 만들어낸 설화 병기 이름이니까."

번개의 신 제우스는 〈기간토마키아〉를 대비하여 자신의 씨를 뿌렸다. 그리고 늘 그렇듯, 여기서 '씨'는 은유였다.

거신의 부흥을 두려워한 제우스는 세계선을 넘나들며 잡다한 영웅 설화를 수집했다.

「네메아의 사자」

「황금 뿔 사슴」

「크레타의 황소」

「아홉 머리의 히드라」

(…)

그는 설화를 모아 '단 하나의 인물'을 창조했다.

그리고 그 인물은 이내 하나의 설화 병기로 형상화되었다. 인간의 영혼을 동력으로 삼아 오직 거신과 맞서 싸우기 위해 만들어진 존재.

스타 스트림의 공포이자, 수많은 전장에서 학살의 공포를 불러온 병기.

"거신병, 헤라클레스."

[성좌, '긴고아의 죄수'가 놀랍니다.]

[성좌, '대머리 의병장'이 <올림포스>의 만행에 분개합니다!]

[성좌, '가장 어두운 봄의 여왕'이 표정을 차갑게 굳힙니다.]

[성좌, '정의와 지혜의 대변자'의 동공이 흔들립니다.]

[다수의 성좌가 '헤라클레스'의 정체에 충격을 받습니다!]

아마 이 이야기는 성좌들도 대부분 모르고 있었을 것이다.

당연하다. 이건 멸살법을 읽은 나, 그리고 헤라클레스를 만들어낸 일부 12신좌만이 아는 진실이니까.

[다수의 성좌가 #BY-9158 채널에 입장합니다!]

채널에 성좌들이 급격히 늘어나자 비유가 끼잉, 하고 작게 울었다.

[다수의 성좌가 <기간토마키아>의 정체성에 의구심을 갖습니다!]

마침내 내가 원하는 무대가 완성되려 하고 있었다.

['헤라클레스'의 신화 정체성이 흔들립니다.]
['헤라클레스'의 정체가 '무대화'의 재현에 영향을 끼칩니다.]

나는 헤라클레스를 노려보았다.

[전용 스킬, '독해력'이 발동합니다!]
[특성 효과로 상대방의 대략적인 설화 구성을 파악했습니다!]

「그는 오직 전쟁을 위해 태어난 전쟁의 신」

「오른손에는 '공포', 왼손에는 '불안'을 쥔 채」

「눈앞의 '투쟁'을 헤쳐 걸어간 길목마다 '불화'를 남겼으니」

거신병 헤라클레스의 몸피 사이로 흘러나오는 성좌의 설화. 그것은 헤라클레스의 설화가 아니었다.

헤라클레스는 거신병. 그렇다면 그 안에 누군가 타고 있다.

그리고 나는 그게 누구인지 알고 있었다.

나는 비웃듯 진언을 발했다.

['흉포의 군신'이여! 네놈은 거신병 뒤에 숨어 싸우는 겁쟁이였나?]

헤라클레스의 전신에서 어마어마한 강풍이 불어닥쳤다. 주변에서 혈전을 벌이던 영웅과 성좌들이 단번에 수십 미터나 밀려났다. 나 역시 [책갈피]로 [바람의 길]을 사용하고 있지 않았더라면, 그대로 수평선까지 날아가버렸을 것이다.

'흉포의 군신', 아레스가 입을 열었다.

[〈올림포스〉에서는 예로부터 말이 많은 녀석들이 안 좋은 꼴을 당하지. 오이디푸스도, 프로메테우스도. 그 누구도 예외는 없었다.]

겉으로 흉흉한 기세를 내뿜는 것과 달리, 뜻밖에도 아레스의 진언은 침착했다.

[그리고 너는 내가 본 누구보다도 말이 많구나.]

성큼성큼 다가온 헤라클레스가 나를 향해 주먹을 내리찍는 순간.

십 분이 모두 지났다.

허공에서 강림한 거신병 플루토가 헤라클레스의 주먹을 받아냈다.

나는 그대로 날아올라 플루토의 콕피트로 스며들었다.

['거신병 플루토'가 당신의 탑승을 확인합니다.]

['거신병 플루토'가 마스터의 별자리를 확인했습니다.]

['거신병 플루토'와 당신의 설화가 동화됩니다.]

전신을 아늑하게 감싸는 거신병의 품. 부드러운 근육이 전신을 덮는 듯한 느낌과 함께 눈을 뜨자, 거신병이 보는 시야가 그대로 보였다.

화신체를 충만하게 감싸는 설화 병기의 힘.

이것이 바로 멸살법 최강의 설화 병기 중 하나인 '거신병 플루토'였다.

[웩! 우엑! 웩! 배 속에 기생충 같은 게 들어온 느낌이야!]

김남운이 호들갑을 떠는 사이, 한수영이 '한낮의 밀회'를 통해 말을 걸어왔다.

—야, 할 수 있겠어? 같은 거신병이라도 저건 '헤라클레스'야. 네가 가진 건 고작 '김남운'이고.

거신병의 급은 거신병의 재료로 사용된 '영혼'의 질적 수준에 따라 결정된다. 본래 플루토의 엔진으로 사용될 영혼은 김남운이 아니었다.

즉 지금의 '플루토'는 원작의 '거신병 플루토'보다 훨씬 약한 상태였다.

─김남운도 꽤 쓸 만해.

─마계에서 공장 부술 때랑은 상황이 완전히 다르다고!

─내가 그걸 모르겠냐? 아무튼 할 수 있어.

─진심이야?

─원래였다면 무리였겠지만…… 너한테 좀 배웠거든.

─뭐?

나는 그대로 헤라클레스를 향해 돌진했다. 플루토의 체고에 맞게 부피를 증대시킨 헤라클레스도 나를 향해 마주 달려왔다. 네 개의 손이 맞부딪치며, 엄청난 풍압이 바다 일대에 소용돌이를 만들어냈다.

헤라클레스와 비능한 수준의 힘을 보이는 플루토의 저력에, 아레스는 진심으로 놀란 눈치였다.

[거신병? 그걸 어디서 손에 넣었지?]

"나도 너희처럼 여기저기서 사기 좀 치고 다녔지."

'마왕 선발전' 종료 직후부터 '1,863회차'에 다녀오기까지.

나는 내내 이 〈기간토마키아〉를 준비해왔다.

신생 성운이 확고한 입지를 다질 찬스이자, 거슬리는 거대 성운을 향해 제대로 경고를 날릴 기회.

「김독자는 멸살법을 읽고, 또 읽었다.」

원작을 바꾼 만큼 미래는 불확실해졌다. 그렇다고 1,863회차의 한수영처럼 「예상표절」을 사용할 수도 없었다. 앞으로 예상 가능한 전개를 '창작'하는 것은 한수영 같은 작가에게나 가능한 일이다.

1,863회차의 한수영은 말했다.

—무슨 소리야? 넌 독자잖아.

독자.
작가의 글을 읽고, 감상하는 존재.

—작가님, 〈올림포스〉 신좌들 고증이 조금 부족한 게 아닐까요? 아레스는 묘사된 것보다 훨씬 성급하고 인간을 얕보는 신인데…….
—게다가 이런 식이면 12신좌가 개별적으로 사용할 수 있는 개연성은…….

그리고 작가와 함께 이야기를 만들어가는 존재.
꽈아아앙!
헤라클레스의 주먹이 플루토의 머리에 꽂히고, 플루토의 주먹이 헤라클레스의 흉부에 작렬한다.

이어지는 난타전 속에 멸살법을 읽으며 내가 느낀 감상들이 흘러갔다.

　—제 생각에는 하위 시나리오로 내려온 성좌들이 너무 불리한 것 같은데…….

나는 '작가'가 아니다. 그러니 한수영처럼 할 수는 없다.

하지만 나는 누구보다도 '원작'의 허점을 잘 꿰고 있다.

어쩌면 소설을 쓴 작가 본인보다도.

[놀이는 여기서 끝이다.]

거신병 헤라클레스의 전신에서 풍기는 기세가 달라졌다. 사자의 머리를 부순 거력이 거신병의 양팔에 집중되며, 헤라클레스의 성유물인 '헤라클레스의 방망이'가 소환되고 있었다.

나 역시 그에 맞선 일전을 준비했다.

[거대 설화, '마계의 봄'이 이야기를 시작합니다!]

[마왕의 '격'을 개방했습니다!]

[전인화]에서 비롯된 백청의 강기와 마왕의 격. 그 위에 〈김독자 컴퍼니〉의 거대 설화가 얹어졌다.

나는 지금껏 숨겨온 모든 설화를 폭발시켰다. 내가 방출한 설화는 플루토의 버프 효과로 인해 어마어마한 수준의 격으로 증폭되고 있었다.

아레스가 대경했다.

놀랍기도 하겠지. 실제로 나는 무리하고 있었다.

츠츠츠츠츠츳!

아직 내 '격'은 12신좌와 맞서기에는 많이 부족했다.

하지만 95번 시나리오에 다녀오며 내 '격'의 총량은 동급 화신이나 성좌와는 비교도 할 수 없을 정도로 깊어졌다.

적어도 60번 시나리오의 제한 기준을 넘을 정도로.

[당신이 발출하는 '격'이 시나리오의 제한 기준을 넘어섰습니다!]

60번 이후 시나리오는 개연성의 후폭풍이 이전과 비교할 수 없을 정도로 거세다. 잘못하면 격 발현과 동시에 화신체가 소멸해버리는 재앙을 겪을 수도 있다.

나는 스파크를 견뎌내며 이를 악물었다.

성운 〈올림포스〉는 지금까지 나에게 여분의 개연성을 너무 많이 사용했다. 그렇기에 〈기간토마키아〉 같은 대형 시나리오에 사용할 개연성은 거의 남지 않았을 것이다.

실제로 아레스의 '격'은 일정 수위 이상으로 상승하지 않고 있었다.

[멍청한 놈! 그런 짓을 하면 네놈도 죽는다!]

[죽겠지.]

물러서는 아레스를 보며 내가 말했다.

[그런데, 네가 먼저 죽을 거야.]

나는 플루토의 텅 빈 오른손을 내려다보았다. 거신병의 힘은 너무나 강력해서 어지간한 무기로는 그 충격을 감당할 수 없다. 적어도 '헤라클레스의 방망이'에 필적할 무기가 내게도 필요했다.

그리고 마침 나는 그런 무기를 가지고 있었다.

아주 오랫동안 이 순간만을 위해 아껴온 무기.

[오십시오, 강철검제.]

내 외침에 한순간 전장의 소음이 잦아들었다.

거신병 헤라클레스와 거신병 플루토의 싸움.

병장기 소환 의식에, 채널을 메우던 성좌들마저 긴장하는 눈치였다.

[성좌, '긴고아의 죄수'가 당신의 병기가 무엇일지 궁금해합니다!]

[다수의 성좌가 '강철검제'를 궁금해합니다!]

그러나 내 빈손은 여전히 채워지지 않고 있었다.

왜 안 오는 거지?

뒤를 돌아보며 반사적으로 [전지적 독자 시점]을 발동했다. 전장 상황을 파악하기 위해서였다. 이해도가 높은 몇몇 등장인물의 속마음이 들려왔다.

「강철검제? 어디서 들어본 것 같기도 한데.」

「검 쓰는 사람인가…….」

뭐?

「김 독 자 는 몽 총 이 이 *다.*」

머릿속에서 [제4의 벽]이 비웃는 소리가 들려왔다.
뒤늦게 아차 싶었다.
그러고 보니 아직 이현성의 별명은 '순정강철'이었다.

「강철검제…… 멋진 이름이군. 독자 씨의 부름을 받다니. 누군지
몰라도 대단한 사람이다.」

이아손과 힘겨루기를 하며 이쪽을 멀거니 보는 이현성.
나는 이현성을 향해 빽 소리를 질렀다.
[현성 씨! 이쪽으로 오세요!]
"예? 저 말씀이십니까?"
"빨리 가 멍청아! 여긴 내가 맡을 테니까!"
한수영의 고함에 맞춰, 이아손과 힘겨루기를 하던 이현성이
기합을 내질렀다. 성흔 [태산 밀기]가 발동하며 이아손이 파
도와 함께 뒤쪽으로 날아갔다.
콰콰콰콰콰!
아니, 저런 힘이 있었으면 진즉에 사용하지.
지난 삼 년간 이현성이 얼마나 강해졌는지는 모르지만, 이

정도면 기대한 것보다 더 쓸 만하겠다 싶었다.

"하지만 저는 '강철검제'가 아닌데……."

[오늘부터 그렇게 불리게 될 겁니다.]

"제, 제가 뭘 하면 되겠습니까?"

나는 다가온 이현성을 재빨리 붙잡아 휘둘렀다.

"끄아아아아악!"

전투 태세를 갖춘 아레스가 '헤라클레스의 방망이'를 부딪쳐왔다.

거신병 헤라클레스에 장착된 설화와 아레스 본연의 설화가 섞인 무지막지한 일격. 네메아의 사자든 뭐든 일격에 때려잡을 수 있을 파괴력이었다.

나는 무식하게 달려드는 아레스를 향해 냅다 이현성을 휘둘렀다.

"독자 씨! 독자 씨! 안 됩니다!"

[괜찮습니다! 자신을 믿으세요!]

투콰아아아앙!

파도와 파도가 부딪치는 소리와 함께, 충격파에 입자화된 물보라가 안개로 화했다.

희뿌연 안개 속에서 서서히 드러난 이현성은 방망이와 자신의 몸을 맞대고 있었다.

[거봐요, 할 수 있잖아요.]

"으, 으어, 으어어어……."

이현성의 전신으로 [강철화]의 표피가 자라나 있었다.

자라고, 자라고, 또 자라서 이내 하나의 검劍이 돼버린 모습.

아레스가 눈에 띄게 당황하는 기색이 보였다.

만약 여기 유중혁이 있었다면 분명 다음과 같이 말했을 것이다.

「"이것이 바로, 이현성이 '강철검제'라는 별명을 갖게 된 진짜 이유다."」

강철검제.

그가 검의 제왕이라 불리는 이유는 검을 잘 다루기 때문이 아니다.

[등장인물 '이현성'이 성흔 '강철화 Lv.10'를 발동 중입니다!]

[강철화].

저 먼 외우주의 성좌가 가진 성흔. 설화가 쌓일수록 어떤 금속보다도 단단한 강도에 도달하게 되며, 몇 번이고 부러져도 다시 재생할 수 있다는 장점까지.

이현성은 살아 있는 '최강의 명검'이나 다름없었다.

[성좌, '강철의 주인'이 당신의 만행에 눈살을 찌푸립니다.]

아무래도 검이 된 건 처음이라 그런지 이현성은 아직 제정신이 아닌 상태였다.

나는 의욕을 고취해주려고 일부러 말을 걸었다.

[현성 씨, 저기 헤라클레스가 쥔 방패 보이십니까?]

"예…… 예에, 어엇, 저건?"

[제가 전에 드린 '헤라클레스의 방패'의 원본입니다.]

언젠가 레플리카 버전을 이현성에게 준 적이 있었다. 이현성이 몇 번이나 닦아서 고이 사용하던 그 방패.

[저거 현성 씨 드릴게요.]

"정말이십니까?"

[그럼요.]

어느새 적응을 마친 이현성이, 자신의 몸을 거신병의 손과 일체화했다.

꽉 맞잡은 손처럼 완벽한 그립감.

나는 달리기 시작했다.

츠츠츠츳! 엄청난 개연성을 소모하며, 나는 다시 한번 헤라클레스와 충돌했다.

[<스타 스트림>이 당신을 주목합니다!]

[관리국이 당신의 개연성을 의심합니다!]

[이 이상 개연성을 남용하면 화신체가 위험해집니다!]

강철검제와 헤라클레스의 방망이가 정면으로 부딪쳤다.

박력에 놀란 아레스가 한 걸음 물러섰다.

[이런 미친놈이!]

부딪치고, 부딪치고, 또 부딪치고.

저 단단한 헤라클레스의 방망이 일부가 파편이 되어 튀었고, 이현성의 [강철화]도 군데군데 균열이 생겼다.

애초에 오래 지속할 수 있는 전투가 아니기에 우리는 필사적이었다.

나도, 이현성도, 김남운도.

[거대 설화, '마계의 봄'이 이야기를 계속합니다.]

수르야와 싸울 때처럼 '무대화'가 발생하지는 않았지만, 이 이야기가 우리를 지켜주고 있었다. 나와 이현성이 함께하던 무대. 한때는 적이던 김남운 또한 설화의 일부가 되고 있었다.

「세상에서 가장 비열하던 영혼이 강철의 거신으로 태어났으니」

스가가각!

마침내 강철검제의 칼날이 헤라클레스의 어깻죽지를 잘라냈다.

아레스가 으르렁대며 외쳤다.

[왜 이렇게까지 덤비는 거지? 〈올림포스〉는 늘 너에게 자비를 베풀어왔다!]

[자비? 그래서 나한테 그딴 운명을 씌웠냐?]

[설마 겨우 그런 것 때문에?]

[겨우?]

[어차피 네놈은 살아나지 않았느냐! 성공적인 시련을 겪게 해주었으니 고마움을 표하지는 못할망정……!]

적반하장도 이런 적반하장이 없었다.

[네놈들 때문에 내 동료가 지금도 죽어가고 있어.]

[동료?]

검과 곤봉이 다시 한번 부딪치자 아레스가 뭔가 생각났다는 듯 말했다.

[특이점의 감시자로 쓰던 '그 화신' 말이군.]

['그 화신'이 아니라 '유상아' 씨다.]

[그 화신은 우리가 그렇게 만든 게 아니다. 불행을 자초한 거지.]

아레스가 비웃듯이 말을 이었다.

[고작 뷜별자가 〈올림포스〉의 데이터베이스에 접근하려 했으니, 그런 꼴을 당하는 건 당연하다.]

나는 이를 갈며 검을 휘둘렀다.

[그 힘을 준 건 너희잖아. 심지어 그런 상황을 초래한 것도 너희였어.]

[신은 지켜볼 뿐. 모든 것은 인간의 선택이지.]

[예정된 인과를 두고 '선택'이라는 말을 쓸 수 있다고 생각하냐?]

아레스가 웃었다.

[그것이 바로 '시나리오'다.]

차가운 분노가 가슴 깊은 곳에 자리 잡는다.

그래, 이게 바로 성좌였다. 자극적인 시나리오를 원하고, 화신의 타락을 즐기는 존재. 일부러 '선악과'를 만들어두고, 인간이 금기를 어기기를 즐거이 기다리는 신.

거신병 플루토의 몸체에 감당할 수 없을 정도로 스파크가 치기 시작했다. 방망이와 강철의 접점에서 눈부신 마력의 격랑이 몰아쳤다.

아레스가 외쳤다.

[이 미친 자식이……!]

「김독자는 분노했다.」

「그러나 분노와는 별개로, 김독자의 이성은 한없이 차가웠다.」

사실 정면 대결로 아레스를 쓰러뜨리기는 거의 불가능했다.

하지만 지금이라면 이야기는 달랐다.

「김독자는 생각했다.」

이곳은 아레스가 충분한 힘을 발휘할 수 없는 바다이고.

모든 격을 방출할 수 없는 하위 시나리오이며.

결정적으로 아레스가 탄 헤라클레스는 거신병의 초기 모델이었다.

콰드드드득!

날아든 헤라클레스의 방망이가 플루토의 왼팔을 부쉈고, 동시에 강철검제의 칼날이 헤라클레스의 허리를 꿰뚫었다.

다급해진 아레스가 외쳤다.

[이런 짓을 하면 네놈은 정말로 〈올림포스〉 전체를 적으로 돌리게 된다……!]

[누구든 오라고 해.]

하지만 올 수 없겠지. 12신좌는 모두 겁쟁이니까.

[제우스든, 포세이돈이든. 누구든.]

<u>츠츠츠츠츠츳</u>!

휘두르는 [백청강기]에 밀려난 헤라클레스가 엉덩방아를 찧었다.

최후의 최후까지 밀리는 상황에서도 아레스는 자신의 격을 온전히 방출하지 않았다.

설화급 성좌라고 모두가 수르야 같은 것은 아니다.

진짜 〈기간토마키아〉 이후 수만 년. 12신좌는 목숨을 건 사투를 잊었다.

'흉포의 군신', 아레스도 마찬가지였다.

그는 얼핏 용감한 것 같지만, 실은 누구보다도 자신의 목숨과 안위를 챙긴다. 〈기간토마키아〉에서 거신을 집어 던지며 용맹을 과시하던 그는, 이제 하위 시나리오에서 격을 잘못 개방했다가 후폭풍을 맞을까 두려워하는 성좌가 되었다.

발악하듯 아레스가 외쳤다.

[네놈은 개연성이 두렵지도 않으냐!]

[두렵지 않아.]

이현성도, 나도, 김남운도. 그런 걸 두려워하는 이는 없다.

왜냐하면 우리는 줄곧 그런 후폭풍을 헤치며 살아왔으니까.

오히려 약하기에 낼 수 있는 용기였다.

튀어 오르는 바다 거품과 함께, 나는 헤라클레스의 콕피트를 향해 강철검을 찔러 넣었다.

[당신은 거신병 '헤라클레스'를 쓰러뜨렸습니다!]

[새로운 설화를 획득했습니다!]

[성유물, '헤라클레스의 방망이(손상)'를 획득했습니다.]

[성유물, '헤라클레스의 방패(손상)'를 획득했습니다.]

[성유물, '헤라클레스의 장창(손상)'을 획득했습니다.]

그리고 엄청난 폭발이 일어났다.

"김남운!"

나는 폭발과 동시에 플루토의 콕피트를 벗어났다.

개연성의 제한치를 넘어선 플루토가 부서지고 있었다.

[개 쩔었다……!]

김남운은 즐거운 듯한 목소리였다.

잠시 후 개연성의 후폭풍을 견디지 못한 플루토의 전신이 붕괴했다. 나 대신 개연성을 감당한 결과였다. 다행히 동력부는 무사한 것 같았지만 더 이상의 전투는 힘들어 보였다.

희뿌연 연기 사이로, 나처럼 간발의 차이로 콕피트에서 빠져나온 아레스의 모습이 보였다.

전신에 상처를 입은 채로 분노의 고성을 토하고 있었다.

아직 승부는 끝나지 않았다. 거신병 헤라클레스는 일종의 '방호구'일 뿐. 이대로 아레스가 격을 개방하면, 나는 정면에서 놈을 상대해야 한다.

하지만 상관없었다.

애초에 내 목적도, 녀석을 헤라클레스에서 내리게 만드는 거였으니까.

"유상아 씨가 너에 관해 알려준 게 있지."

아레스 말대로 유상아는 [헤르메스 시스템]을 사용해 온갖 미래 정보를 조사했다. 그리고 개중에는 〈올림포스〉의 비사에 관한 것도 있었다.

"언젠가 넌 '헤라클레스의 장창'에 맞은 적이 있다던데."

유상아는 말했다. 아레스는 헤라클레스와 싸우다 그의 창에 허벅지를 찔려 달아난 적이 있다고.

— '가짜'도 '진짜'가 될 수 있는 게 설화라면, 이 설화도 진짜로 만들 수 있지 않을까요? 만약에 그 '무기'만 구할 수 있다면…….

나를 보는 아레스의 두 눈이 격하게 흔들리고 있었다.

"문득 궁금해지네. 헤라클레스는 너희가 만들어낸 존재인데…… 그렇다면 이 신화는 가짜일까 아니면 진짜일까."

기함한 아레스가 나를 향해 달려들었고, 나는 말을 이었다.

"스타 스트림에서 '가짜 설화'는 대체 얼마만큼 힘을 발휘할 수 있을까? 궁금하지 않아?"

['헤라클레스의 장창'에 깃든 설화 파편이 당신에게 반응합니다!]

[설화 파편, '전신戰神의 천적'이 이야기를 시작합니다.]

설화가 이야기를 시작했다.

「그 창은 단 한 번의 관통으로 전쟁의 신을 무력화하였으니」

나는 남은 모든 힘을 다해 창을 집었다. 너무나 무거워서 나혼자 제대로 던질 수 있을지 의문이었다.

이제 눈앞까지 다가온 아레스.

제대로 던져야 한다. 실패하면 죽는 것은 이쪽이 될 테니까.

그 순간, 창의 무게가 가벼워졌다.

누군가 등 뒤에서 나와 함께 창대를 쥐고 있었다.

이현성은 아니었다. 하지만 구태여 돌아볼 필요도 없었다.

이만한 무게의 창을 가볍게 들 수 있으며, 멸살법의 어떤 화신보다 만병萬兵에 능한 존재. 애초에 그런 화신은 아군 중 하나뿐이다.

"김독자, 기회는 한 번뿐이다."

어떤 한 번은 영원한 '한 번'이다.

회귀자의 '무수한 실패'로 만들어진 한 번.

"내겐 늘 한 번뿐이었어."

그러니 이 한 번은 절대 실패하지 않을 것이다.

우리는 동시에 창을 던졌다.

3

　창은 검푸른 빛살을 남기며 날아갔다.

　창에 실린 힘과 격은 본래의 유중혁이 가질 수 있는 수준이 아니었다. 지난번 「영원불멸의 지옥도」를 겪으며 3회차의 유중혁도 '창'에 대한 이해도가 급상승한 모양이었다.

　날아가는 창을 보며 내가 물었다.

　"생각보다 빨리 돌아왔네? 귀환자들은 어떻게 됐어?"

　"잡담은 나중에 하지."

　창의 궤적을 피해 아레스가 신형을 물리고 있었다. 헤르메스처럼 공중에서 자유자재로 움직이지는 못하더라도, 아레스 정도면 저런 창을 피하는 것쯤은 일도 아니었다.

　그 창에 설화가 깃들어 있지 않았더라면 말이다.

「그리하여 손끝을 떠난 창은 피할 수 없었기에」

하나의 설화가 감정을 갖는 일이 있을 수 있을까.

어떤 설화 전문가도 그에 대해 명확한 대답을 내놓지는 못할 것이다.

확실한 것은, 그 일이 지금 내 눈앞에서 펼쳐지고 있다는 것뿐이었다.

[설화 파편, '전신戰神의 천적'이 '흉포의 군신'에게 적의를 드러냅니다.]

이 세계선의 헤라클레스는 가짜다.

하지만 시간이 지나며 '가짜'는 '진짜'가 되었고, 만들어진 설화는 자신의 의지를 가지게 되었다.

경악한 아레스가 빠르게 허공을 선회한 순간, 창 역시 똑같은 속도로 선회했다. 수세에 몰린 아레스가 황급히 몸을 웅크리며 방어 자세를 취했지만 창은 그것조차 무시했다.

끔찍한 파육음과 함께, 허벅지를 꿰뚫린 아레스가 고통스러운 비명을 질렀다.

위대한 12신좌의 하나, 전쟁의 신이 신혈神血을 떨어뜨리며 바다로 추락했다.

"제가 제압하겠습니다!"

[강철화]를 해제한 후 지상에서 대기하던 이현성이 [태산

부수기]로 아레스의 화신체를 가격했고, 설화를 토하며 튀어오른 아레스의 화신체를 초월의 격을 드러낸 유중혁이 짓밟았다.

정말, 타이밍 좋게 유중혁이 돌아와서 다행이었다.

"지구는 다 정리된 거야?"

유중혁은 대답이 없었다.

배틀 부츠에 짓밟힌 아레스가 표정을 일그러뜨린 채 몸부림쳤다. 하지만 아무리 안간힘을 써도, 허벅지에 박힌 창이 그의 격을 구속하고 있었다.

헤라클레스의 설화는 그만큼 집요하고 완강했다. 적어도 저 강력한 12신좌를 60번 시나리오에서 무력화할 정도의 '격'.

모두 12신좌가 자초한 일이었다.

[이, 이 헤파이스토스같이 생긴 놈들이……!]

[성좌, '화산의 대장장이'가 인상을 찌푸립니다.]

나는 아레스 머리 위에 떠올라 있는 적색 화살표를 보며 '부러지지 않는 신념'을 꺼냈다.

이번 시나리오에서 승리하기 위해서는 〈올림포스〉 측 수장 둘을 처치해야 한다. 그리고 아레스는 그중 하나였다.

눈앞의 아레스는 화신체이기에 정말로 죽지는 않을 것이다. 하지만 12신좌쯤 되면, 이 정도 급의 화신체를 상실했을 때 엄청난 손실을 입게 된다.

유중혁의 생각이 들려온 것은 그때였다.

「시간이 없다. 서두르면 살릴 수 있어. 넥타르Nectar가 필요하다.」

흑천마도를 아레스의 목에 겨눈 유중혁이 입을 열었다.
"아레스, 넥타르를 가지고 있나?"
갑작스러운 말에 당황한 것은 내 쪽이었다.
……넥타르? 나도 그 아이템이 뭔지는 알고 있었다.

「<베다>에 성유액 '소마'가 있다면 <올림포스>에는 '넥타르'가 있다.」

이 자식, 아직도 내공이나 신체 강화에 욕심을 내는 건가?
때마침 채널에 입장한 성좌들도 간접 메시지를 보내왔다.

[몇몇 성좌가 채널에 입장합니다!]
[성좌, '흥무대왕'이 당신에게 경고합니다!]
[성좌, '외눈 미륵'이 당신에게 지구의 위기를……!]

삐이이잇, 소리와 함께 간접 메시지가 일거에 사라졌다.

[성좌, '은밀한 모략가'가 다들 입을 다물라고 경고합니다.]

문득 머리 위를 보니 비유가 안절부절못하는 표정을 하고 있었다.

[바앗, 바앗······.]

—비유, 무슨 일이야?

물어도 대답이 없었다. 애써 내 눈을 피하는 모습. 모든 것이 미심쩍었다. 다른 도깨비도 아니고 비유가 나한테 감추는 게 있다고?

그사이, 아레스가 입을 열었다.

[네놈은 시간을 거스르는 존재. 불사의 축복을 받은 놈이 왜 넥타르가 필요하다는 거지?]

"그런 것까진 대답할 의무가 없다. 다시 말한다. 넥타르를 내놔라."

[네놈들 동료 중 하나가 위험하다고 했지? 그래서 넥타르가 필요한 거냐?]

유중혁의 흑천마도가 아레스의 목을 살짝 파고들었다. 피슛, 하는 소리와 함께 흘러내리는 핏줄기. 핏줄기의 입자에는 적혈구와 백혈구를 대신해 그가 지금껏 쌓아온 설화들이 세밀히 흐르고 있을 것이었다.

아레스는 잠시 뭔가 생각하는 듯하더니 대답했다.

[지금 나한테는 없다. 하지만 내게서 이 창을 뽑아준다면 '청춘의 여신'을 찾아가 넥타르를 줄 수도······.]

"없나 보군. 죽어라."

유중혁의 흑천마도가 그대로 아레스의 심장에 꽂혔다. 아레스의 화신체가 희미한 빛을 뿜으며 산화하기 시작했다. 아레스가 자신의 화신체를 '시나리오'에서 회수하는 것이었다.

분노한 아레스가 외쳤다.

[이 빚은 반드시 갚겠다! '가장 오래된 꿈의 꼭두각시'여!]

파스스슷, 하는 소리와 함께 아레스의 화신체가 완전히 사라졌다.

[성좌, '흉포의 군신'이 전장에서 이탈합니다.]

[<올림포스> 측 수장 중 하나가 시나리오를 포기했습니다!]

[당신은 '흉포의 군신'을 물리쳤습니다!]

[전설급 설화, '전쟁의 신을 패퇴시킨 자'를 획득했습니다!]

[보상으로 400,000코인을 획득했습니다!]

[주요 공헌자: 성좌 구원의 마왕, 화신 유중혁, 화신 이현성]

어마어마한 보상과 함께, 메시지는 계속되었다.

[기존 <기간토마키아>에 새로운 설화가 추가됩니다!]

['흉포의 군신'의 화신체가 지니고 있던 아이템 중 일부가 주요 공헌자에게 분배됩니다.]

연이은 시스템 메시지에, 전장으로 간접 메시지가 몰아쳤다.

[성좌, '바람의 원정왕'이 충격에 빠집니다.]

[성좌, '정의와 지혜의 대변자'가 진심으로 놀랍니다.]

[성좌, '전능의 태양'이 자신의 눈을 불신합니다.]

전장은 그야말로 혼란의 도가니였다. 이아손을 비롯해 〈올림포스〉 진영에서 싸우던 영웅들도, 맞서 싸우던 기간테스들도. 심지어 둘 중 어디에도 포함되지 않고 전장을 지켜보던 이들도.

올림포스의 전신戰神이 시나리오를 포기했다는 사실은 그만큼이나 커다란 충격이었다.

[하하하하하핫! 이번 〈기간토마키아〉는 정말 재밌구나!]

전장을 종횡무진하며 영웅을 상대하던 장비가 진언을 내뿜었다.

유중혁은 소란에도 아랑곳하지 않고 죽은 아레스의 잔해를 뒤졌다.

"역시 넥타르는 없군. 그럼 헤베를 죽여야 하는 건가."

"유중혁 이 미친놈아!"

나는 유중혁의 멱살을 붙들고 소리쳤다.

"놓지 않으면 죽이겠다."

"그렇게 바로 죽여버리면 어떡해? 협박해서 성유물 하나라도 더 얻어내야 할 거 아냐!"

물론 나도 아레스를 죽여야 한다는 데는 동의했다. 하지만 화신체를 볼모로 아이템을 하나라도 더 뜯어낼 수도 있는 상황이었는데……

"그렇게 한가롭게 굴 시간 따윈 없다."

"넥타르는 왜 구하는데? 그건 필요 없잖아? 어차피 〈베다〉 쪽에서 소마를 받기로……."

불길한 감각이 머릿속을 스쳤다.

"유중혁. 지금 지구는 어떻게 된 거지?"

"……."

"설마 유상아 씨 상태가……."

"지구는 무사하다. 쓸데없는 생각 말고 〈기간토마키아〉 마무리에 집중해라."

유중혁은 단호한 목소리로 말을 이었다.

"아직 전쟁은 끝난 게 아니니까."

유중혁이 전장을 돌아보며 말했다.

헤라클레스는 쓰러뜨렸다. 하지만 간과하지 말아야 할 것은, 아레스가 타고 있던 헤라클레스는 무수한 거신병 중 하나에 지나지 않는다는 사실이었다.

"더럽게 많이 몰려오는군."

아르고호가 갈라놓은 바다의 길을 따라, 무수한 헤라클레스들이 달려오고 있었다.

양산형 '헤라클레스'.

오랜 세월 동안 〈올림포스〉가 타 성운과의 전쟁을 대비해 준비해놓은 거신병이었다.

[거신 놈들을 찢어 죽여라!]

그들이 내뿜는 맹폭한 기세는 파도가 꺼진 지축을 흔들 정도였다. 이전이었다면 기세에 겁먹은 거신들이 달아나도 이상하지 않을 정경이었다.

하지만 지금은 달랐다.

[해방의 시간이다!]

[동지들이여! 헤라클레스는 가짜였다!]

어느새 이쪽의 또 다른 수장 한 명이 포털을 찢으며 나오고 있었다.

브리아레오스.

백 개의 팔을 가지고 있던 그는 개연성의 영향으로 이제 오십 개의 팔만을 가지게 되었다. 그럼에도 본연의 격은 대해에 맞설 만큼 경건했다.

[눈에 보이는 것에 현혹되지 마라! 이미 기록된 신화가 아니라, 이곳에 서 있는 자기 자신을 믿어라!]

그의 진언에 모든 거신이 함성을 질렀다.

유중혁이 말했다.

"네놈이 신화를 바꿔버렸군."

신화는 그것을 믿는 자를 지배하는 힘이다.

헤라클레스는 〈기간토마키아〉의 주역. 그런데 그런 헤라클레스가 가짜였다는 사실을 안 이상, 해당 설화는 거신에게 직접적 영향을 끼칠 수 없을 것이다.

흔들리는 '무대화'가 그 증거였다.

부서진 무대 위에 새로운 무대가 만들어진다. 찢어진 각본의 페이지 위에는, 또 다른 각본이 쓰일 것이다.

하지만 유중혁의 표정에는 조금도 여유가 보이지 않았다.

"저들이 끝이 아니다. 신좌가 온다."

아레스는 12신좌 중 겨우 하나일 뿐.

멸살법 내용이 맞는다면, 이곳에 참전할 12신좌는 최소 둘이 더 있었다.

하나는 '정의와 지혜의 대변자', 아테나.

그리고 다른 하나는 '전능의 태양', 아폴론.

유중혁이 망가진 플루토를 곁눈질했다.

"지친 네놈과 망가진 거신병으로는 신좌를 상대할 수 없다."

"너도 아직 12신좌와 일대일로 싸우긴 무리야."

"해보지 않고선 모르지."

말은 저렇게 하지만, 지금의 유중혁이 12신좌와 정면으로 맞부딪쳐 이긴다는 것은 불가능한 일이었다. 내 경우에는 꼼수에 운까지 따라줬으니 가능했던 거고.

"아레스의 패퇴를 복격했으니 다른 신좌도 전부 방식을 달리할 거야. 자신의 격을 깎아먹더라도, 개연성을 희생해올 가능성이 높아."

"상관없다. 그편이 더 싸울 맛이 나겠군."

"네가 '정의와 지혜의 대변자'를 상대해. 혼자선 무리일 테니까 한 사람 더 붙여줄게. 그럼 어떻게든 막을 수 있을 거야."

"누굴 붙여준다는 거지?"

"곧 알게 될 거야."

멀리서 허공을 격하고 날아오는 아테나와 아폴론이 보였다.

이 거리에서도 느껴지는 무시무시한 '격'. 아레스전戰과는 확실히 다른 전투가 될 것이었다.

흑천마도를 고쳐 쥔 유중혁이 물었다.

"'전능의 태양'은 네놈이 상대할 건가?"

"그를 상대할 성좌는 따로 있어."

"……네놈 꿍꿍이를 한번 믿어보지."

내 말과 동시에 유중혁이 창공으로 뛰어나갔다. 아름다운 선형을 남기며 사라지는 [주작신보]. 유중혁은 이제 완연한 초월의 경지를 누비고 있었다.

쐐애애액, 하는 소리와 함께 허공을 가르는 흑천마도.

정색한 아테나가 멈춰 선 것과, 검붉은 마력의 충돌이 발생한 것은 거의 동시였다.

[비키세요. 아니면 죽습니다.]

'정의와 지혜의 대변자', 아테나.

〈올림포스〉 지배자인 번개의 적통嫡統이자, 〈올림포스〉 전역에서도 가장 존경받는 전쟁의 신.

[신화에 조예가 있다면 알겠지만 난 아레스와는 다릅니다.]

같은 '전쟁의 신'이라도 아레스와 아테나는 다르다.

두 신은 수많은 대리전代理戰을 치렀다. 아레스는 그 많은 대리전에서 한 번도 아테나에게 승리한 적이 없었다.

아테나가 말했다.

[나는 당신들을 싫어하지 않습니다. 나의 목적은 거신을 타르타로스로 돌려놓는 것뿐이에요. 하지만 계속해서 방해한

다면…….]

고결한 그녀의 표정에 차가운 분노가 떠올랐다.

[정의의 이름으로, 그대를 단죄하는 수밖에 없겠죠.]

아테나는 자신이 한 말을 반드시 지키는 신.

그 신이 진심으로 창과 방패를 들었다면, 그 분노를 막을 수 있는 존재는 〈올림포스〉 전체를 뒤져도 거의 찾을 수 없다.

<u>츠츠츠츠츳!</u>

그때, 스파크와 함께 하늘에서 누군가의 진언이 들려왔다.

[아직도 그런 대사를 쓰는구나, 아테나. 같이 악마 ■가리 자르고 다닐 때도 그러더니…… 어째 변한 게 하나도 없네.]

나는 가까스로 숨을 돌리며 허공을 올려다보았다.

아테나는 최강의 전투력을 가진 성좌 중 하나다.

하지만 그것도 어디까지나 〈올림포스〉에 한정된 이야기.

「〈올림포스〉에 정의의 아테나가 있다면.」

허공에서 화려한 불꽃이 강림하며 새로운 화신이 전장에 참가했다.

순정한 백색의 불꽃이 가라앉자 그 안에는 내가 잘 아는 이가 있었다.

「〈김독자 컴퍼니〉에는 정희원이 있다.」

내가 가진 최강의 검이 마침내 〈기간토마키아〉 전장에 등장했다.

　[오랜만이야, 아테나.]

　새하얀 백색의 날개를 펼친 우리엘이, 정희원의 전신에 강림하고 있었다.

4

정희원이 새하얀 격을 내뿜으며 '심판자의 검'으로 아테나
를 겨눴다.

아테나가 말했다.

[우리엘. 〈에덴〉이 온다는 이야기는 못 들었는데?]

[난 〈에덴〉 자격으로 참전한 게 아냐.]

[그럼?]

[내 화신을 돕는 것뿐이지.]

우리엘이 계속해서 말했다.

[아테나. 여기까지 해. 〈올림포스〉도 그만하면 많이 해먹었
잖아? 대체 언제까지 〈기간토마키아〉를 우려먹으려고?]

[우려먹다니. 말이 심하네, 우리엘. 우리는 권선징악勸善懲惡
의 설화를 기억시키려는 것뿐이야. 선은 승리하고, 악은 패배

한다. 그건 몇 번이나 강조해도 옳은 일이야.]

[권선징악이라…….]

[선한 설화가 늘어날수록 성좌들은 선한 시나리오를 소비할 거야. 그럴수록 스타 스트림은 청결해지겠지.]

그 말을 듣는 순간만큼은 우리엘의 눈동자도 흔들렸다.

선한 설화, 선한 시나리오를 많이 수행하면 세상은 좋아질 것이다.

분명 그렇게 믿던 시절이 있었다.

[그래서, 지금 스타 스트림이 좋아졌어? 성좌들이 선한 설화를 좋아하게 되었나?]

[지금은 충분치 않지. 하지만 언젠가는—]

펄럭, 하고 천사의 날개가 움직였다.

[아테나, 너는 주로 약자의 편이었지.]

우리엘의 시선이 지상에서 싸우는 거신들을 향했다. 정확히는 그중에서도 가장 작은 거신, '파천검성'을 보고 있었다.

[묻겠다, '정의와 지혜의 대변자'여.]

우리엘의 말투가 바뀌자, 아테나의 표정도 엄격해졌다.

[저 거신은 악인가?]

아테나는 거신 파천검성을 내려다보았다.

달려드는 영웅들을 쳐내고, 하늘을 부수는 [파천유성우]의 검결로 성좌들을 찢어발기고 있었다.

파천검성은 작지만 강했다. 어쩌면 타르타로스에서 나태해져 있던 그 어떤 거신보다도 강했다.

하지만 그녀 역시 처음부터 강했던 것은 아니다.

「저리 가! 저리 꺼지라고! 재수 없는 년!」

「저주받은 년! 네년 때문에 우리 집안이 망했다!」

「거신의 핏줄이다. 저년의 심장을 먹으면 호랑이 같은 힘이 생긴다
더군.」

파천검성이 받던 핍박들이 고스란히 설화가 되어 아테나의
두 눈에 흘러들어왔다.

거신으로 태어났다는 이유로, 혹은 남과 생김새가 다르다는
이유로 짊어져야 했던 고난.

아테나는 입술을 깨물었다.

[거신은 모두 위험하다. 그들의 본성은 흉포하고, 또다시 끔
찍한 재앙을 불러올 수도 있어.]

[재앙? 그 재앙은 누구에게 위험한 것이지?]

아테나가 자신의 창을 굳게 쥐었다.

하지만 그녀의 눈은 우리엘의 시선을 피하고 있었다.

[당연히 인간에게…….]

[인간? 언제부터 〈올림포스〉가 인간을 신경 썼어?]

[우리엘! 말을 조심하는 게 좋을―]

[아테나, 너도 알고 있잖아.]

반쯤 벌어졌던 아테나의 입이 닫혔다. 우리엘이 계속해서
말했다.

[지금 네가 하려는 '권선징악'은 가짜야. 임의로 악을 지정하고, 선이 되기 위해 그것을 심판하는 '가짜 신화'라고.]

아테나의 눈썹이 부르르 떨렸다.

[가짜면 어때? 설령 가짜라도…….]

[잊었어? 권선징악의 시나리오가 사라지기 시작한 건 '가짜'의 횡행 때문이잖아.]

'악마 사냥' 당시를 떠올리는 듯 우리엘의 목소리가 떨렸다.

[지금 이 시나리오에는 선도 악도 없어. 이야기를 보고 싶어하는 우리 욕망만 있을 뿐이지.]

우리엘이 하늘을 올려다보는 순간, 서광이 비쳤다.

[나는…… 이제 이런 이야기는 보고 싶지 않아.]

대천사 우리엘이 스타 스트림을 응시하고 있었다.

[이제 '진짜 악'을 부수는 것을 보고 싶어.]

아테나의 두 눈이 크게 뜨였다. 그녀의 목소리가 떨리며 흘러나왔다.

[그런 설화는 오래전에 사라졌어.]

[아니, 있어.]

하얗게 웃는 우리엘이 나를 보고 있었다.

[그게 내가 여기 온 이유야.]

'심판자의 검'과 아테나의 창이 서로를 가리켰다.

[더 이상 타협의 여지는 없겠네.]

〈에덴〉의 대천사와 〈올림포스〉의 여신이 충돌했다.

개연성을 넘어선 격을 내뿜는 아테나의 맹공. 얼핏 정희원이 밀리는 듯했지만, 곧 유중혁의 참전으로 인해 상황은 비등해졌다.

우리엘의 동조율이 지속되는 동안이라면 아테나를 붙들어 놓는 것도 불가능하지는 않을 것이다.

[성좌, '긴고아의 죄수'가 성좌들의 혈투에 즐거워합니다!]
[성좌, '심연의 흑염룡'이 싸우다 둘 다 죽어버리기를 원합니다!]
['절대악' 계통 성좌들이 '절대선' 계통 성좌들의 충돌에 환호합니다!]

엄청난 관람료가 비유의 채널을 통해 쏟아졌다.
비유가 작게 몸을 떨었다.
[바앗⋯⋯.]
나는 반대편 하늘을 바라보았다.
이제 문제는 저기 날아오는 시뻘건 녀석인데.
붉은 태양을 등에 업은 채 마차를 타고 달려오는 거대한 신좌의 모습이 보였다.

'전능의 태양', 아폴론.

과연 신화대로 멀리서 봐도 아주 잘생긴 얼굴이었다.
저 정도면 유중혁 빰을 한 대⋯⋯ 아니, 두 대도 칠 수 있겠는데.

[성좌, '전능의 태양'이 당신에게 강렬한 분노를 토합니다!]

〈올림포스〉의 12신좌 중 하나인 그는, 역시나 나 혼자서 상대하기에는 무리였다. 거신병 플루토도 망가진 데다, 아까 무리해서 몸 곳곳이 성치 않았다. 아마 저 녀석이 쏘아대는 별을 한두 번만 정통으로 쬐어도 내 화신체는 그대로 잿가루가 되어버리겠지.

하지만 그다지 걱정하지 않았다. '전능의 태양'을 맡을 상대는 내가 아니기 때문이었다.

멀리서 기관차 경적 같은 것이 들렸다. 궤도를 달리는 열차 바퀴 소리. 한때는 저 소리가 얼마나 무서웠는지 모른다.

[성좌, '전능의 태양'이 당황합니다.]

〈올림포스〉에 12신좌가 있다면 〈베다〉에는 여덟 명의 로카팔라가 있다. 그리고 방금 나타난 저 로카팔라는, 내가 아주 잘 아는 성좌였다.

[수르야, 어째서 당신이 이곳에—!]

꽈아아아앙!

태양 마차와 태양 열차가 부딪치며 눈이 멀 듯한 폭발이 발생했다.

개연성을 고려했는지 수르야의 열차는 예전 그것만큼 크지는 않았지만, 아폴론의 마차를 결딴낼 정도는 되었다.

[수르야! 이것을 〈베다〉의 뜻으로 받아들여도 되겠는가?]

[〈베다〉와는 관계없다. 얼마 전 탈퇴했으니까.]

수르야가 웃었다.

[나는 그저 최고의 '태양신'을 가리기 위해 이곳에 왔다.]

작열하는 태양빛이 허공을 물들였다.

수르야와 아폴론의 대결.

아폴론의 빛의 힘을 담은 화살이 폭포처럼 창공을 수놓았고, 수르야의 [제3의 눈]이 그 화살들의 궤적을 흐트러뜨렸다.

신화와 신화가 충돌하고 있었다.

수르야라면 아폴론을 맡겨도 충분하겠지.

나는 나머지 전황을 살폈다.

"독자 씨! 새 방패가 아주 마음에 듭니다!"

헤라클레스의 방패를 손에 넣은 이현성은 전장을 종횡무진하며 영웅과 거신병을 넘어뜨리고 있었고, 한수영도 적당히 마력 자원을 관리하며 양산형 헤라클레스를 하나둘 처리하고 있었다.

'무대화'가 붕괴하기 시작하자, 승세는 조금씩 우리 쪽으로 기울었다.

힘을 낸 기간테스들이 영웅들을 밀어붙였고, 이길영과 신유승이 '키메라 드래곤'을 조종하여 해변 일대를 브레스의 불바다로 만들었다.

이지혜는 추가로 다가오는 양산형 헤라클레스를 향해 끊임없이 함포를 발사했다. 이날을 대비해 이지혜의 마력 능력치를 높여둔 것이 아주 주효했다.

[<기간토마키아>에 새로운 신화의 출현이 예고됐습니다!]

〈김독자 컴퍼니〉의 신화는 실시간으로 기록되고 있었다.
모두 잘 싸우고 있었고, 틀어진 것은 아무것도 없었다.

「그런데도 김독자는 이상하게 불안했다.」

그것은 아주 작은 예감이었다. 아주 미묘한 톱니바퀴 하나
가 잘못 끼워진 듯한 느낌.
침착하게 점검해보아도 잘못된 것은 없었다. 우리엘도, 수
르야도 제때 참전했고 유중혁도 지구의 위기를 무사히 막아
내고 돌아왔다.
그런데 왜.

「사실 김독자는 그 이유를 알고 있었다.」

없다.

「어디를 둘러보아도.」

내가 찾는 존재가 없었다.

아테나, 이아손, 아폴론, 아킬레우스…….

〈올림포스〉에서 이름을 날린다는 신좌와 영웅이 난립했지만, 그중 누구도 〈올림포스〉 측 수장은 아니었다.

시나리오 내용이 맞는다면, 아레스를 제외하고도 수장은 하나 더 있어야 했다.

그리고 그를 죽여야 이 시나리오는 끝이 난다.

아직 나타나지 않은 '화산의 대장장이' 헤파이스토스가 마지막 수장이 아닐까 싶었지만, 원작에서도 수정본에서도 헤파이스토스가 〈기간토마키아〉에 직접 참전한 적은 없었다.

그렇다면 대체 누가 〈올림포스〉 측 남은 수장이라는 걸까.

「그 순간, 김독자의 눈에 띈 한 영웅이 있었다.」

[멈추십시오! 그만두셔야 합니다!]

나는 그 영웅을 바라보았다.

현기가 가득한 두 눈동자에, 아름답게 다져진 근육질 몸매. 그에게서 풍기는 '격'은 내가 유상아에게서 줄곧 느껴온 그것이었다.

'미궁의 영웅', 테세우스.

[이런 싸움은 아무 의미도 없습니다!]

테세우스가 싸움을 말리고 있었다.

[여기서 그만둬야 합니다! 거신도, 신좌도 싸울 필요가 없습니다! 이런 짓은 〈올림포스〉에 아무런 도움도 안 된단 말입

니다! 아테나시여! 아폴론이시여! 다들 아시지 않습니까!]

대체 무슨 영문인지 알 수가 없었다. 역대 〈기간토마키아〉에서 테세우스가 나타나 저런 기행을 벌인 적은 없었기 때문이다.

그의 성정이라면 불가능한 이야기는 아니지만…….

[제발! 멈추십시오! 이대로는 〈올림포스〉가……!]

그런데 바로 그 순간. 테세우스의 머리 위에 적색 화살표가 떠올랐다. 그가 〈올림포스〉 측 '수장'임을 알리는 화살표였다.

테세우스가 자신의 머리를 부여잡고 고통을 호소하기 시작했다.

[이, 이건…… 안 돼, 안 됩니다. 안 됩니다, 아버지!]

<u>츠츠츠츠츠츳!</u>

뭔가 잘못되었다.

※ ※ ※

관리국 소파에 앉아 시나리오를 지켜보던 디오니소스가 벌떡 일어났다. 팝콘 상자가 바닥을 나뒹굴었다.

놀란 비형이 뭐라고 입을 열려는 순간, 디오니소스가 소리쳤다.

[망할! 테세우스 저 자식이 왜 저기 있어!]

마치 자신이 '도깨비 왕'이라도 된다는 듯이.

[빨리 '개연성 적합 판정' 준비해. 아니면 저 시나리오에 있

는 놈들 다 뒈져버린다고!]

그리고 다음 순간, 화면 속에서 폭발이 발생했다.

☒ ☒ ☒

무슨 일이 일어난 것인지 알 수 없었다.

귓가에 쉴 새 없이 이명이 밀려왔고, 시야가 완전히 백색으로 물들었다.

거기까지가 기억의 전부였다.

나는 폭발에 휘말려 드높은 파도와 암벽을 뚫고 한 절벽의 동굴에 처박혀 있었다.

[당신의 '격'이 심각하게 손상됐습니다.]
[화신체 손상이 심각합니다. 긴급한 치료를 요합니다!]

상처를 점혈하고 빠져나가는 설화를 막았다. 비틀거리며 일어나 해안 동굴 바깥을 보았다.

피바다로 넘실거리는 전장. 간간이 밀려온 포말이 발끝에 닿았고, 비린 바닷바람이 입술을 적셨다. 그리고

전장에는 아무도 보이지 않았다.

드래곤을 타고 하늘을 날던 신유승과 이길영도.

유령 함대를 지휘하던 이지혜도.

분전하던 이설화도, 방패로 일행들을 지키던 이현성도.

"유승아! 길영아!"

창공에서 아테나와 맞서던 유중혁, 양산형 헤라클레스를 학살하던 한수영까지. 심지어는 우리엘과 수르야마저 보이지 않았다.

"한수영! 유중혁!"

내 외침은 밀려온 바닷바람에 의해 동굴 내부의 메아리로 공허하게 맴돌았다.

심장이 덜컥 내려앉았다.

대체 무슨 일이 일어난 것일까.

그리고 잠시 후, 부연 물안개 속에서 거대한 무언가가 일어났다.

인간의 인지로는 감히 헤아릴 수 없는 격을 품은 존재.

마주하는 순간, 나는 생각했다.

저것은 신神이다.

내가 지금껏 보아온 모든 성좌는 가짜였다는 듯. '신'이라고밖에 표현할 수 없는 존재가 강림해 있었다.

[나는 '해역의 경계를 긋는 창'.]

〈올림포스〉의 대영웅, 테세우스의 신화적 아버지.

진언이 울려 퍼진 것만으로 심장이 진탕되고 피가 쏟아져나왔다. 오래전 '이계의 신격'을 만난 이후 처음 있는 일이었다. 손끝이 격렬하게 떨려왔다.

어째서 포세이돈이 강림한 거지?

있어서는 안 되는 일이었다.

어떤 회차에서도 포세이돈이 〈기간토마키아〉에 개입하는 일은 없었다. 무려 신화급 성좌인 그가 개입하면, 〈올림포스〉의 개연성과 격이 크게 손상될 뿐 아니라 시나리오 전체가 날아가버리니까.

그런데도 그는 이곳에 나타났다.

대체, 어떻게…… 무슨 생각으로.

손이 계속해서 떨렸다.

위이이잉. 그 떨림이 나의 것이 아니라는 사실은 잠시 후에야 깨달았다.

무의식중에 꽉 쥐고 있던 스마트폰이, 진동을 일으키고 있었다.

63
Episode

신화의 종말

Omniscient Reader's Viewpoint

1

「(너 그대로면 죽어.)」

덜덜덜 떨리는 스마트폰.

간간이 밀려오는 파도를 온몸으로 느끼며, 나는 스마트폰을
굳게 움켜쥐었다.

「(원래 4차 수정본이 전송됐어야 하는데…… 뭔가 문제가 생긴 것
같네.)」

나는 이것이 누구의 말인지 알 수 있었다.

[제4의 벽] 안, 도서관의 사서들.

아마도 이걸 보낸 이는 니르바나이리라.

「(내가 도울 수 있는 건 이 정도야. 하다못해 일부만이라도.)」

가벼운 방해 전파와 함께, 액정에 문장이 우수수 떠올랐다.
책 내용을 중간중간 요약한 것 같은 문장이었다.

「또 이곳인가…….」

누구의 독백인지 너무나 명확한 문장들.
분명 '4차 수정본'의 내용이었다.

「3회차에서는 실책이 너무 많았다.」
「포세이돈 출현은 예상 밖이었어.」
「개연성 문제를 더 생각했어야 하나.」
「신화 간 관계성을 더 고려했어야…….」

언제나 그랬듯, 또 후회로 가득 찬 문장들.
네 번째 수정본에서도 우리는 실패한 모양이었다.

「만약, 그때 유상아가 아니라 이수경을 살렸더라면…….」

…….

뭐?

나는 스크롤을 내리다 말고 빳빳이 굳었다.

화면에 번개가 치더니 흘러가던 문장들이 이내 모두 지워졌다.

나는 다급하게 외쳤다.

"잠깐, 잠깐만! 다시 보여줘! 방금 그게 무슨 말이야?"

문장들은 돌아오지 않았다.

「(김독자, '운명'은 바꿀 수 없다. 하지만─)」

「**입***다*물*어*니르바나.**」

<u>ㅊㅊㅊㅊ츳!</u>

[전용 스킬, '제4의 벽'이 강하게 발동합니다!]

니르바나의 목소리를 저지하는 [제4의 벽]의 힘.

문장들은 사라졌고, 빠르게 뛰던 심박은 급격하게 진정되었다. 초조하게 달아올랐던 머릿속이 정교하게 움직이는 시계처럼 차가워졌다.

이 침착함이 나는 마음에 들지 않았다. 분노하고 싶을 때 분노할 수 없고, 슬퍼해야 할 때 슬퍼할 수 없는 이 장벽이.

"제4의 벽."

[‘제4의 벽’이 당신을 바라봅니다.]

“솔직하게 말해. 내 어머니가 위험한 거냐?”

[제4의 벽]은 답이 없었다.

제길, 가끔 이 녀석이 내 편인지 아닌지 모호하다.

나는 허공을 올려다보았다.

“비유.”

[바앗.]

투명한 몸체로 나타난 비유가 슬픈 눈으로 나를 내려다보고 있었다.

나는 뭐라고 입을 열려다 도로 다물었다.

[전용 스킬, ‘제4의 벽’이 흔들립니다.]

눈을 내리깐 비유가 울먹거리고 있었다.

머릿속에 온갖 생각이 떠올랐다 사라졌다. 혼란스럽던 퍼즐 일부가 삐걱거리며 맞춰지고 있었다.

지나치게 빨리 돌아온 유중혁. 뭔가 숨기던 녀석의 표정.

어쩐지 뭔가 이상하다 싶었다. 성좌들이 내게 미심쩍은 메시지를 보낸 것도, 돌아온 유중혁이 넥타르를 집요하게 찾던 이유도.

어쩌면 그 모든 것이.

[이 친구야. 네 어머니 아직 안 죽었으니 걱정 마.]

목소리는 뒤쪽에서 들려왔다.

[쯧, 누설하면 안 되는 정보였는데.]

작은 스파크와 함께 어둠에서 나온 이는 나도 익히 아는 성좌였다.

"디오니소스."

[오랜만이야. 직접 보는 건 지난 연회 이후로 처음인가?]

성큼성큼 내 곁으로 다가온 디오니소스는 개연성으로 인해 새카맣게 탄 왼손을 탈탈 털며 해안 동굴 바깥쪽을 응시했다. 그곳에는 근방 해역 전체를 지배하는, 〈올림포스〉의 3대 주신 중 하나가 서 있었다.

해신海神 포세이돈.

움직임은 없지만 그의 저변에는 무척이나 불길한 정적이 맴돌고 있었다. 계기를 기다리는 포식자처럼, 포세이돈의 눈은 대해를 지그시 응시하고 있었다. 마치 어디부터 어디까지가 자신의 해역인지 확인하는 듯했다.

[방금 '개연성 적합 판정'이 시작돼서 저 아저씨도 함부로 못 움직일 거야. 그래도 경거망동하진 마. 아찌가 널 열심히 찾고 있거든.]

"그렇게 말씀하시는 것치곤 제 옆에서 너무 진언을 남발하시는데요."

[일단은 내 권능으로 여길 감춘 상태니까 괜찮아. 안 들려 안 들려.]

잘 보니 해안 동굴 입구에, 엎어놓은 와인 잔 같은 결계가 쳐져 있었다. 아마 이 결계가 디오니소스와 나를 숨겨주는 것이리라.

디오니소스는 포세이돈을 보며 말을 이었다.

[대단하지? 저게 바로 '신화급 성좌'야. 평범한 성좌는 영원히 도달하지 못할, 드높은 별자리의 가장 꼭대기에 있는 별.]

확실히 대단하다는 말밖에는 할 수가 없었다.

포세이돈이라면 언젠가 마계를 멸망시킨 이계의 신격—'더 네임리스 미스트'의 분신도 막아낼 수 있지 않을까.

「그의 창이 닿는 곳이 곧 해역의 경계가 되리니」

포세이돈의 시선이 닿는 곳이 곧 바다가 되고 있었다. 바다에 있는 모든 산 것들이 그의 숭고 앞에 전율했고, 엎드렸으며, 어쩌면 저지르지도 않았을 잘못을 빌고 있었다.

심장 깊은 곳이 울렁거렸다.

[넌 정말 대단하구나.]

"뭐가 말입니까?"

[저 아저씨를 보고서도 진심으로 두려워하는 기색이 없어. 어째서지?]

물론 나도 두렵다. 다리가 떨리고, 현기증이 날 정도로.

하지만 그보다도.

「김독자는 진심으로 감동하고 있었다.」

나는 한참이나 포세이돈의 위용을 감상하다가 대답했다.

"제 상상보단 못해서요."

[상상? 하핫, 역시 넌 재밌는 녀석이야.]

"왜 날 돕는 겁니까? 당신은 〈올림포스〉일 텐데."

[거야 내 마음이지.]

"다른 일행들은 어떻게 됐습니까?"

따악, 하며 디오니소스가 손가락을 튕기자 화면 하나가 나타났다.

아주 까마득한 상공에 일행들이 모여 있었다.

[아라크네의 거미줄]에 묶인 채 [헤르메스의 산책법]으로 허공을 부유하는 일행들. 누락된 이는 아무도 없었다. 설화급 성좌인 우리엘과 수르야도 물론 무사했다.

실로 영리한 도피가 아닐 수 없었다.

하늘은 제우스의 영역. 아무리 포세이돈이라도 해역의 경계를 하늘에 그을 수는 없다.

디오니소스가 술잔을 홀짝이며 말했다.

[안심하라고. 아무도 안 다쳤어. 때마침 헤르메스랑 아리아드네가……]

"한 대 쳐도 됩니까?"

[누구를?]

나는 말없이 디오니소스를 노려보았다.

[나를? 왜?]

"몰라서 묻습니까?"

눈치 빠른 디오니소스가 재빨리 답했다.

[아, 그 화신 때문이구나. 그래, 미안하게 됐어. 원한다면 쳐도 좋아. 그 대신 좀 살살 쳐줬으면…… 너도 이제 성좌니까 꽤 아플 거 아냐.]

나는 때리지 않았다. 대신 물었다.

"왜 하필 유상아 씨였습니까?"

[이야기하자면 복잡해.]

해안 동굴 가장자리에 걸터앉은 디오니소스가 술잔을 내려놓으며 말했다. 그가 말을 고르는 데는 약간 시간이 더 걸렸다.

[우리 세계선에 '모이라이 세 자매'의 특이한 예언이 내려왔어.]

"특이한 예언?"

나를 흘끗 본 디오니소스가 그리스 시대의 연사처럼 대답했다.

[곧 '모든 것의 종말'이 찾아오리니.]

"그게 무슨 뜻입니까?"

[나도 몰라. 확실한 건 〈올림포스〉도 예언에서 벗어날 수 없다는 거였지. 그것 때문에 한동안 〈올림포스〉도 바빴어. 모든 시나리오는 언젠가 종말을 맞이하게 되겠지만, 대체 어떤 식으로 종말이 오는지는 알아야 했거든.]

디오니소스는 계속해서 말했다.

[그 과정에서 우리는 예언된 '종말'과 관련된 특이점을 몇 가지 찾아냈어. 개중 하나가 너와 함께 있는 그 '회귀자'였지.]

"유상아 씨는 유중혁에 대한 감시책이었습니까?"

[솔직히 말하면 그래.]

분노가 치밀어 올랐지만 꾹 참았다. 아직 디오니소스의 말이 끝나지 않았기 때문이었다.

[그리고 그 녀석을 감시하던 중, 우리는 '너'의 존재를 알게 되었지.]

"……."

[운명에 저항하고, 성좌를 증오하며, 스타 스트림을 믿지 않는 화신. 배후성을 고르지 않고 스스로 성좌가 되었으며, 심지어 어떤 성좌도 그 정체를 들여다볼 수 없는 존재. 지금껏 한 번도 본 적이 없던 '특이점'이었지. 널 발견하고 우리는 결심했어.]

디오니소스가 웃었다.

[너를 숨기고, 너를 이용하기로.]

말 곳곳에 희미한 설화의 잔재가 묻어 있었다. 지금껏 '운이 좋았다'라고만 생각한, 몇몇 기억이 머릿속을 스쳐 갔다.

처음 옥수역에서 펼쳐진 짝수 다리— '데우스 엑스 마키나'.

그리고 내가 위험에 빠질 때마다 나를 도운 개연성들.

[우린 너를 '멸망을 막을 단초'로 쓰고 싶었어. 그래서 그 유상아라는 화신을 이용해 너희를 도왔고.]

"아레스가 한 말이랑은 다르군요. 그 녀석은 절 없애고 싶어하던데요."

[12신좌는 이미 내분 중이야. 너도 아는지는 모르겠지만.]

천천히 자리에서 일어난 디오니소스의 전신에서 황금빛 아우라가 솟아났다. 저 하늘의 왕, 제우스의 혈통만이 가질 수 있는 웅장한 격이었다.

[지금의 〈올림포스〉는 가짜야.]

신하를 굽어보듯 디오니소스의 황금빛 눈동자가 나를 응시했다.

[인간 제사장들이 자신의 권위를 세우기 위해 신을 창조했듯, 〈올림포스〉 신들은 자신의 권력을 유지하기 위해 신화를 창조했지. 〈기간토마키아〉나 〈헤라클레스〉 같은 가짜 신화들을…… 그리고 그 결과가 이거야.]

[성좌, '술과 황홀경의 신'이 당신을 바라봅니다.]

[나는 이런 시대를 끝내고 싶어. 그리고 새로운 〈올림포스〉를 만들고 싶다.]

[설화, '왕이 없는 세계의 왕'이 반응합니다.]

내 안에 잠들어 있던 설화가 그의 설화에 반응했다.

눈앞의 디오니소스는 훗날 제우스 자리를 대신할 후보 중 하나였다.

[아무튼 계획은 그랬는데…… 저 생선 아저씨까지 출몰한 마당이니, 지금 당장 할 수 있는 건 없겠네. 아마 시나리오는 이대로 끝날 거야.]

'개연성 적합 판정'이 시작되었다면 높은 확률로 이번 시나리오는 무산될 것이다.

참가자에게는 공헌도에 따라 적절한 보상이 돌아가겠지만, 이번 〈기간토마키아〉는 없었던 일이 되고 말겠지. 아마 포세이돈도 그 효과를 노리고 무리한 것일 터다.

그는 자신의 격과 성운의 개연성을 희생해서라도 〈올림포스〉를 지키려는 것이다.

"아뇨, 아직 할 수 있는 게 남았습니다."

[뭐?]

"이번 시나리오로 〈올림포스〉를 전복할 수 있을 것 같습니다. 그 대신에 제가 도와드리는 대가로 넥타르를 좀 나눠주십시오."

[……넥타르? 마침 조금 갖고 있기는 한데.]

나는 디오니소스에게서 넥타르를 빼앗았다. 그리고 몇 방울을 찍어 혀에 가져다댔다.

[처음으로 성유액을 섭취했습니다!]

[성유액, '넥타르'가 당신에게 반응합니다!]

[<올림포스>의 개연성이 당신의 망가진 화신체를 수복합니다!]

[당신의 모든 능력치와 스킬 이해도가 소폭 상승했습니다!]

이것이 말로만 듣던 성유액의 힘인가. 평균 능력치 200을 상회하는 나조차 상승 효과를 받을 정도라니.

남은 넥타르를 품속에 갈무리하는 나를 보며 디오니소스가 물었다.

[야, 너 아까 한 방에 나가떨어진 거 잊었어? 근데 또 싸우겠다고?]

"도와주실 겁니까?"

[미쳤어? 내가 도와도, 아니…… 12신좌 절반이 도와도 상황을 바꾸는 건 무리야. 너 생선 아저씨가 얼마나 강한지 몰라? 아직도 정신 못 차린 거야? 이 시나리오의 끝은 이미—]

"시나리오의 끝은 이미 정해져 있다. 그런 말을 하고 싶으신 겁니까?"

거신 브리아레오스는 말했다. [운명]은 피해갈 수 없다고.

전신 아레스도 말했다. 시나리오는 결국 예정된 인과의 전개일 뿐이라고.

그래, 맞다. 어쩌면 그들의 말이 맞을 수도 있다.

"끝이 정해져 있으면, '과정'에는 의미가 없습니까?"

[의미야 있겠지. 하지만 그건 낭만론이야. 결과적으로는 실패한 설화로 기록될 뿐이라고.]

"실패한 설화는 모두 의미가 없는 겁니까? 실패할 것을 알면서도 끝까지 싸워낸 존재들의 설화는, 가치가 없습니까?"

[성좌야 그런 설화를 좋아하겠지. 하지만 그런 짓을 하는

존재는 반드시 죽게 되어 있어.]

"그럴 수도 있겠죠. 그럼 이런 경우는 어떻습니까. 그 설화를 보고 영향받은 누군가가, 다시 똑같은 설화에 도전한다면."

디오니소스가 입을 다물었다.

"열 번을, 백 번을, 천 번을. 그렇게 수많은 성좌들이, 화신들이, 그 설화에 영향받아 다시 그와 같은 이야기를 살게 된다면."

비록 실패가 예정되어 있다 해도, 수많은 존재가 주어진 [운명]과 맞서기 위해 몇 번이고 용기를 내는 이야기가 쌓인다면.

그 도전을 보고 또 다른 방식으로 도전하는 설화가 쌓인다면 어떨까.

"그때도, 실패한 설화는 무용할까요?"

'무대화'는 절대적이지 않다. 왜냐하면 그 신화 또한 그저 만들어진 것일 뿐이기에.

디오니소스는 한참이나 말이 없었다.

결국 스타 스트림의 개연성이란 '많은 존재가 원하는 흐름'을 따라 흘러가는 법이다. 많은 존재가 원하는 이야기는 언젠가 반드시 실현되기 마련인 것이다.

간신히 입을 연 디오니소스의 목소리가 묘하게 격앙되었다.

[그래서, 네가 그 처음이 되겠다는 거냐? 첫 희생양이 되어 시나리오 전복의 횃불이 되겠다?]

"아뇨."

나는 웃었다.

"저는 마지막 횃불이 될 겁니다."

[뭐?]

"이미 저보다 앞서 무수히 실패한 녀석이 있으니까요."

나는 알고 있다. 포세이돈을 해치우기 위해 백 번이고 천 번이고 달려든 존재를.

그러니까…… 지금, 저 포세이돈을 향해 달려가는 존재.

이런 젠장.

2

　설화급 성좌조차 슬금슬금 피하는 포세이돈의 거체를 향해, 기세등등하게 달려가는 유중혁.

　디오니소스가 물었다.

　[혹시 저 미친놈을 말하는 건 아니겠지?]

　나는 [전지적 독자 시점]을 발동했다. 유중혁의 생각이 머릿속으로 밀려왔다.

「기회는 '개연성 적합 판정'이 진행되는 지금뿐이다.」

「포세이돈은 신화급 성좌. '무대화'로 제압할 방법은 거의 없다.」

「그나마 쓸 만한 것은 이 나뭇가지겠지.」

　나는 유중혁의 손에 쥐어진 나뭇가지를 눈여겨보았다.

[성좌, '정의와 지혜의 대변자'가 흠칫 놀랍니다!]

저 나뭇가지는 여신 아테나에게서 훔친 성유물인 듯했다.
엄밀히 말하면 성유물이라 하기도 뭐하지만.

[아테나의 올리브 나뭇가지]

포세이돈이 무서운 이유는 저토록 오랜 세월을 살아왔음에
도 '패배 설화'가 거의 없기 때문이다.
하지만 그런 포세이돈도 딱 한 번 진 적이 있으니, 여신 아
테나와 한 내기에서였다.
언젠가 유상아가 말해주었다.

—오래전, 한 도시를 두고 포세이돈과 아테나가 경합을 벌
인 적이 있어요. 사람들은 더 이로운 선물을 주는 신을 그 도
시의 수호신으로 삼기로 했죠. 이때 포세이돈은 삼지창으로
바위를 쳐서 바닷물이 솟아나게 했고, 아테나는 풍부한 열매
를 맺은 올리브 나무를 자라게 했대요.
—바닷물이야 흔했을 테니…… 아테나가 이겼겠군요?
—네, 아테나는 경합에서 승리해 수호신이 되었고, 도시 이
름은 '아테네'가 된 거죠. 앗, 죄송해요. 제가 너무 말이 많았
죠? 독자 씨도 이 정도쯤은 알고 계실 텐데…….

물론 모르고 있었다. 나는 유상아처럼 신화에 박식하진 않았으니까.

그런데 저 망할 유중혁은 그 설화를 알고 있었던 모양이다.

「아주 약간의 타격이라도 좋으니, 생채기라도 낼 수 있다면.」

'올리브 나뭇가지'라.

그것도 패배 설화라면 패배 설화겠지. 나뭇가지에 찔린 포세이돈이 바닷물을 조금 토하는 정도의 효과는 있을지도 모르겠다.

[성좌, '정의와 지혜의 대변자'가 그 정도로는 어림도 없다고 경고합니다!]

하지만 유중혁의 선택도 영 이해 못 할 것은 아니었다.

어차피 '개연성 적합 판정'에 의해 시나리오가 강제로 종료될 거라면, 약간이나마 포세이돈에게 피해를 주고 끝내는 것도 나쁘지 않기 때문이다.

운만 좋다면 「해역의 경계를 약간 바꾼 자」라든가 「대해의 주인에 맞선 자」 따위의 설화를 얻을 수도 있을 테니까.

어디까지나, 운이 좋을 때 얘기지만.

나는 만약의 사태를 대비해 도약 준비를 했다.

그런데 디오니소스가 내 어깨를 짚었다.

[가지 마. 죽어.]

"예?"

디오니소스의 표정이 딱딱하게 굳어 있었다. 그리고.

['개연성 적합 판정'이 종료됐습니다!]

[해당 시나리오의 개연성에는 문제가 없는 것으로 판명됐습니다.]

나는 허공에 떠오른 시스템 메시지를 멍하니 올려다보았다.

성좌들의 간접 메시지가 연달아 쏟아졌다.

[성좌, '긴고아의 죄수'가 관리국 판단에 의문을 제기합니다!]

[성좌, '심연의 흑염룡'이 욕설을 내뱉습니다!]

[다수의 성좌가 관리국 판단에 의혹을 품습니다!]

놀라기는 누구라도 마찬가지였을 터다.

있을 수 없는 일이었다. 60번대 시나리오에 신화급 성좌가 나타났는데, 개연성에 아무 문제가 없다고?

쿠구구구구!

천천히 올라간 포세이돈의 손에 거대한 삼지창이 쥐어져 있었다.

성유물, '트리아이나Triaina'.

해역의 경계를 긋는 창이자, 창극에 닿는 모든 것을 바다의 피거품으로 만들어버리는 무시무시한 무기.

"유중혁!"

뒤늦게 결계에서 빠져나온 내가 외쳤으나, 이미 유중혁은 포세이돈 코앞에 있었다.

아무리 유중혁이라도 저 일격을 받으면 즉사다.

나는 디오니소스를 뿌리치고 [바람의 길]을 발동했다. 하지만 유중혁은 너무 멀었고, 트리아이나의 창극은 가까웠다.

허공에서 낙뢰처럼 개연성의 스파크가 쳤다. 그 반동으로 유중혁의 신형은 자연히 뒤쪽으로 밀려났다.

검은 아우라와 함께 온화한 봄의 향기가 퍼졌다.

누군가가 포세이논의 앞을 막고 있었다.

[포세이돈, 왜 애들 싸움에 끼어드는 거죠?]

스파크가 사라진 자리에 고운 자태의 여신이 있었다.

쥘부채로 반쯤 얼굴을 가리고, 검은색 실크 케이프를 전신에 두른 신. 얼굴이 낯설었기에, 순간적으로 그녀를 알아보지 못했다.

디오니소스가 비명을 질렀다.

[아니, 저 아줌마가 왜 저기에!]

가장 어두운 지하에서만 피어날 수 있는 눈부심이, 포세이돈의 창 앞을 가로막고 있었다.

[페르세포네.]

바다 전체가 분노하듯 매서운 바닷바람이 그녀의 옷깃을 흔들었다. 페르세포네가 흘끗 내 쪽을 보며 미소를 지었다.

고마운 일이지만 나는 심경이 복잡했다.

왜 페르세포네가 나타났지? 〈명계〉는 이 일에 직접 개입하지 않을 줄 알았는데…….

설마 '거대 설화'의 일부를 가져가기 위해서? 그런 짓을 하면 일이 굉장히 복잡해질 텐데?

[페르세포네, 어째서 짐의 앞을 막은 것이냐?]

[여기까지만 하시라고 말씀드리러 온 거예요. 보세요, 너무 과하잖아요. 폐하의 백성이 모두 겁에 질렸습니다.]

페르세포네가 가리킨 바다에서, 수많은 생명체가 떨고 있었다. 그의 격을 맞이한 것만으로도 배를 까뒤집고 죽어간 수생종水生種. 공포에 떠는 크라켄을 비롯해, 2급 이상의 거대 괴수종조차 미동도 없이 숨죽이고 있었다.

[성좌, '순결한 달빛의 수호신'이 애꿎은 생명체의 죽음에 개탄합니다!]

[성좌, '사랑과 미의 여신'이 '해역의 경계를 긋는 창'을 만류합니다.]

[성좌, '화로와 자애의 여주인'이 '해역의 경계를 긋는 창'을 말립니다.]

기어이 중립을 지키던 성좌들까지 포세이돈을 만류하고 나섰다.

페르세포네가 말을 이었다.

[신화급 성좌인 당신이 나설 무대가 아니에요. 애들 싸움은 부디 애들한테 맡겨두세요.]

[더 이상 애들 문제가 아니다.]

[애들 문제가 아니라뇨?]

[내 아들이 공격을 당했다.]

실제로 포세이돈이 강림한 테세우스의 왼팔에는 작은 화살촉이 꽂혀 있었다. 페르세포네가 눈을 가늘게 떴다.

[겨우 그런 것 때문에? 그럼 테세우스를 공격한 자만 단죄하시죠. 그가 누구인지는 알아냈나요?]

[보나 마나 거신이겠지.]

[그건 모르는 일이죠.]

[거신은 모두 죽일 것이다.]

너무나 완고한 태도에, 저 용맹한 기간테스들조차 겁에 질려 몸을 떨었다.

[깊은 지하에 숨어 살던 버러지들아. 너희는 오늘 지상에 나온 것을 후회하게 될 것이다.]

쿵, 하고 내려찍은 트리아이나의 힘에, 근처에 있던 생명체들이 물거품이 되어 흩어졌다. 하지만 페르세포네는 여전히 물러서지 않았다.

슬슬 걱정이 되었다. 아무리 그녀가 '명계의 여왕'이라도 신화급 성좌인 포세이돈을 막아내는 것은 불가능하다.

[비켜라. 아무리 네가 내 동생의 아내라도 비키지 않으면 죽이겠다.]

아찔한 위협에도 페르세포네는 물러서지 않았다. 그러나 포세이돈의 트리아이나는 망설이지 않았다. 빛이 움직였고, 허공에서 사태를 관망하던 아테나와 아폴론이 날아들었다.

[안 됩니다, 포세이돈!]

['해역의 경계를 긋는 창'이시여!]

이미 늦었다.

파도가 치는 순간, 포세이돈의 창은 페르세포네의 심장에 꽂혀 있었다.

하지만 자세히 보니, 창을 받아낸 것은 페르세포네가 아니라 하나의 거대한 손이었다. 엄청난 밀도의 어둠으로 만들어진 손이, 트리아이나의 창극을 한 손으로 잡아 쥐고 있었다.

콰드드드드.

내 생애 과연 다시 볼 수 있을까 싶을 정도로 환한 개연성의 향연.

나는 어째서 관리국이 '개연성 적합 판정'을 그대로 통과시켰는지 이해했다.

디오니소스가 입술을 떨며 웃었다.

[하하…… 오늘 잘못하면 12신좌 다 죽어나게 생겼네.]

허공에 풀려나는 아득한 어둠의 설화.

오랜 세월 침묵을 지켜온 암흑이 깨어나고 있었다.

[거대 설화, '명계'가 대해大海를 오시합니다.]

〈올림포스〉 3주신 중 하나, '부유한 밤의 아버지'.

명왕 하데스가 〈기간토마키아〉에 강림했다.

[포세이돈. 기어이 애들 싸움을 어른들 싸움으로 만드는구나.]

멸살법 원작에서도 몇 번인가 신화급 성좌가 싸운 적이 있었다.

하지만 멸살법의 60번대 시나리오에서 그런 적은 없었다.

내 기억이 맞는다면 75번째 시나리오에서 〈올림포스〉의 포세이돈과 〈베다〉의 시바가 부딪쳤을 때, 북미 전체가 날아가버렸다. 주변 소행성이 모조리 박살 난 적도 있고⋯⋯ 또 뭐가 있었더라.

[막아! 반드시 막아야 돼!]

'정의와 지혜의 대변자' 아테나, '전능의 태양' 아폴론, '하늘 걸음의 주인' 헤르메스, '술과 황홀경의 신' 디오니소스. 거기에 백수거신 브리아레오스까지.

다음 순간 두 신화급 성좌의 충돌에서 터져나온 격에, 모든 성좌가 장난감처럼 튕겨나갔다.

콰아아아아.

달려들던 설화급 성좌는 모조리 암벽에 처박혔고, 브리아레오스는 남은 팔의 절반을 잃어버렸다.

누구도 두 성좌의 싸움을 막을 수 없었다.

인근에 있던 유중혁도 엄청난 충격을 받고 이쪽으로 날아왔다. 나는 잽싸게 움직여 녀석의 몸을 받아냈다.

명계의 왕과 바다의 왕.

두 신화급 성좌가 서로 노려보고 있었다. 시선의 마주침만으로도 세계를 뒤흔들 수 있는 격의 소유자들.

먼저 입을 연 것은 포세이돈이었다.

[하데스, 어째서 〈명계〉에서 나온 거지? 너에겐 이 사태에 개입할 명분이 없다. 개연성의 저울이 맞춰지더라도, 너는 여기에 있어서는 안 된다.]

신화급 성좌 같은 대존재가 하위 시나리오에 강림할 때는 반드시 명분이 필요하다. 그것도 '개연성 적합 판정'을 통과할 만큼 적합한 명분이. 포세이돈의 경우, 명분은 자신의 아들인 테세우스였다.

그렇다면 하데스는 어떤가.

[명분이라면 저희도 있어요. 우리는 우리의 후계를 지키러 왔습니다.]

페르세포네가 대답했다.

포세이돈이 무심히 물었다.

[후계? 너희에겐 자녀가 없을 텐데?]

수많은 자식을 거느린 제우스나 포세이돈과는 달리, 하데스에게는 자녀가 없었다.

어느 전승처럼 하데스와 페르세포네가 금실이 좋지 않기 때문은 아니었다.

[물론 없죠. 우린 되는 대로 자식을 낳아 전쟁의 장기 말로 쓸 생각은 없거든요. 내 남편은 그대처럼 두뇌가 가랑이에 달려 있지도 않고요.]

포세이돈의 굳어지는 표정에도 아랑곳하지 않고 페르세포네가 말을 이었다.

[애초에 이 빌어먹을 '시나리오의 세계'에서 자식을 낳아 키울 생각을 한다는 것 자체가, 이상한 일 아닌가요?]

[너희의 비뚤어진 가치관을 공격할 생각은 없다. 내 물음에나 똑바로 대답하라. 자녀가 없는 너희에게 무슨 후계가 있다는 것이냐?]

심해의 수온처럼 차가운 목소리. 포세이돈의 트리아이나가 거친 울음을 토했다.

[제대로 대답하지 못한다면, 너와 네 남편은 개연성의 후폭풍에 끔찍하게 소멸할 것이다.]

페르세포네는 말없이 웃었다.

천천히 고개를 돌린 페르세포네가 이쪽을 보았다. 그 묘한 시선과 마주하는 순간, 머릿속에서 멸살법의 페이지들이 넘어갔다.

나는 정신을 잃은 채 쓰러져 있는 유중혁을 내려다보았다.

설마, 그랬던 건가.

갑자기 여러 가지가 이해되었다.

멸살법의 481회차.

유중혁을 무척 마음에 들어한 하데스가, 다음과 같은 말을
한 적이 있다.

「"짐은 그대를 명왕_{冥王}의 후계로 삼고 싶다."」

생각해보면 〈명계〉는 나와 유중혁— 즉, 〈김독자 컴퍼니〉
일행에게 유난히 친절한 편이었다. 그 냉담하고 차가운 부부
가 그럴 턱이 없는데도 말이다.

만약 〈명계〉가 이번 회차의 유중혁을 후계로 삼을 생각이
었다면, 모든 게 이해되는 상황이었다.

나와 유중혁을 '별자리의 연회'에 데려간 것도, '미식협'에
나를 초대해준 것도, 거기에 내 억지 부탁을 들어주거나 파천
검성을 타르타로스에 몰래 침입시켜준 것까지…….

한데…… 생각해보니 혜택을 더 많이 받은 건 난데?

다음 순간, 세상의 어둠이 내게 말을 건넸다.

[성좌, '부유한 밤의 아버지'가 당신을 '명왕'의 후계로 삼고 싶어합
니다.]

3

뭐?

나는 멍한 눈으로 메시지가 들려온 쪽을 바라보았다.

방금 뭐라고?

[성좌, '부유한 밤의 아버지'가 '구원의 마왕'을 '명왕'의 후계로 삼고 싶어합니다.]

잘못 들은 것이 아니었다.

멀리서 이쪽을 향해 싱긋 웃는 페르세포네가 보였다.

본래 〈명계〉의 후계로 지목받아야 할 유중혁 대신 내가 지목을 받아버렸다. 이해가 가지 않았다. 대체 왜 나를?

포세이돈이 말했다.

[미쳤군. 신혈을 잇지 않은 존재를 후계로 삼겠다는 건가?]

[고리타분한 적통을 따질 시기는 지나지 않았나요?]

[후계를 위한 과업조차 수행하지 않은 존재가…….]

[그는 '과업'을 수행했어요.]

페르세포네가 무슨 소리를 하나 싶었다.

내가 후계를 위한 과업을 수행했다고?

별안간 떠오르는 기억이 있었다.

―당신에게 '과업'을 내리겠어요. 재미있는 이야기를 보여
준다면서요? 성공한다면 당신이 원하는 영혼을 찾아주도록
하죠.

―당신의 과업은 뱀의 머리를 베어 오는 거예요.

분명 그런 적이 있었다.

41회차의 신유승, 비유의 영혼을 되찾아오기 위해서 치렀
던 시험.

그때 나는 분명 페르세포네의 '과업'으로 야마타노오로치의
머리를 베어 왔었다.

그런데 그게 단순한 시험이 아니라 후계를 위한 과업이었
다고? 그렇다면 이 여왕님은 대체 언제부터…….

[하데스! 진심인가? 저 하찮은 성좌를 후계로 삼겠다고?]

포세이돈의 사나운 외침에 하데스가 나를 돌아보았다.

그러고 보면 하데스 또한 언제나 내게 호의적이었다.

부유한 밤의 아버지. 그는 겉으로 엄격하고 무서운 것 같아도, 단 한 번도 내게 해가 될 일을 한 적은 없었다. 원작에서 〈명계〉에 갔던 수많은 등장인물들이 당한 일을 생각하면 이상할 정도로.

페르세포네의 눈빛이 깊어졌다.

—구원의 마왕, 빨리 결정하는 게 좋을 거예요.

〈명계〉의 후계가 되는 것. 그것은 앞으로의 모든 시나리오에서 〈명계〉의 개연성을 일부 빌려올 수도 있음을 시사하는 것이었다.

나아가서는, 하데스의 승계를 받아 〈명계〉의 주인이 될 자격을 갖추는 일이기도 했다.

「김독자는 감탄했다.」

여기서 내가 저 제안을 받아들이면 〈명계〉는 정식으로 〈기간토마키아〉에 참전할 수 있게 된다. 그리고 그 대가로 〈기간토마키아〉의 거대 설화 일부를 얻게 될 것이다.

하지만 내가 후계 제안을 거절하면 〈명계〉는 엄청난 손실을 입고 다시금 지하로 잠겨들게 되겠지. 그것으로 나와의 관계는 완전히 단절될 것이다.

정말 영리하시군, 명계의 여왕.

〈명계〉는 〈기간토마키아〉 참전권을 얻고, 나는 〈올림포스〉 전복을 준비한다.

내가 이 제안을 거절하면 이득을 보는 쪽은 포세이돈뿐.

그런 상황에서 뭘 더 고민하겠는가. 최대한 빨리 지구로 돌아가기 위해, 그리고 어머니를 살리기 위해서는 이 방법이 최선이었다.

"저는 〈명계〉의 후계가 되겠습니다. 하지만 조건이 하나 있습니다."

나는 재빨리 내 조건을 말했다. 적어도 그 조건이 충족되지 않는 한, 후계 자리를 받아들일 수 없다고도 말했다.

그리고 잠시 후.

[성좌, '부유한 밤의 아버지'가 당신의 조건을 받아들였습니다!]
[성좌, '구원의 마왕'이 〈명계〉의 후계가 됐습니다!]

내 선언과 동시에, 스타 스트림의 개연성이 움직였다. 수많은 별들이 나를 내려다보았다. 누군가는 질시했고, 누군가는 감탄했으며, 또 누군가는 순수하게 기뻐했다.

그리고 명왕이 말했다.

['해역의 경계를 긋는 창'이여.]

내가 들어본 그 어떤 목소리보다 신뢰감을 주는 나직한 음색이었다.

[우리는 〈명계〉의 '차기 후계자'를 지키려 이곳에 왔다.]

정말로 내게 그런 아버지가 있으면 좋겠다고 생각했을 정
도로.

[<스타 스트림>이 '부유한 밤의 아버지'가 제시한 '명분'을 납득합
니다.]

[<스타 스트림>이 '부유한 밤의 아버지'의 강림에 개연성이 있음을
받아들입니다.]

거대한 저울이 움직이고 있었다. 지금껏 한 번도 본 적 없는
규모의 저울이었다.

두 명의 신화급 성좌가 천칭의 저울판에 올라섰고, 자신의
'격'을 마음껏 방출하며 시나리오 전체의 생태계를 파괴하고
있었다.

[관리국이 시나리오 파괴를 방지하기 위해 개연성의 벽을 구축합
니다!]

ㅊㅊㅊㅊㅊ춧!

[다수의 성좌가 두 신화급 성좌의 충돌에 주목합니다!]

[다수의 성좌가 '해역의 경계를 긋는 창'의 수식언을 외칩니다!]

[다수의 성좌가 '부유한 밤의 아버지'의 수식언을 외칩니다!]

(…)

[성좌, '긴고아의 죄수'가 자신의 적수들을 유심히 관찰합니다.]

[성좌, '심연의 흑염룡'이 오랜만의 '진짜 대결'에 흥분합니다.]

[성좌, '은밀한 모략가'가 묵묵히 상황을 지켜봅니다.]

[다수의 성좌가 대결을 성사시킨 '구원의 마왕'에게 찬사를 보냅니다!]

[700,000코인을 후원받았습니다.]

그제야 실감이 났다. 지금 내가 저지른 일이 스타·스트림에서도 얼마나 큰일인지.

디오니소스가 허탈하게 웃으며 말했다.

[너는 진짜…… 네가 무슨 짓을 벌였는지 모를 거야.]

"아뇨, 압니다."

그리고 두 성좌가 움직였다.

거대한 산을 떠올리게 만드는 어둠 속에서 새카만 낫이 나타났고, 쓰나미처럼 밀려오는 파도 속에서 트리아이나가 등장했다.

정면으로 부딪치는 격의 파동에, 주변 파도와 공기가 핵폭발을 연상시키는 먼지구름을 만들어냈다.

그리고 하데스의 몸이 사라졌다.

포세이돈이 외쳤다.

[빌어먹을, '퀴네에'로구나!]

포세이돈에게 성유물 '트리아이나'가 있다면, 하데스에게는 황금 투구 '퀴네에'가 있었다. 〈올림포스〉의 퀴클롭스 삼 형제가 만든 성유물이자, 쓰는 순간 세상의 모든 시선에서 '존재'를 감출 수 있는 투구.

[비겁한 전투 방식은 여전하구나, 동생아!]

[아직도 네가 형이라는 전승을 주장하려는 모양이군.]

바람이 스칠 때마다 부연 물안개가 일대를 휩쓸었고, 포세이돈을 대신해 죽어간 물고기 떼가 피거품이 되어 흩날렸다.

분노한 포세이돈은 하데스가 있을 법한 모든 방위를 향해 트리아이나를 찔러댔다. 파도의 폭풍이 어둠을 삼켰고, 다시 어둠이 그런 파도를 부수고 튀어나왔다.

신화의 자존심을 건 단판 승부.

어느 쪽도 물러서지 않는 '신화급 성좌'의 결투였다.

[거대 설화, '명계'가 이야기를 계속합니다!]

[거대 설화, '대해의 패자'가 이야기를 계속합니다!]

주력이 되는 거대 설화가 부딪치자, 디오니소스가 필사적으로 보호하던 해안 동굴의 초입마저 위태로워지기 시작했다.

쿠구구구구구!

신화의 탄생부터 현재까지, 아득한 세월 속에 축적된 설화들이 부딪쳤다. 충돌 속에 어떤 문장은 사라졌고, 어떤 문장은 태어났다. 살아 있는 포세이돈과 하데스의 설화가 지금 이 자리에서 새로이 쓰이고 있었다.

소설 속 한 장면을 읽듯, 나는 그 광경을 지켜보았다.

「밤과 바다가 맞닿은 곳에서 새로운 파도가 밀려오고 있었다.」

멸살법에서도 보지 못한 장면.

「그것은 너무나 아름다웠다.」

전투는 그 자체로 하나의 절경이었고, 전율적이었으며, 심지어는 경이롭기까지 했다.

나는 검을 꺼내 쥐었다.

놀란 디오니소스의 목소리가 들려왔다.

[너 지금 뭐 하는 거야?]

"보고만 계실 건 아니시지 않습니까."

싸움이 계속된다면 이곳의 모든 존재는 후폭풍으로 인해 절멸할 것이다. 그리고 〈기간토마키아〉의 거대 설화는 저 둘의 영향을 중심으로 지분이 재구성되겠지.

게다가 지금은 승세가 비슷해도, 이곳 무대가 '바다'라는 점을 감안하면 승리의 신이 어느 편을 들어줄지는 사실상 뻔한 이야기였다.

"하데스를 도와야 합니다. '고래잡이'를 해보죠."

[방금 아테나가 수평선 너머로 사라지는 거 못 봤어? 너 같은 게 저기 휩쓸리면 수평선이 아니라 스타 스트림 너머로 날

아갈걸.]

 "'아비 고래'를 잡으려고 하니까 그렇죠. '새끼 고래'라면 어떻습니까."

 내가 가리킨 곳에 테세우스가 있었다. 포세이돈의 강림을 그대로 받아내고 있는 그리스의 대영웅이, 파도의 결계에 휩싸인 채 설화를 토해내고 있었다.

「멈춰…….」

「이제, 그만, 제발…….」

디오니소스의 표정이 일그러졌다.

[테세우스를 제압해서 포세이돈을 귀환시키자?]

 "비겁하지만 지금으로선 그 방법이 최선입니다."

[비겁의 문제가 아냐. 저 생선 아저씨가 그걸 하게 둘 것 같아? 파도 결계를 부수는 건 설화급 성좌라도 힘들어.]

 "단 하나의 설화로만 승부한다면 그렇겠죠. 하지만 '횃불'을 드는 게 혼자는 아니잖습니까."

 그 순간, 디오니소스의 표정이 변했다.

[설마…… '성화聖火'라도 만들어보자는 거냐? 설화를 모아서 생선 아저씨의 결계를 뚫겠다고?]

 "비슷합니다."

 성화.

 수많은 존재가 힘을 모아, 자신의 설화를 태워 만드는 불꽃.

디오니소스가 물었다.

[그 불을 누가 봉송할 건데? 네가?]

"일단 방화복부터 입어야겠죠."

나는 해안 동굴 근처에 너부러진 거신병 플루토를 바라보았다. 아레스와의 일전으로 인해 완전히 망가져 있었다.

나는 품속에서 '헌 집 두꺼비'를 꺼냈다.

두꺼비가 노래를 불렀다.

—꿔 룩, 헌 집 주 면 새 집 주 지.

"헌것 두 개 줄게. 그 대신 이건 새것으로 고쳐줘."

—좋 아.

'헌 집 두꺼비'의 진짜 능력은 단순히 헌 아이템을 새 아이템으로 교환해주는 것이 아니다. 이 녀석은 제물만 있다면 망가진 아이템을 똑같은 '새 아이템'으로 교체해주는 특별한 힘을 지니고 있다.

경매장에서 안나 크로프트가 이 두꺼비를 원한 이유가 있는 것이다.

나는 방금 전투로 얻은 하급 성유물과 플루토의 거체를 두꺼비에게 먹였다. 두꺼비는 비정상적으로 입을 크게 벌리더니 야금야금 플루토의 거체를 먹어치웠다.

그리고 잠시 후 꺼어어억 하는 소리와 함께 플루토를 토해냈다.

[우왓, 뭐야. 나 살아 있었어?]

2미터 남짓 크기로 작아진 플루토가 끈적한 체액과 함께 튀어나왔다. 흠집 하나 없는 완벽한 모습이었다.

디오니소스는 다소 놀란 듯했지만 여전히 표정은 어두웠다.

['성화'는 어떻게 만들 건데? 다른 12신좌가 널 도와줄 것 같아? 게다가 '성화'는 태양의 힘을 빌리지 않으면……]

나도 알고 있다. 하지만 그건 나중 문제고, 지금은 그보다 급한 일이 있었다.

스스슷, 하는 소리와 함께 디오니소스 옆에서 누군가가 일어났다.

일어나자마자 무시무시한 눈빛을 빛내는 녀석.

"일어났냐?"

"포세이돈은?"

두통이 이는 듯 머리를 감싸 쥔 유중혁이 인상을 썼다.

다행히 큰 타격을 입은 모양새는 아니었다.

"저기서 싸우고 있어."

"상대는 하데스인가."

유중혁은 단번에 전황을 읽어냈다.

신화급 성좌의 대전쟁. 불안하게 진동하는 개연성.

아마 녀석은 지금 나와 똑같은 생각을 하고 있을 것이다.

"〈올림포스〉에 한 방 먹여줄 절호의 기회야. 알지?"

"지금 쳐야 한다."

"그런데 그러려면, 네가 싫어하는 여자의 협력이 필요해."

"내가 싫어하는 여자?"

나는 말없이 해안 동굴 안쪽을 들여다보았다. 그러자 안쪽

깊숙한 곳에서 횃불 같은 것이 하나둘 켜졌다.

그 불빛 사이로 천천히 걸어나오는 여자.

새초롬한 얼굴의 그녀를 향해, 나는 웃으며 물었다.

"안나 크로프트, 도와주실 겁니까?"

"내가 왜 당신들을 도와야 하죠?"

"아니면 그쪽도 죽을 테니까요."

어둠 속에 비치는 인영의 숫자는 열 명 남짓. 안나 크로프트, 셀레나 킴, 그리고 그녀의 일행들이었다.

예상대로 그들 또한 〈기간토마키아〉에 참전한 것이다.

"우리는 휘말리기 전에 빠져나갈 수 있어요."

"그럼 손해를 볼 텐데요. 기왕 시나리오에 참전한 김에 끝까지 클리어해보는 것도 좋은 경험 아니겠습니까?"

안나 크로프트가 내 진의를 시험하기라도 하듯 노려보았다.

"진짜로 원하는 게 뭐죠?"

"'리코메데스 왕의 가죽 장갑'. 당신이 갖고 있지? 경매장에서 아무리 찾아봐도 안 보이던데."

안나 크로프트는 [미래시]를 쓸 수 있는 존재. 아마 그 아이템의 가치를 미리 알고 구매해두었을 것이다.

그제야 내 의도를 읽어낸 안나 크로프트의 입가에 미소가 스쳤다.

"그건 줄 수 없어요. 내 거신병에 쓸 재료니까."

"'무대화'가 가능한 기종을 만들려는 거겠지? 당신들 힘만으로는 안 된다는 거 알 텐데."

"그건 해봐야 알겠죠."

안나 크로프트의 일행이 적의를 보이며 한 걸음 다가왔다.

그러자 유중혁이 그에 맞서 한 걸음 앞으로 나섰다.

"말로 할 것 없다."

스르릉, 하고 맑은 검명이 울려 퍼졌다.

"어차피 죽여야 할 여자니까."

초월좌의 '격'이 동굴을 가득 채우자 저쪽도 긴장한 기색이 역력했다.

유중혁을 이용해 아이템을 빼앗으면 빠르겠지만, 문제는 상대가 안나 크로프트라는 것이었다.

제지하기 위해 손을 들자 유중혁이 무시무시한 눈길로 나를 노려보았다.

[등장인물 '유중혁'이 '삼인三忍 Lv.10'을 발동 중입니다.]

참을 인 세 개면 살인도 면한다.

설마 유중혁이 저 스킬을 쓰는 걸 눈앞에서 볼 줄이야.

안나에 대한 유중혁의 원한이 어느 정도인지 멸살법을 읽은 나조차 가늠하기 어려울 지경이었다.

고민하던 내가 결정을 내리려는 순간, 내 말을 가로챈 이가 있었다.

"안나, 저분들께 장갑을 내주세요. 지금은 우리가 양보해야 할 때예요."

셀레나 킴의 담담한 목소리에 안나 크로프트의 표정이 굳어졌다.

셀레나 킴이 나를 향해 묵례하며 전음을 보내왔다.

─지난번에는 감사했습니다, 구원의 마왕 님.

그러고 보니 얼마 전, 나는 경매장에서 안나 크로프트와의 내기를 통해 셀레나 킴에게 걸린 '주종 서약'을 풀어준 적이 있었다.

즉 셀레나 킴은 더 이상 안나 크로프트의 명령에 복종하지 않는다.

가장 큰 전력이 자기 의견에 반대하자 안나 크로프트의 표정도 볼만해졌다.

셀레나 킴이 수를 던졌으니 마무리는 내 차례였다.

"공짜로 달라는 건 아닙니다."

"그럼?"

"코인으로 사겠습니다."

코인이라는 말에 안나 크로프트가 멈칫했다.

"50만 코인이면 어떻습니까? 아마 경매장에서 잃은 코인 때문에 꽤 손해를 봤을 텐데요."

안나 크로프트가 어이없다는 듯 눈을 가늘게 떴다. 그게 누구 때문에 입은 손해인데, 하고 생각하는 듯한 표정이었다.

잠시 후 안나 크로프트가 입을 열었다.

"100만 코인이라면 생각해보죠."

"원래 20만 코인짜린데 너무 비싸게 올려 치는 거 아닙니까? 60만 코인."

"90만 코인."

"70만 코인. 더 이상은 양보할 수 없습니다."

"80만 코인까진 봐드릴게요."

역시 만만치 않은 자다.

80만 코인은 결코 적은 돈이 아니지만, 이 거래는 반드시 성사되어야만 했다. '리코메데스 왕의 가죽 장갑'은 이번 '고래잡이'에 반드시 필요한 아이템이니까.

[리코메데스 왕의 가죽 장갑'을 획득했습니다.]

[화신 '안나 크로프트'에게 80만 코인을 지불했습니다.]

거래가 끝나자 나는 웃으며 말했다.

"이걸로 서로 손해는 없는 셈이군요."

"서로 손해가 없다고요? 나한테 100만 코인 뜯어간 건 벌써 잊었나요? 아직 이쪽이 20만 코인이나……."

"나중에 한국에 한번 놀러 오시죠. 20만 원짜리 코스 요리 정도는 대접해드릴 수 있으니까."

물론 20만 코인과 20만 원이 같을 턱이 없었다.

분한 듯 안나 크로프트가 이를 까득 갈았다.

"정말로 포세이돈과 싸울 셈인가요?"

"[미래시]로 봤으니 아실 텐데요."

"그건……"

물론 못 봤겠지. 그녀의 [미래시]로는 나와 관련된 미래를 볼 수 없을 테니까.

나는 그녀를 스쳐 가며 작은 목소리로 덧붙였다.

"아마 이번엔 꽤 재밌을 겁니다. 당신도 읽을 수 없는 미래가 올 테니까."

부르르 떠는 안나 크로프트의 작은 머리통을 보며, 나는 묘한 승리감을 느꼈다. 왜 이 사람만 만나면 유독 괴롭히고 싶어지는지 모르겠다.

"당신의 오기가 개죽음으로 끝나지 않길 바라죠."

"정말 그러길 바란다면 〈아스가르드〉에 개연성이나 보태달라고 해줘요."

말을 마친 뒤, 나는 유중혁을 바라보았다. 여전히 안나 크로프트를 노려보고 있는 녀석은 당장이라도 칼을 휘두를 듯한 기세였다.

재빨리 '한낮의 밀회'를 날리려는 순간, 뜻밖에도 돌아선 유중혁이 먼저 입을 열었다.

—저 여자의 목을 베는 것은 나다. 그게 언제가 되든.

—맘대로 해.

물론 그때가 되면 나도 말릴 생각은 없었다. 하지만 적어도 그때가 오기 전까지는 안나 크로프트는 우리에게 필요한 인물이었다.

디오니소스가 손을 들었다.

[그럼 난 뭘 하면 되지?]

"아무것도 하지 마세요."

[뭐?]

벙찐 디오니소스를 내버려 두고 나는 거신병을 돌아보았다. 플루토가 바닷물 속에서 자신의 거체를 일으켰다.

나는 유중혁 쪽을 턱짓하며 물었다.

"두 명도 태울 수 있지?"

[하나도 기분 나쁜데 둘이나?]

"할 수 있어, 없어?"

[쳇, 못 한다고 하면 안 탈 거냐?]

※ ※ ※

신화급 성좌들이 충돌하는 와중에도 까마득한 상공에서는 성좌들의 진언이 오가고 있었다. 잠시 싸움을 멈춘 그들은 서로 창을 겨누는 대신 현 상황에 대한 의견을 나누는 중이었다.

[설마 여기서 하데스가 나타날 줄이야.]

[저 둘을 어떻게 말리죠? 아테나, 너 예전에 포세이돈 아저씨랑 싸워서 이긴 적 있지 않아?]

[또 그 얘기야? 올리브 나무 하나 심어줬다가 별 얘길 다 듣네. 내가 신화급을 어떻게 이겨?]

['번개의 좌'나 '대지의 어머니'라도 나타나면 모를까, 지금

으로서는……]

12신좌들 표정은 어두웠다. 최상위 시나리오에 진출한 뒤 성운 일에 무심해진 '번개의 좌'도, 〈올림포스〉를 증오하는 '대지의 어머니'도, 이 사건에 끼어들 가능성은 거의 없었다.

[헤르메스, 〈올림포스〉의 '거대 설화'를 사용하면 어떨까요?]

[저 둘이 우리 쪽 '거대 설화'의 최고 담화자인데, 그게 씨알이나 먹히겠습니까?]

[그것도 그렇군요.]

여기저기서 의견이 난립했지만 뾰족한 수는 나오지 않았다.

그런 대화를 지켜보던 이설화가 곁에 있던 이현성의 귓가에 속삭였다.

"설화급 성좌는 뭔가 대단할 줄 알았는데, 말하는 걸 보니 생각보단 평범하네요."

"그러게 말입니다."

"그나저나 우린 이제 어쩌죠? 성좌들도 저렇게 나올 정도면……."

이설화의 목소리에는 자신감이 없었다.

그동안 〈김독자 컴퍼니〉 일행들은 노력했다. 스스로 자부할 수 있을 만큼 수련하고 단련해왔으니 당연한 일이었다.

하지만 지금 그들이 상대해야 할 존재는 '위인급 성좌'도, '설화급 성좌'도 아니었다. 그들이 쌓아온 설화로는 발끝에도 비빌 수 없을 어마어마한 격의 성좌들.

신유승이 조그마한 목소리로 중얼거렸다.

"지난번에 저 '태양 아저씨' 쓰러뜨릴 때도 엄청나게 힘들었잖아요."

두 눈을 감은 수르야는 이마의 [제3의 눈]을 통해 사태를 관망하고 있었다. 최강의 태양신이라는 수르야조차 이번 일에는 끼어들지 않은 채 침묵을 유지했다. 그도 신화급 성좌와는 대결할 수 없는 것이다.

쿠구구구구!

다시 한번 번져오는 충격파. 포세이돈과 하데스의 충돌이 잦아질수록 하늘에도 희미한 균열이 번지고 있었다. 격의 충돌에 공간 자체가 무너지고 있었다.

게다가 더 심각한 것은…….

[이거 하데스 아저씨가 지겠는데.]

[어쩔 수 없지. 무대가 바다니까.]

12주신들 표정에 복잡한 계산이 스쳐 갔다.

포세이돈이냐, 하데스냐.

어느 쪽이 이기든 〈올림포스〉가 혼란의 도가니에 빠져들게 될 것은 뻔했다.

그때, 줄곧 눈을 감고 있던 수르야가 입을 열었다.

[오는군.]

무언가가 창공을 뚫고 빠르게 이쪽으로 다가오고 있었다.

새카만 블랙 드래곤의 갑피로 만든 거신병이었다.

화색이 돈 이길영이 외쳤다.

"독자 형!"

배기음과 함께 거신병이 멈춰 섰다. 플루토 안쪽에서 튀어나온 김독자가 말했다.

"여러분. 시간이 없으니 짧게 설명하겠습니다."

김독자는 일대의 성좌와 화신들을 일별했다.

"저는 '성화'를 만들 겁니다. 그걸 위해서는 여러분 모두의 도움이 필요합니다."

갑작스러운 말에 12신좌들이 서로 돌아보았다.

진언이 한꺼번에 터져나왔다.

[성화 봉송!]

[그렇군, 왜 그 생각을 못 했지?]

여기저기서 난립하는 목소리를 들으며 김독자가 다시 한번 입을 열었다.

"12신좌님들께서는 아무것도 하지 마십시오."

[뭐? 그게 무슨 말인가?]

"여러분은 〈올림포스〉 소속이라 포세이돈이 거대 설화를 풀면 저항할 방법이 없습니다. 괜히 성화에 참여했다가 역효과만 날 수도 있어요."

김독자의 말은 사실이기에 몇몇 성좌가 고개를 끄덕였다.

하지만 모두 그런 것은 아니었다.

[우리가 돕지 않는다면 어떻게 '성화'를 켤 셈인가?]

애초에 성화는 '태양'에서 비롯된 빛. 신성한 빛을 시작하려면 반드시 태양의 도움이 필요했다.

그러자 곁에 있던 수르야가 조용히 일어섰다.

김독자가 그를 보며 말했다.

"수르야께서도 앉아계십시오."

수르야가 다시 앉았다.

[태양 없이 어떻게 '성화'를 만들겠다는 거지?]

"'성화'는 '신성한 불길'입니다. 꼭 태양만이 불을 일으킬 수 있는 건 아니죠."

[성좌, '악마 같은 불의 심판자'가 어깨를 으쓱합니다.]

뒤를 돌아보자 [강철화]를 발동한 이현성의 몸을 정희원이 꽉 끌어안고 있었다. 이현성의 볼은 부끄러움 때문인지 [지옥 염화] 불길 때문인지 알 수 없을 정도로 발갛게 달아올라 있었다.

"너무 너무나 뜨겁습니다아아아아!"

"미안해요. 조금만 참으세요."

그 광경을 보던 수르야가 고개를 끄덕였다.

[〈에덴〉의 불꽃이라면 태양열을 대체하기에는 충분하겠군. 하지만 그 정도 '성화'로 포세이돈의 파도를 뚫기는 힘들 텐데.]

"알고 있습니다. 그러니 이제 나서실 타이밍입니다."

수르야가 자리에서 벌떡 일어섰다.

[재미있겠군.]

✳ ✳ ✳

이현성이 불길에 충분히 달구어지기까지는 시간이 좀 더
필요했기 때문에, 나는 거신병 어깨에 걸터앉아 일행들에게
몇 가지 지침을 일러주었다.

문득 곁을 돌아보니, 한수영이 다리를 달랑거리며 막대사탕
을 빨아 먹고 있었다.

나는 그런 한수영을 향해 핀잔을 주었다.

"맛있냐?"

"요즘 이상하게 단 게 땡겨. 너도 먹을래?"

한수영이 답은 듣지도 않고 쥐고 있던 사탕을 내 입에 쑤셔
넣었다.

레몬 맛이었다.

내가 태연히 사탕을 먹자, 한수영은 가만히 날 바라보았다.

"근데, 그거 내가 먹던 건데."

"그래서?"

"……재미없네, 진짜."

야호, 하며 환성을 지른 한수영이 거신병 어깨를 미끄럼틀
처럼 타고 내려가 손바닥에 착지했다.

주변을 둘러보니 일행들도 다들 입에 사탕을 하나씩 물고
있었다. 심지어는 유중혁도.

이설화가 말했다.

"수영 씨가 나눠줬어요. 긴장을 푸는 효과가 있다던데요."

그래서 다들 물고 있었던 거구만.

내가 납득했다는 듯 고개를 끄덕이자 이설화가 물었다.

"우리, 이길 수 있을까요?"

나는 천천히 고개를 들어 이설화를 바라보았다. 그러자 이설화도 나를 마주 바라보았다. 마땅히 대답할 말이 없어서 그냥 빙긋 웃고 말았다.

우리가 이길 수 있을까. 그런 것은 모른다. 다만.

"아무도 죽지 않을 겁니다."

마침내 '성화'의 예열이 끝난 '강철검제'가 플루토의 손에 쥐어졌다.

나는 플루토에 탑승한 채 입을 열었다.

[다들 모여주세요.]

하나둘, 흩어져 있던 일행들이 모인다.

모두 다른 장소, 다른 시각에서 태어나 여기 모인 사람들.

그렇게 하나의 별자리가 된 사람들이었다.

[거대 설화, '마계의 봄'이 이야기를 시작합니다!]

〈김독자 컴퍼니〉의 모든 담화자가 자기 이야기를 시작했다.

「그것은 독자獨者로부터 시작된 설화」

「세상에서 가장 강하고 고독한 사내가 검을 쥐자」

「지옥의 염화를 품은 강철의 검이 드높은 창공을 향해 치솟았다」

우리가 고스란히 쌓아온 역사가 하나둘 '성화'의 불길에 모이고 있었다. 우리의 설화는 〈올림포스〉 바깥에서 온 거대 설화이기에, 아무리 포세이돈이라 해도 이 힘에 타격을 받지 않기는 불가능할 것이다.

멀리서 이변을 눈치챈 포세이돈이 이쪽을 올려다보았다.

그는 비웃듯 파도를 방벽처럼 둘러 허공을 덮어버렸다.
뚫을 수 있다면 뚫어 보라는 듯 자신감으로 만들어진 신화급 성좌의 방벽.
마주하는 것만으로도 알 수 있었다. 지금 〈김독자 컴퍼니〉가 전력을 다해도, 저 방벽 하나를 뚫을 수 없다는 것을.
우리에게는 더 강력한 힘이, 빠른 속도가 필요했다. 말하자면 저 벽을 뚫어낼 강력한 추진력.
그리고 마침 우리에게는, 그 추진력을 제공할 조력자가 있었다.

[거대 설화, '마계의 봄'의 이야기가 확장됩니다.]

어디선가 들려오는 열차의 경적.

['무대화'가 발생합니다!]

「그리하여 환하게 빛나는 태양이 그들의 길을 밝혔으니」

한때 적이던 그 열차가 이제 우리를 태우기 위해 창공을 가르며 달려오고 있었다.

눈부신 황금빛 아우라를 흘리는 태양 열차를, 일행들은 황홀한 눈으로 올려다보았다.

가능하다. 저것이라면, 분명 가능하다.

"갑시다, 〈김독자 컴퍼니〉."

4

그 시각, 60번 시나리오에 설치된 '임시 관리국'의 모두는 같은 화면을 바라보고 있었다.

실시간으로 전송되는 신화급 성좌의 전투.

하급부터 상급에 이르기까지, 계급을 가리지 않고 모여든 도깨비들은 지역별로 흩어져 있는 자신의 채널조차 잊은 채 시나리오에 몰두했다.

하데스 대 포세이돈.

지난 몇 년간 이만한 성좌들끼리 혈투를 벌인 일은 손에 꼽았다.

물론 강력한 성좌가 부딪친 일을 꼽자면 더러 있지만 중요한 것은 언제나 그렇듯 그 전투의 서사였다.

자신의 후계를 지키기 위한 전투.

거기에 수천 년 동안이나 자신의 후계를 발표하지 않던 하데스의 기습 선언이 이어지자 성좌들 반응은 가히 폭발적이었다.

[절대다수의 성좌가 해당 전투의 정경에 열광합니다!]

절대다수.

상급 도깨비인 비형조차도 그런 성좌 군집 단위는 처음 보았다.

[마왕, '지옥 동부의 지배자'가 해당 전투에 열광합니다!]
[마왕, '강령의 마신'이 시나리오 참가 의욕을 불태웁니다.]
[성좌, '타락의 구원자'가 광기에 찬 눈으로 전투를 지켜봅니다!]
[성좌, '하늘의 서기관'이 참담한 눈으로 전장을 바라봅니다.]

소문은 순식간에 퍼져서, 성좌들은 구독 성향을 가리지 않고 모여들기 시작했다.

[성좌, '흙으로 사람을 빚은 대모신'이 전장을 지켜봅니다.]
[성좌, '뇌전의 신왕神王'이 <올림포스>의 전쟁에 흥미로워합니다.]
[성좌, '환생자들의 시조'가 즐거워합니다.]

성운 〈황제〉에 〈베다〉, 거기다 〈여신의 섬〉까지.

중국과 인도, 아일랜드 신화를 가릴 것 없이 모여든 성좌들이 신화급 성좌의 전장을 관람하고 있었다.

채널 구독좌가 급증하자, 관리국 또한 잔여 개연성을 끌어와 시나리오를 지탱하고 채널을 유지하기에 바빴다. 이런 호재를 놓칠 턱이 없었다.

승세가 조금씩 기울어감에 따라 성좌들 반응은 더욱 뜨거워졌다.

드디어 이곳에서 하나의 신화가 저물고 있었다.

신화가 쓰러진 자리에는 지금껏 존재하지 않던 새로운 설화가 만년설 위의 꽃처럼 피어날 것이다.

흥분과 격정에 찬 다른 도깨비와 달리, 비형은 불안한 상태였다.

'저 자식들 대체 뭘 하는 거지?'

화면 속에서 김독자가 움직이고 있었다.

불에 달아 새하얗게 익어버린 강철검제와, 그 검을 쥔 거신병 플루토.

고대 그리스 시대의 태양처럼 빛나는 강철검은 꼭 거대한 횃불같이 보였다.

독각이 말했다.

"미쳤군. 저놈들 '성화 봉송'을 하려는 거다."

모든 도깨비는 곧 이야기꾼.

호기심이 생긴 한 도깨비가 독각에게 물었다.

"성화 봉송? 그게 뭔가?"

"성화가 설화를 태워 만든 불꽃이라는 건 알고 있겠지?"

"알고 있네."

"성화 봉송은 '평화'와 '승전보'의 의식이다. 저놈들은 저 불길을 통해 전쟁을 끝내겠다고 선포한 것이다."

독각의 말에 도깨비들이 입을 벌렸다.

"미쳤군. 지금 저 전장에 끼어들겠다고……."

'구원의 마왕'은 도깨비 사이에서도 유명했다.

신생 성운, 〈김독자 컴퍼니〉의 주인.

대천사의 사랑을 받는 마왕이자, 73번째 마계의 지배자.

'형언할 수 없는 아득함'과 싸워 살아남은 존재이자, '이계의 신격'의 가호를 받는 별. 심지어는 다른 세계선을 건너 돌아온 '귀환자'.

"아무리 저자라고 해도 이번만큼은……."

"무모한 만용이다."

모두 혀를 차는 와중에 홀로 웃는 도깨비가 있었다.

"하핫, 하하하……."

비형이었다.

몇몇 도깨비가 의아한 표정을 지었으나 비형은 계속해서 웃었다. 그리고 생각했다.

아마 이곳에 있는 도깨비 중 누구도, 자신의 감정을 이해하지 못할 것이라고.

혁명의 성화를 치켜든 채 낙하하는 〈김독자 컴퍼니〉 일행들. 누가 보아도 그들은 불꽃을 향해 뛰어드는 부나방이었다.

하지만 비형은 그들이 쌓아온 설화를 알고 있었다.

그들 앞에 주어졌던 난관은 크기만 달랐을 뿐 언제나 '불가능'의 영역에 있었다.

"그래, 그래야 김독자답지."

〈김독자 컴퍼니〉가 그리는 별자리를 보며 비형은 그리 오래되지 않은 역사를 떠올렸다.

지하철에서 처음으로 김독자를 만난 순간.

유약하지만 침착하던 김독자와 처음으로 '독점 계약'을 맺은 순간.

설화는 눈송이처럼 쌓였다.

믿을 수 없는 것도 있었고 처음 보는 것도 있었다.

하찮은 인간이 설화를 쌓아 성좌가 되고, 마침내 얻은 거대 설화를 통해 '단 하나의 설화'의 출발점에 도달하기까지…….

이야기꾼 비형은 그 모든 것을 지켜보아왔다.

독각이 말했다.

"이번에는 실패할 거다."

"그럴지도 모르지."

"냉정하군. 네놈과 계약한 성좌가 아니었나?"

"그랬지만 이젠 아니야."

비형이 웃었다.

비형도 김독자의 저 전략이 성공할지 아닐지는 모른다. 하지만 이상하게도 이야기꾼의 예감이 있었다.

김독자의 설화는 여기서 끝나지 않을 거라는 예감이.

[거대 설화, '마계의 봄'이 확장됩니다!]

시스템 메시지와 함께 도깨비들 눈이 커졌다.

창공을 뚫고 날아오는 황금빛 열차. 바로 수르야의 황금 열차였다.

"저것은……!"

고작 60번 시나리오에서 이런 일이 벌어질 거라 말했다면 누가 믿었을까.

"저것이라면. 어쩌면……!"

신과 인간의 합작.

단 하나의 설화, 그 두 번째인 '승'을 향한 성화의 길.

하강하는 황룡黃龍처럼 달려오는 열차를 보며 도깨비들은 숨을 삼켰다.

왜일까.

무모하고, 터무니없고, 심지어 불가능할 게 뻔한 저 도전을 보며 왜 이야기꾼인 그들은 이토록 심장이 타는 것일까.

어쩌면 독각의 말이 맞을 수도 있다.

저 공격은 실패할 수도 있고, 이대로 저 성운은 스타 스트림의 먼지가 되어버릴 수도 있다.

그럼에도 불구하고.

[대도깨비 '하롱'이 60번 시나리오를 지켜봅니다.]
[대도깨비 '호롱'이 60번 시나리오에 집중합니다.]
[대도깨비 '바람'이 60번 시나리오의 결말을 주시합니다.]

그 순간, 모든 도깨비가 같은 생각을 하고 있었다.

「나도 저런 시나리오를 만들고 싶다.」

시나리오의 터전 위에 성좌들의 설화가 자라난다. 그 설화를 먹고 자란 성좌가 또 다른 설화를 꿈꾼다. 그것이 바로 스타 스트림의 동력.

가슴이 벅차오른 비형이 외쳤다.

"쟤들! 내가 키운 녀석들이야! 다들 알지?"

어떤 설화가 좋은 설화인가.

어떤 시나리오가 좋은 시나리오인가.

그곳에 그 답을 아는 도깨비는 없었다. 그걸 알았더라면 진즉에 '도깨비 왕'이 되었을 테니까.

하지만 그 도깨비들도 하나 알 수 있는 사실이 있었다.

지금 저 이야기를, 아마 그들의 '왕' 또한 보고 있을 것이라는 사실이었다.

¤ ¤ ¤

콰콰콰콰콰콰!

낙하하는 열차의 첨단이 마침내 파도와 충돌했다. 놀란 포세이돈의 눈이 커졌다. 설화급 성좌인 수르야의 격이 포세이돈의 파도를 깎아내며 전진했다.

하지만 파도의 벽은 여전히 험준하고 두꺼웠다.

"다음은 나야."

「또 다른 종막을 꿈꾸는 여인이 자신의 이야기를 시작하니」

한수영이 푼 붕대에서 피어난 [흑염]이 열차의 첨단을 따라 불타올랐다. 한수영의 [흑염]은 투박하지만 용의 형상을 이루고 있었다.

이제 녀석도 벌써 그런 경지에 올라선 것이다.

콰드드드득. 고깃덩이를 찢듯 파도의 살점을 뜯어 먹으며 전진하는 흑염룡의 형상.

뒤따라 이지혜가 나섰다.

「상처받은 검귀가 자신의 인연을 지키기 위해 검을 들었다」

지휘봉처럼 치켜든 이지혜의 검집에서 키링이 반짝였다. 거의 동시에 파도의 벽을 타고 함대가 나타났다. 유령 함대가 흑염룡이 만든 통로를 향해 일제 포격을 개시했다.

파도가 메워지는 것을 방해하는 충무공의 포격에, 포세이돈이 기함했다. 그러나 포세이돈은 이쪽을 신경 쓸 여유가 없었다. 기세를 회복한 하데스가 저승의 낫으로 그의 목을 노리고 있었기 때문이다.

스아아아아.

그리고 터져나가는 폭격 속, 열차 후미에서 스프린트 자세를 취하던 거신병 플루토가 있었다.

신유승이 외쳤다.

"출발해요, 아저씨!"

열차의 관성에 플루토의 속도가 더해진다. 거기에 키메라 드래곤의 풍속성 브레스가 작렬하며 가속도를 증폭시킨다.

"가요, 독자 형!"

이길영의 응원과 함께 플루토가 돌진했다. 양손으로 강철검제를 쥔 채, 그리고 그 안에서 [지옥염화]를 공급하는 정희원을 보호한 채로.

"하아아아앗!"

이현성의 기합과 함께 플루토의 거체가 하늘을 날았다.

[거대 설화, '마계의 봄'이 이야기를 계속합니다!]
[거대 설화, '대해의 패자'가 이야기를 계속합니다!]

설화와 설화가 부딪치며 플루토의 장갑이 뜯겨 나갔다.
김남운은 고통 속에서도 즐거운 비명을 내질렀다.

「지옥에서 돌아온 강철의 거신이 검을 휘두르니」
「멸악과 강철의 염화가 불타올랐다」

[지옥염화]로 불씨를 피우고, 모든 일행의 설화로 불을 키운 검. 성화의 불꽃에 수많은 파도의 벽이 일제히 기화하고 있었다.

쩌저저저적.

무엇으로도 뚫을 수 없을 것 같던 신화급 방벽이 깨져나가고 있었다.

부서진 파도의 결계 너머로 무방비 상태의 테세우스가 보였다.

그러나 눈앞에 승기를 둔 상황에서 플루토가 움직이지 않았다. 나는 플루토의 안에서 피를 토해내고 있었다. 세상이 반전된 것처럼 흔들렸다.

찰나의 사이, 포세이돈이 던진 트리아이나의 창극이 플루토의 허리를 베고 지나간 것이다.

스친 곳은 하필 내가 타고 있던 자리였다.

"독자 씨!"

희미하게 들려오는 정희원의 목소리.

[성유물, '트리아이나'의 힘이 당신의 화신체에 치명상을 입혔습니다!]
[당신의 격이 감당할 수 있는 힘이 아닙니다!]
[거신병 '플루토'가 당신의 충격을 일부 상쇄합니다.]

이것이 '신화급 성좌'의 위용이었다.

나 같은 수준의 '설화급'은 그저 벌레처럼 짓밟아버릴 수 있는 힘.

파도의 결계는 뚫었으나 성화의 불꽃은 식어가고 있었다. 강철검제 이현성은 기절한 듯했고, 정희원의 마력도 거의 다했다. 파도의 결계는 다시 회복세로 접어들고 있었다.

포세이돈은 하데스를 상대하면서도 여유로워 보였다.

희미한 미소. 아마 자신이 이겼다고 생각하고 있겠지.

그런 포세이돈을 향해 나도 마주 웃었다.

언제나 그렇듯, 주인공은 마지막에 출격하는 법이다.

"유중혁!"

꺼진 성화 속에서 모두의 설화를 등에 업은 검은 코트의 사내가 달린다.

놀란 포세이돈이 수창水槍을 퍼부었지만 날쌘 [주작신보]가 창의 일부를 흘려보냈다. 미처 막아내지 못한 창 몇 개가 유중혁의 허벅지와 어깨를 스쳤다.

[아이템 '거신갑'이 효력을 발휘합니다!]

거신의 힘이 담긴 방호구가 가까스로 신의 창에서 유중혁을 지켰다.

한 발, 두 발, 세 발.

꽂히는 창날의 개수가 늘어날수록 '거신갑'도 부서지기 시작했다.

파스스스.

기어코 부서진 갑옷.

이제 열 걸음도 남지 않은 상황에서 포세이돈의 격이 막대한 스크류를 형성하며 유중혁을 향해 쇄도했다. 유중혁의 표정이 굳어졌다. 3회차의 회귀자가 감당할 힘이 아니었다.

조금만 더. 조금만 더 가면 되는데. 테세우스가 바로 코앞에 있는데.

「김독자.」

유중혁을 보는 내 의식도 조금씩 흐릿해져갔다.

무리라는 걸 처음부터 알고 있었다.

3회차의 유중혁은 테세우스가 있는 곳까지 갈 수 없다.

[전용 스킬, '전지적 독자 시점'을 발동합니다!]

하지만 녀석이 '3회차'가 아니라면 어떨까.

[흐려진 의식이 육체의 구속에서 일부 해방됩니다.]
[전용 스킬, '전지적 독자 시점' 3단계가 강제로 활성화됩니다.]

다시 한번 시야가 흔들리더니 내가 보는 풍경이 바뀌었다.

['1인칭 주인공 시점'이 발동합니다!]

유중혁이 보는 바로 그 풍경이었다.

「김독자?」

의아한 듯한 유중혁의 사념. 날아오는 포세이돈의 창.
유속이 느려지는 듯한 느낌과 함께, 나는 머릿속에서 오래된 멸살법의 페이지를 넘겼다.
'3회차'는 할 수 없는 일. 하지만 언젠가는 가능해질 일을 간절히 상상한다.

[설화, '영원불멸의 지옥도'가 이야기를 시작합니다.]

4회차, 5회차, 6회차…… 41회차…… 56회차…….

[해당 회차는 당신의 '독해력'으로는 이해할 수 없습니다.]

울컥, 하고 핏덩이가 넘어왔고 충혈된 두 눈이 깨질 듯 아파 왔다. 폭발적인 서사의 향연에 머릿속이 엉망이 되었다.

하지만 나는 포기하지 않았다.

[전용 스킬, '제4의 벽'이 당신의 정신을 보호합니다.]
[당신의 '독해력'이 새로운 가능성을 향해 나아갑니다!]
[당신이 독해할 수 없던 페이지들이 펼쳐집니다!]

우리를 보는 무수한 시선. 성좌들은 아니었다.
유중혁이 중얼거렸다.

「이건…….」

다른 회차의 '유중혁'들이 우리를 보고 있었다.
누군가는 부러운 듯이, 누군가는 침울한 얼굴로. 그리고 누 군가는 흥미롭다는 표정으로.

「재미있군.」

좀처럼 넘어가지 않는 페이지를 빠르게 넘기며, 나는 지금의 내가 넘길 수 있는 최대의 페이지에 도달했다.

그리하여 마침내 다가올 미래를 앞당겨 사용했다.

[당신이 독해할 수 있는 최대 회차에 도달했습니다.]
[당신이 독해 가능한 '유중혁'의 최대 회차는 '362회차'입니다.]

362회차의 유중혁.

그것이 내가 꺼낼 수 있는 최후의 패였다.

362회차의 유중혁은 포세이돈을 죽일 수 있을 정도로 강하지는 않다. 그런 일이 가능하려면 최소한 회귀 회차가 1,700번은 넘어서야 한다.

['1인칭 주인공 시점'의 영향으로 해당 회차 '유중혁'의 재능이 타인에게 전이됩니다.]
[362회차 '유중혁'의 재능이 화신 '유중혁'에게 깃듭니다.]

하지만 362회차의 유중혁도 충분히 강하다.

왜냐하면 362회차의 유중혁은,

「"오랜만이구나, 포세이돈."」

저 포세이돈과 처음으로 맞서 싸운 유중혁이니까.

「"그때도 네놈 아들을 죽였지."」

분노한 포세이돈의 포효.
362회차의 유중혁이 3회차의 유중혁을 움직였다.
100만 번, 1,000만 번도 더 취한 권拳의 자세.

「"이 권장拳掌으로."」

유중혁의 [파천붕권]이 최후의 결계를 부수고 테세우스의
화신체를 꿰뚫었다.

[등장인물 '유중혁'이 '파천붕권 Lv.???'을 발동합니다!]
[해당 스킬의 레벨 수치를 일시적으로 표기할 수 없습니다!]
[설화의 힘으로 인해 스킬이 비정상적으로 강화됩니다!]

유중혁의 [파천붕권]에 파괴된 테세우스의 오른팔이 수중
을 부유했다.
테세우스가 멍한 얼굴로 이쪽을 보았다.
잘못이 없는 그에게는 미안한 일이었다. 하지만 포세이돈이
테세우스의 몸에 강림한 이상, 테세우스를 해치우는 것만이
저 '신화급 성좌'를 시나리오에서 퇴거시킬 유일한 방도였다.
다음 순간, 유중혁의 전신에서 스파크가 튀었다.

[일부 도깨비가 해당 설화의 개연성을 의심합니다!]
[등장인물의 화신체가 해당 스킬의 숙련도를 감당하지 못합니다!]

역시. 아무리 362회차의 재능을 가지고 있다 해도 지금 유중혁은 3회차의 몸. 포세이돈의 결계를 부수고 테세우스의 화신체를 멸하기에는 부족했다.

[아이템 '리코메데스 왕의 가죽 장갑'의 권능이 발동합니다!]

그리고 그 부족함을 메워줄 아이템.
'안나 크로프트'에게서 구매한 바로 그 아이템이었다.

['리코메데스 왕의 가죽 장갑'의 효과로 '무대화'가 발생합니다!]

리코메데스 왕은 신화 속에서 테세우스의 살해자로 알려진 인물.
성유물을 확인한 테세우스의 안색이 변했다.
그럼에도 테세우스는 굴하지 않고 한 걸음 앞으로 나왔다.
양팔을 펼친 채, 마치 자신을 죽여달라 간청하듯이.
[테세우스!]
분노한 포세이돈의 진언과 동시에 유중혁의 [파천붕권]이 다시 한번 작렬했다.

[성좌, '버려진 미로의 연인'이 슬퍼합니다.]

뻥 뚫린 자신의 심장을 내려다보던 테세우스가 유중혁을 바라보았다. 어쩌면 그 안에 깃들어 있는 나를 보는 것 같기도 했다.

마지막 순간, 테세우스의 표정에는 안도하는 듯한 미소가 스쳤다.

[성좌, '미궁의 영웅'의 화신체가 완전히 소멸했습니다.]

그저 화신체의 사망이니 완전히 소멸하지는 않을 것이다. 하지만 테세우스의 진체도 당분간은 시나리오 활동을 전혀 할 수 없을 정도의 타격을 입었으리라.

테세우스는 그 모든 것을 감수하고 이 시나리오의 완성을 위해 몸을 던신 것이다.

[<올림포스> 측 '수장'이 모두 사망했습니다!]

[시나리오 클리어 조건이 충족됐습니다!]

[개별 화신 및 성좌의 공헌도를 산정합니다!]

(…)

['1인칭 주인공 시점'이 해제됐습니다.]

울컥 입으로 피를 쏟아내며 다시 내 몸으로 돌아왔다.

망가진 플루토의 내부.

김남운의 목소리가 들려왔다.

[이제 나 그만 불러…… 메뚜기남. 안녕…….]

소환 시간이 끝난 플루토가 〈명계〉로 되돌아가고 있었다.

그와 동시에, 테세우스의 화신체가 소멸한 일대에 어마어마한 수중 폭풍이 몰아쳤다. 테세우스의 화신체에 강림해 있던 포세이돈이 폭주하고 있었다. 몰아치는 물보라 속에서 호흡이 버거워진 화신들이 몸부림쳤다.

쏟아진 포세이돈의 격 일부가 무방비 상태의 유중혁을 향해 쇄도했다. 이미 중상을 입고 362회차의 재능까지 끌어다 쓰며 넝마가 된 유중혁이 피할 수 있는 공격이 아니었다.

나는 외쳤다.

[하데스!]

[알겠다.]

'퀴네에'와 함께 허공에서 나타난 하데스가 유중혁을 끌어안았다.

포세이돈의 창은 애꿎은 심해의 바닥만을 부쉈다.

그러나 위기는 끝이 아니었다. 바닥을 찍은 트리아이나를 중심으로 균열이 급격하게 벌어지고 있었다.

슈우우우우우!

균열은 곧 진공청소기처럼 주변 모든 것을 빨아들이기 시작했다.

불행히도 청소 대상에는 나 또한 포함되었다. 상세傷勢가 위중한 내 화신체는 흡입 기류에 저항할 힘이 없었다.

급류에 휩쓸린 채 공허하게 뻗는 손. 그러나 내 손을 잡아줄 이는 없었다.

없다고 생각했다.

「독자 씨!」
「이 멍청아!」

수중에서 아름답게 흩어지는 머리카락. 인어처럼 헤엄쳐 온 이설화가 내 왼쪽 팔을 잡았고, 함께 따라온 한수영이 오른쪽 팔을 붙잡았다. 내 상처를 점혈한 두 사람이 전력을 다해 나를 끌어 올렸다.

심해의 균열에서 조금이라도 멀어지기 위해 필사적으로 헤엄치는 한수영의 옆얼굴이 보였다.

얼마 지나지 않아 우리는 곧 물 밖으로 무사히 빠져나왔다.

"푸하아!"

"김독자 이 미친놈!"

[메인 시나리오가 곧 종료됩니다!]

나는 한수영에게 대꾸하는 대신 해류의 흐름을 살폈다.

예상이 맞는다면 강림할 화신체를 잃은 포세이돈은 이제 귀환할 수밖에 없을 것이다.

[성좌, '해역의 경계를 긋는 창'이 포효합니다!]

그런데 사태가 예상과는 다르게 흘러갔다.

츠츠츠츠츠츳!

분명 약해져야 할 포세이돈의 힘이 더욱 강해지고 있었다.

"어째서……."

뭔가 잘못됐다고 감지한 것은 일행들도 마찬가지인 듯했다.

[관리국에서 '해역의 경계를 긋는 창'에게 철수를 권고합니다!]

관리국 권고에도 포세이돈의 격은 사라지지 않았다.

상황은 명백했다.

이미 끝난 시나리오에서 명분도 없이 부리는 행패.

[관리국에서 '해역의 경계를 긋는 창'에 대한 제재를 준비합니다.]

다행히 관리국도 일을 제대로 하는 모양이었다.

나는 바닷속에서 부글부글 끓어오르는 격의 낌새를 살폈다.

문제는 본격적인 제재가 들어가기 전까지 포세이돈이 무슨
짓을 하느냐인데…….

조금 떨어진 곳에서 하데스와 페르세포네가 이쪽을 주시하
고 있었다.

[다수의 성좌가 '해역의 경계를 긋는 창'을 비난합니다!]

[닥—쳐—라!]

머릿속이 새하얗게 탈색될 듯한 진언파眞言派.

멀리서 쓰나미 같은 파도가 밀려오고 있었다. 수백 미터 높이에 달하는 파도였다.

"미친! 저거 뭐야!"

"포세이돈이 미쳤다!"

뒤늦게 정신을 차린 화신들이 달아나려 했지만 이미 늦었다. 거신을 비롯한 일부가 첫 물결에 휩쓸렸다.

그 누구도 항거할 수 없는 거대한 바다의 격.

나는 하데스를 바라보았지만, 그는 나서지 않았다.

이유는 뻔했다. 하데스는 지금 나와 정확히 똑같은 생각을 하는 것이다.

우리는 별을 헤아리는 부자父子처럼 동시에 하늘을 올려다보았다.

「당신이 아무리 <올림포스>에 관심이 없어도 이번만큼은 가만히 지켜보고 있을 순 없겠지.」

[관리국에서 누군가에게 개연성을 부여합니다.]

그리고 다음 순간, 하늘의 색이 변했다. 방금 전까지 푸르던 하늘에 시각과 청각마저 마비시키는 빛이 번뜩였다.

세상이 사라지는 듯한 빛이었다.

그것이 아주 커다란 벼락이었음을 깨달은 것은 조금 후의 일이었다.

파도를 찢어발기는 벼락. 바다를 두 쪽으로 쪼개버리고, 저 심해 속 지면마저 까맣게 태워버릴 정도로 강력한 번개.

단말마와 같은 포세이돈의 마지막 포효가 들려왔다.

그아아아아아……!

[성좌, '해역의 경계를 긋는 창'이 시나리오에서 퇴장했습니다.]

믿을 수 없는 광경이었다.

그럼에도 그것이 실제로 일어난 일이었다.

[성좌, '번개의 좌'가 〈올림포스〉를 내려다봅니다.]

어떤 12신좌라 해도, 감히 마주 볼 수 없을 격.

간접 메시지가 떠오르는 순간 〈올림포스〉의 모든 신이 그 자리에 굳었다.

시건방진 디오니소스도, 고결한 아테나와 아르테미스조차.

천천히 움직인 하늘의 시선이 이번엔 명계의 왕을 향했다.

「지하와 하늘이 서로 마주 보았다.」

그것으로 대화는 충분했다는 듯, '퀴네에'를 쓴 하데스가 시나리오에서 모습을 감추었다.

[성좌, '부유한 밤의 아버지'가 시나리오에서 퇴장했습니다.]

페르세포네가 함께 사라지며 내게 윙크를 했다.

[곧 다시 만나죠, 우리 귀여운 아들.]

순식간에 3주신 중 둘이 사라졌으나 긴장감은 조금도 줄어들지 않았다.

세상의 천칭이 움직이는 소리와 함께 개연성의 저울이 다시 한번 기울고 있었다.

이로써 관리국에서 개연성을 부여한 존재가 누구인지는 명백해졌다.

올림포스의 왕, 제우스.

대성운 〈올림포스〉에서 유일하게 '마지막 시나리오'에 도달한 존재.

포세이돈을 퇴장시키고 다른 성좌들 반응도 불러오기에는 제우스만 한 성좌가 없었을 것이다.

실제로 비유의 채널은 거의 축제 분위기였다.

[관리국의 대도깨비들이 '번개의 좌'에게 허용된 개연성을 회수합니다.]

[관리국의 대도깨비들이 '번개의 좌'에게 철수를 권고합니다!]

하지만 축제는 짧기에 '축제'인 법.

제우스급 존재가 하위 시나리오에 오래 머무르면 스타 스트림의 균형을 해친다. 자칫하면 지난번처럼 '형언할 수 없는 아득함' 따위의 재앙을 불러올 수도 있었다.

그러나 제우스는 제우스답게 안하무인이었다.

[재촉하지 마라. 난 네놈들 부탁 때문에 온 게 아니다. 내 씨앗들을 보러온 거지.]

그 말과 함께 〈올림포스〉의 하늘이 12신좌를 내려다보았다.

세상을 오시하던 12신좌조차 제우스의 시선 앞에서는 모두 긴장한 모습이었다.

[그런데 여전히…… 쓰레기 같은 놈들뿐이군.]

제우스의 한마디에 12신좌는 큰 충격이라도 받은 듯 주저앉았다.

파르르 떨리는 디오니소스의 어깨가 보였다. 그래도 설화급 성좌니 간단한 저항 정도는 할 수 있을 텐데, 디오니소스는 조금도 저항하지 못했다.

어떤 '이야기'란 그런 것이다.

아주 오랫동안 쌓이고 축적되어 끝내는 저항하지 못하게

되는 것.

하늘의 구름이 걷히며 제우스의 격이 흐릿해졌다. 농부가 척박한 땅에 등을 돌리듯 제우스가 시나리오를 떠나고 있었다.

12신좌 중 누군가가 중얼거렸다.

[자식조차 아니었던가…….]

그리고 바로 그 순간, 하늘을 향해 작은 돌멩이 하나가 날아갔다.

<u>ㅊㅊㅊㅊㅊ춧!</u>

돌멩이는 허공에서 개연성의 스파크를 맞아 소멸했다.

내가 던진 돌이었다.

[성좌, '번개의 좌'가 당신을 노려봅니다.]

순간 강력한 '격'이 전신을 옥죄어오는 것이 느껴졌지만, 나는 오히려 눈에 힘을 팍 준 채 하늘을 노려보았다. 어차피 제우스에게 허용된 개연성은 저게 끝이다.

[성좌, '번개의 좌'가 시나리오에서 퇴장합니다.]

나는 12신좌를 돌아보며 말했다.

"왜 저딴 말을 듣고만 있습니까?"

[넌 대체…….]

어이없다는 듯 디오니소스가 입을 떼려는 순간, 하늘에서 메시지가 쏟아졌다.

아니, 그것은 메시지가 아니었다.

뭔가 말을 하려던 디오니소스도, 12신좌도, 그리고 나도. 제
우스가 사라진 하늘을 함께 올려다보았다.

별처럼 하얀 눈이 내리고 있었다.

하늘을 다스리는 제우스와는 관계없는 눈이었다.

그것은 어쩌면 제우스보다 더 오래전에 존재했던 성좌의
격. 〈올림포스〉가 만들어지기도 전, 최초의 하늘을 다스렸던
존재의 힘이었다.

외로운 섬처럼 바다에 우뚝 선 브리아레오스와 기간테스들
이 떨어지는 눈을 보며 울부짖었다.

[메인 시나리오 #60 - '기간토마키아'가 종료됐습니다!]

[히든 시나리오 - '신화 전복'을 완수했습니다.]

[보상 정산이 시작됩니다.]

세상의 성좌들이 나를 보고 있었다. 주요 4인방 성좌를 제
외하고도, 내가 이미 아는 성좌와 잘 모르는 성좌까지.

디오니소스가 말했다.

[네가 이겼구나, 김독자.]

파천검성과 거신들이 커다란 몸을 배처럼 띄워 우리를 태

웠다.

무슨 생각들을 하는지, 유중혁과 한수영은 각각 하늘의 다른 방향을 바라보고 있었다. 정희원과 이현성이 서로 부축했고, 이설화가 자신의 양손을 꼭 쥐었다. 신유승과 이길영을 안은 이지혜가 눈물을 닦고 있었다.

아마 그들도 자신의 시스템 메시지를 듣고 있을지 모른다.

[새로운 '거대 설화'를 획득했습니다!]
[새로운 설화 3개를 추가로 획득했습니다!]

정말 오랫동안 준비한 계획이었다.

그랬기에 나는 이미 결말이 정해진 소설을 읽듯 앞으로 일어날 일을 훤히 알 수 있었다.

[당신의 두 번째 거대 설화가 '승'을 완성했습니다!]
[히든 시나리오 - '단 하나의 설화'의 두 번째 조건이 완수됐습니다!]

마침내 기다리던 '승'이 나를 맞이할 것이고.

[성운, <김독자 컴퍼니>의 명성이 <스타 스트림>에 널리 알려집니다.]

우리의 승리를 축하하는 시스템 메시지가 우주에 널리 울려 퍼질 것이다.

[성좌, '긴고아의 죄수'가 여의봉을 치켜듭니다!]
[성좌, '심연의 흑염룡'이 해방의 붕대를 휘날립니다!]
[성좌, '은밀한 모략가'가 고개를 끄덕입니다.]
[성좌, '악마 같은 불의 심판자'가 당신을 자랑스러워합니다.]

내 채널의 4인방도 나를 축하해주겠지.

['마지막 시나리오'의 일부 성좌가 당신을 주목합니다.]

그리고 제우스와 같은 '마지막 시나리오'의 존재들이 나를
주목하기 시작할 것이다.

[마계의 마왕들이 당신의 행보를 주목합니다.]
[<에덴>의 대천사들이 당신을 주목합니다.]
[알려지지 않은 이계의 신격들이 당신의 존재를 응시합니다.]
['종말의 구도자'들이 당신의 이야기에 귀를 기울입니다.]

하얀 눈이 내린 바다 한가운데에서 선과 악, 그리고 어느 쪽
에도 속하지 않은 존재들이 이야기를 지켜볼 것이다.
오랜 세월 이 세계를 지배하던 한 신화의 종말을.
그리고 나와 함께 그 이야기를 만든 사람들은 나를 찾을 것

이다.

"김독자."

하지만 그때.

"김독자?"

나는 이미 그곳에 없을 것이다.

64

Episode

길이 아닌 길

Omniscient Reader's Viewpoint

✳

1

　〈올림포스〉의 〈기간토마키아〉가 붕괴한 직후, 거신에게 걸려 있던 제약은 사라졌다. 그들은 이제 오랜 설화에서 해방되어 새로운 시나리오의 참가자로 거듭날 것이다.

　[선대의 싸움을 반복하고 싶은 생각은 없다. 동의하는가?]

　[동의합니다.]

　그렇게 거신들의 리더인 브리아레오스와, 12신좌의 임시 대표인 디오니소스는 60번 시나리오 종료를 코앞에 두고 극적인 타결에 성공했다.

　[<스타 스트림>이 '신화 붕괴'를 인정합니다.]

　[60번 시나리오에 새로운 설화가 피어납니다.]

싸우려면 더 싸울 수도 있었다.

하지만 〈기간토마키아〉를 통해 〈올림포스〉의 전력은 급격히 약화되었다. 많은 영웅과 거신이 죽었고, 포세이돈의 행방이 불분명해졌으며, 침묵하던 명왕이 자신의 후계를 발표했다.

그런 상황에서 남은 12신좌와 거신들이 대립해봐야 성운의 존립만 위태로워질 뿐이었다.

거대 성운 〈올림포스〉의 몰락.

그 말도 안 되는 이야기의 중심에 작은 성운이 있었다.

[다수의 성좌가 <김독자 컴퍼니>의 이름을 연호합니다!]

작은 성좌의 분투로 시작된 이야기가 마침내 하나의 '거대 설화'의 끝을 고하고 있었다.

그러나 정작 해당 성운 구성원들은 '거대 설화'의 끝이 고하는 여운을 음미할 틈도 없이 누군가의 이름을 부르고 있었다.

"독자 씨! 독자 씨!"

"형! 장난치지 마요! 어디 숨은 거죠!"

정희원, 이현성, 이지혜, 신유승, 이길영.

그들은 거신들이 만든 작은 섬 위에서 김독자를 찾고 있었다. 누군가는 불안한 목소리로, 또 누군가는 불신 가득한 표정으로.

모두 혼란한 와중에 유일하게 침착을 유지하는 이는 무표정한 얼굴로 하늘을 올려다보는 한 사내뿐이었다.

한수영은 그 사내를 유심히 노려보다가 물었다.

"유중혁, 넌 뭔가 알고 있지?"

"……."

"대답해. 애들 걱정하잖아."

유중혁의 고개가 천천히 한수영을 향했다. 뭔가 눈치챘는지 일행들이 한수영 뒤쪽으로 모여들었다.

"뭐예요, 사부! 뭔가 알아요?"

"독자 씨한테 또 무슨 일 생긴 건 아니죠?"

유중혁은 잠시간 침묵을 지키다가 대답했다.

"김독자는 지구로 돌아갔을 거다."

"뭐야, 우리만 빼놓고?"

뒤늦게 뭔가 알아차린 이지혜가 작게 입을 벌렸다.

"아…… 설마?"

생각해보면 〈기간토마키아〉는 그들의 진짜 목적이 아니었다. 〈기간토마키아〉 참여는 그저 과정이었을 뿐.

모두 승리의 기쁨에 취해 들떠 있을 때, 김독자만이 이번 일의 진짜 목적에 대해 생각하고 있었던 것이다.

안도의 한숨을 쉰 정희원이 쓰게 웃으며 말했다.

"그래도 혼자만 잽싸게 돌아간 건 좀 따져야겠는데요."

"우리도 얼른 돌아가요!"

그때 시스템 메시지가 떠올랐다.

[해당 시나리오의 안정화를 위해서 1시간 동안 지역 이탈이 제한됨

니다.]

놀란 이설화가 눈을 크게 뜬 채 물었다.

"독자 씨는 대체 어떻게 나간 거죠?"

"아마 특수한 방법을 사용했겠지."

"특수한 방법이요?"

"자세한 건 나도 모른다."

유중혁은 그렇게 답하며 다시 하늘을 올려다보았다.

허공에는 여전히 눈이 내리고 있었다. 쨍한 여름 날씨에 흩날리는 눈. 지구로 치자면 8월에 눈이 오는 셈이었다.

그 눈을 바라보던 한수영이 유중혁에게 물었다.

"김독자가 먼저 돌아간 거 유상아 때문이지?"

당연한 것을 굳이 물을 때는 이유가 있는 법이다.

유중혁의 대답이 돌아온 것은 기적처럼 흩날리던 눈이 태양 볕에 모두 녹은 후였다.

"가보면 알 수 있겠지."

※ ※ ※

차원로次元路를 달리는 차량에 앉아 나는 짧은 생각에 잠겼다.

처음 〈기간토마키아〉를 전복할 계획을 세울 무렵, 나는 여러 성좌에게 연락을 했다.

나와 조금이라도 안면이 있는 성좌는 모두 연락을 한 번씩 받았을 것이다. 대부분 〈올림포스〉와 특수한 관계에 놓여 있거나, 60번 시나리오 참가가 어려운 처지였다.

나도 이해할 수 있었다. 어느 성좌라고 〈올림포스〉 같은 거대 성운과 적대 관계에 놓이고 싶겠는가.

그런데 개중 한 명, 특이한 제안을 한 존재가 있었다.

—〈기간토마키아〉를 도와줄 수는 없네. 하지만 자네가 실패했을 때 도망갈 길을 열어줄 수는 있지. 단, 자네 혼자만 가능하네.

그 제안을 한 존재는 지금 운전석에 앉아 느긋하게 핸들을 잡고 있었다.

[설마 그 제안을 이런 식으로 활용할 줄은 몰랐구만.]

자력 개연성으로 시나리오의 포털을 열 수 있는 존재이자, 차원로를 마음대로 이용할 수 있는 '스페셜 페라르기니'의 소유자.

'양산형 제작자'가 웃으며 말했다.

[원래 자네는 다른 이에게 좀처럼 도움을 청하지 않는 타입이었는데.]

"다른 세계선에 다녀와보니 생각이 조금 달라지더군요."

나는 빙긋 웃으며 덧붙였다.

"거기다 실수로 'X급 페라르기니'를 두고 왔거든요. 아직 할

부도 안 끝났는데, 요즘도 그 생각만 하면 눈물이 납니다."

[하하, 나한테 산 그 차 말인가?]

"그래서 앞으로는 자차 몰지 않고 남의 차에 얻어 타기로 했습니다."

[저런, 판매자 입장에서는 아쉬운 결정이로군. 이번에 신형 모델이 나와서 자네에게 한 대쯤 공짜로 주려고 했는데.]

"공짜로요?"

[거짓말일세.]

그럴 줄 알았다. 이 능구렁이 같은 성좌가 자기 손해 보는 일을 할 리가 없지.

'양산형 제작자'는 굵은 궐련을 입에 문 채 잠시 뭔가 생각하는 듯했다. 흩날린 연기는 조수석에 앉은 내게 다가오기도 전에 글로브박스 앞쪽에 설치된 환풍구로 빨려나갔다.

[자네 성운과 '계약'을 맺고 싶네.]

"계약이요?"

[자네들이 이번에 무슨 짓을 저질렀는지는 알고 있겠지.]

알고 있다. 모를 수가 없다.

[거대 설화, '신화를 삼킨 성화'가 당신의 설맥說脈을 타고 흐릅니다!]

왜냐하면 지금도 내가 저지른 일의 '결과'가 전신의 혈관을 타고 흐르고 있으니까.

「신화를 삼킨 성화」

이 설화는 내가 본래 얻고자 한 「신의 지문을 지우는 자」나 「신화의 문을 닫는 자」는 아니지만, 본질은 비슷했다.

거대 성운과 맞서 싸우고, 신화를 전복하며 얻은 설화. 이 설화는 앞으로 내가 싸우게 될 거대 성운들에 대한 카운터 역할을 해줄 것이다.

[이번 일로 많은 성좌가 〈김독자 컴퍼니〉를 알게 되었네.]

"그렇겠죠."

[심지어 그중 몇몇은 자네 성운을 〈12대 성운〉 중 하나에 넣어야 한다고 주장하고 있어.]

12대 성운이라. 벌써 그 이야기를 들을 만한 위치에 왔다는 게 실감 나지 않았다.

3강強, 4중中, 5약弱으로 이루어진, 스타 스트림을 지배하는 열두 개의 성운. 개중 3강과 4중 사이를 오가던 〈올림포스〉가 이번에 크게 화를 당했으니 누군가는 그 빈칸을 채우려 들 법도 했다.

"성급한 별들이 많군요."

[호사가들이야 늘 그렇지.]

"그리고 '양산형 제작자'께서는 그 호기를 틈타 저희 성운과 계약을 맺고 싶다는 말씀이시고요."

[바로 그렇다네.]

대답에 일말의 망설임도 없었다.

[이번 신제품 광고를 자네 성운에 맡길까 하는데, 어떤가?]

"저야 좋죠. 성운 사람들에게도 한번 물어보겠습니다."

[좋지. 개인적으로 출연해줬으면 하는 화신은⋯⋯.]

나는 '양산형 제작자' 이야기를 들으며 페라르기니 창밖으로 스쳐 가는 정경을 응시했다. 지나치는 풍광 속으로 무수한 이야기의 계절이 흐르고 있었다. 봄에서 여름으로, 그리고 가을로.

"빠르군요."

무심코 그 말을 하며, 나는 품속에 담긴 성유액 병을 움켜쥐었다.

지금껏 원작의 그 어떤 회차보다도 빠르게 여기까지 왔다. 하지만 그 빠름 또한 어디까지나 상대적인 속도일 뿐. 이것이 '충분히' 빠른 것인지 어떤지는 알지 못했다.

'양산형 제작자'가 너털웃음을 지으며 말했다.

[이번 신제품이 좀 빠르긴 하지. 자네도 직접 운전해보면 알겠지만, 주행감이 아주⋯⋯.]

"속도에 비해 시간이 너무 지체되네요. 계약 얘기 때문에 일부러 돌아가고 계신 건 아니죠?"

[험, 무슨 소린가. 가장 빠른 길로 가는 걸세. 보게, 벌써 마지막 교차로야.]

그 말대로 새카만 차원로 건너편으로 세 개의 포털이 하얀 빛을 뿜고 있었다.

묻지도 않았는데 '양산형 제작자'가 설명하듯 덧붙였다.

[하나는 지구로 가는 길이고, 다른 하나는 내 '별자리의 맥락'으로 통하는 길이네.]

"나머지 하나는 뭐죠?"

['길처럼 보이는 길'.]

양산형 제작자가 의미심장하게 웃으며 말했다.

다른 포털보다 훨씬 어둡고 음습한 기운을 풍기는 포털.

[저 끝에 뭐가 있는지 아나?]

물론 나는 알지 못했다.

아무리 멸살법이라도 차원로의 모든 포털에 대해 설명을 써놓지는 않았으니까. 말하자면 저 포털은 멸살법에는 존재하지 않는 어떤 길일 것이다.

"뭐가 있습니까?"

[아무것도 없네. 그냥 막힌 길이지.]

너무나 당연하다는 듯 돌아오는 대답.

내가 말을 채 잇기도 전에 '양산형 제작자'가 말을 이었다.

[어떤 길의 끝은 그래. 다른 길과 달라 보여서, 혹은 누구도 걷지 않은 길인 것 같아서 걸어간 그 길이 사실 그냥 길조차 아닌 경우가 많아.]

페라르기니가 속도를 내며 음습한 포털을 지나쳤다. 반짝이는 내비게이션에 지구로 가는 경로가 표시되고 있었다. 화면 속에 방금 지나친 포털은 '길 없음'으로 표시되고 있었다.

[그런 길은 대개 애매한 곳에서 끊어져버리지. 그리고 그 길을 선택해 걸어간 사람들은 그것이 끝이라 믿으며 살아가

야 해.]

"말씀의 저의가 뭡니까?"

[부디 길을 잘 선택하게.]

어느새 퀼런 불을 꺼뜨린 '양산형 제작자'가 특유의 젠틀한 미소를 지으며 말했다.

[때론 길처럼 보이던 것이 길이 아니었을 수도 있으니까.]

그리고 차원의 정경이 바뀌었다. 푸른 행성의 외양이 언뜻 보인다 싶은 순간, 나는 어느새 지상에 착륙해 있었다.

'양산형 제작자'가 말했다.

[도착했네. 이번엔 다행히 잘 온 모양이구만.]

¤ ¤ ¤

서울에 도착하자마자 내가 향한 곳은 말할 필요도 없이 '공장'이었다. 그중에서도 환자들이 입원한 병동.

병동으로 발을 디디자마자, 어디선가 진언에 가까운 목소리가 들려왔다.

[왔느냐.]

진언처럼 들렸지만 진언은 아니었다.

초월좌의 위엄이 느껴지는 목소리. 허공에서 푸르스름하게 튀는 백청의 마력.

역시, 어떤 스승이든 제자 앞에서 보이고 싶은 모습은 매한가지인 모양이었다.

"불초 제자가 인사드립니다."

[시간이 없으니 인사는 나중에 받겠다. 가거라.]

'귀환전쟁'의 여파인지 키리오스는 온몸에 붕대를 칭칭 감고 있었다.

"혈마와 천마는……."

[내가 죽였다. 잔말 말고 빨리 가거라.]

그 담담한 선언에 나는 감탄했다. 전생의 파천검성조차 당해내지 못한 혈마와 천마를 단신으로 상대하고서 심지어 살아남다니. 이번 회차의 스승이 얼마나 강해진 것인지 나조차 실감이 나지 않았다.

멀리서 나를 발견한 아일렌이 달려오고 있었다. 공장을 지키는 유일한 설화 전문가. 그녀가 없었더라면 이미 일행 중 두엇은 죽어나갔을 것이다.

나는 품에서 꺼낸 성유액을 흔들며 외쳤다.

"성유액을 가져왔습니다."

"그게, 미처 말씀드리지 못한 것이……."

"상황은 알고 있습니다."

멀리서 붉은빛을 띤 두 개의 병실이 보였다.

하나는 유상아의 병실이고, 다른 하나는…….

"어머니는 좀 어떻습니까?"

"유상아 씨랑 증상이 거의 비슷해요."

"증상 정도는?"

"더하면 더했지 덜한 수준은……."

어머니가 평소 무리하고 있다는 건 알고 있었다.

본래 미래를 예지하는 성혼은 사용자에게 큰 부담을 준다. 더군다나 성운과 애매한 형태로 계약을 맺은 유상아나, 배후성이 힘을 거의 잃어버린 어머니의 경우라면 그 부담은 훨씬 더했겠지.

성유액을 받아든 아일렌이 어두운 목소리로 말했다.

"이걸로는 부족할 것 같아요."

"그래서 두 병을 구해왔습니다. 종류도 다릅니다."

내가 가져온 성유액은 하나가 아니었다. 본래 받기로 되어 있었던 수르야의 '소마'와 더불어 디오니소스에게 빼앗은 '넥타르'까지.

두 병의 성유액을 건네받은 아일렌의 표정에 일순 화색이 돌았다.

"의료진!"

그녀의 신호에 달려온 의원들이 두 개의 병실을 향해 일제히 이동했다. 누군가 내 곁을 툭 치고 지나가는 바람에, 포세이돈에게 맞은 옆구리가 몹시 욱신거렸다. 시야가 잠깐 흐려졌다가 되돌아왔다.

나도 치료받아야 할지도 모르겠는데. 하긴 신화급 성좌의 공격을 맞았는데 멀쩡한 게 오히려 이상하지.

고통을 감추기 위해 애써 호흡을 골랐다. 의식이 불안정해서일까. 의원들이 들어가는 병실 문이 꼭 '양산형 제작자'가 내게 보여준 포털 입구처럼 보였다.

[괜찮으냐?]

허공을 날아온 키리오스가 내게 물었다. 나는 "괜찮습니다"라고 답했다. 정확히 말하면 답했던 것도 같고, 잠깐 의식을 잃었던 것도 같다.

그리고 정신을 차렸을 때, 나는 병동 의자에 누워 있었다.

눈앞에는 아일렌이 서 있었다.

나는 고통을 참으며 자리에서 일어났다.

"두 사람은 어떻게 됐습니까?"

나는 흐려지는 의식을 바로잡으며 물었다. 그런데 아일렌의 표정이 심상치 않았다.

"부족해요."

"부족하다고요? 뭐가요?"

"두 분 병세가 생각보다 너무 빨리 악화돼서, 성유액 두 개를 다 써야 간신히 한 분을 치료할 수 있을 것 같아요."

나는 그녀의 말을 알아들을 수가 없었다. 그 순간 아일렌의 말은 머나먼 외계의 것처럼, 혹은 이계의 신격의 헛소리처럼 들렸다.

"그게 무슨 말이죠?"

"구원의 마왕 님."

아일렌이 나를 수식언으로 부르는 것은 오랜만의 일이었다. 그리고 그녀가 나를 그렇게 부를 때는 오직 내 명령이 필요한 순간뿐이었다.

두 개의 병실이 나를 기다리는 포털처럼 활짝 열려 있었다.

"살릴 수 있는 사람은 한 명뿐입니다."

머릿속으로 온갖 생각이 스쳐 지나갔다.

['제4의 벽'이 격렬하게 흔들립니다.]

두 개의 문이 그곳에 있었고, 누군가가 내게 속삭이는 것만
같았다.

들어갈 거면 들어가도 좋다. 하지만 하나를 선택하면 다른
하나는 반드시 포기해야 한다.

"구원의 마왕 님."

"예."

"여기서 더 지체하시면 둘 중 어느 쪽도 살릴 수 없어요."

들려오는 아일렌의 목소리에 현실감이 없었다.

"잠시만 기다려주세요."

어지러운 시야 사이로 두 병실을 가로지르는 병동 복도가
보였다.

'양산형 제작자'의 말이 머릿속을 스쳤다.

—아무것도 없네. 그냥 막힌 길이지.

복도 끝은 어둑하여 아무것도 보이지 않았지만, 저 복도 끝
에 아무것도 없다는 것은 누구나 아는 사실이었다.

애초에 아무것도 없도록 만들어진 복도.

「김독자는 생각했다. 그럴 리가 없다.」

침착하자. 방법은 있다.
여기까지 왔는데, 여기서 둘 중 하나를 선택하라고?
누군 살리고 누군 죽이라고? 그럴 수는 없다.

[제4의 벽'이 당신을 바라봅니다.]

「*하* 지만 *선 택한* 적도 있 잖 아.」

순간, 머릿속으로 '첫 번째 시나리오'의 광경이 스쳐 갔다.
흔들리는 지하철. 죽어 엎어진 사람들의 모습.
어쩌면 모두 살릴 수 있었던.

「그 러 니 까 이번 에 도 **선택** 할 수 *있* 어.」

그때랑 지금은 달라.

「*뭐* 가 다 르지?」

나는 [제4의 벽]에게 대답하는 대신 아일렌을 향해 물었다.

"남은 시간은 어느 정도죠?"

"앞으로 이십 분 정도요. 이수경 씨 쪽이 좀 더 위중해요. 그마저도 시간이 지나면 둘 다 살릴 수 없어요."

이십 분. 짧지만 이것저것 시도하기엔 충분한 시간이었다.

아직 포기하긴 너무 이르다.

"성유액이 더 있으면 둘 다 살릴 수 있습니까?"

"가능성이 아주 없지는 않아요."

나는 곧바로 '헌 집 두꺼비'를 꺼냈다.

이내 뀌룩, 하는 소리와 함께 두꺼비가 말했다.

―헌 집 주 면 새 집 주 지.

나는 넥타르가 반쯤 든 병을 가리키며 물었다.

"혹시 이것도 새것으로 바꿔줄 수 있어?"

그러나 '헌 집 두꺼비'는 고개를 저었다.

―그 건 헌 것 도 새 것 도 아 냐.

"이거 내가 반쯤 먹은 거야. 그러니 헌것이 됐잖아. 다른 아이템 줄 테니 이것도 새 병으로 채워주면⋯⋯."

―궤 변 이 군⋯⋯ 그 건 내 가 들 어 줄 수 있 는 게 아 냐.

역시나. 성유액 정도 되는 아이템은 이런 식의 꼼수가 불가능한 모양이었다. 가능할지도 모른다고 생각했는데.

―피 곤 하 니 부 르 지 마.

아까 거신병을 새것으로 토해내 피로해졌는지, '헌 집 두꺼비'는 그렇게 말하고는 곯아떨어졌다. 나는 녀석을 품속에 회수한 후 두 번째 방법을 시도하기로 했다.

복제할 수 없다면 새로 얻는 수밖에 없다.

[마왕, '구원의 마왕'이……]

츠츠츠츳!

[간접 메시지 사용이 취소됐습니다.]
[현재 특정 시나리오의 점검 및 수복으로 인해 간접 메시지 기능이
비활성화돼 있습니다.]

뭐?

[점검 중인 시나리오는 '60번 시나리오'입니다.]

생각지도 못한 우연이었다. 설마 60번 시나리오의 격전이
여기까지 여파를 미쳤을 줄이야.

하지만 새 성유액을 얻기 위해서는 반드시 다른 성좌의 도
움이 필요했다.

"장하영!"

내 외침에, 아일렌의 시선이 어딘가로 움직였다.

장하영이 입원한 병실은 하필 유상아의 병실이었다.

응급등이 켜진 병실 문턱에 서는 순간, 뒷덜미에 서늘한 감
각이 맴돌았다.

"함부로 들어오시면 안 됩니다!"

누군가가 내게 외쳤다. 유상아가 누워 있는 방향에서 흩어지는 설화 파편이 허공을 맴돌고 있었다.

나는 애써 그쪽을 외면하며 의원들을 제치고 장하영을 찾았다.

장하영은 병실 오른쪽 귀퉁이에 누워 잠들어 있었다.

"장하영! 일어나! 빨리!"

"잠깐만요! 그분도 중환잡니다!"

의원들이 달려와 나를 뜯어말렸다.

자세히 보니, 장하영도 전신에 붕대를 칭칭 감은 채 다량의 설화 팩을 투여받고 있었다. 귀환전쟁의 여파로 이 녀석도 큰 부상을 입은 것이다.

하지만 나는 장하영이 가진 스킬이 꼭 필요했다.

['정체불명의 벽'이 당신을 바라봅니다.]

['제4의 벽'이 '정체불명의 벽'을 마주 봅니다.]

눈앞에서 스파크가 튀며 무기질적인 벽의 시선이 느껴졌다. 협조 의사가 전혀 느껴지지 않는 냉혹함.

그렇게 나오시겠다 이거지?

나는 [책갈피]를 열었다. [정체불명의 벽]도 결국은 '스킬'이다. 아직 '장하영'에 대한 이해도가 낮아 약간의 운이 필요하긴 하겠지만……

나는 [책갈피] 목록에서 '장하영' 이름을 찾기 시작했다.

내 행동에서 꺼림칙함을 느꼈는지 [정체불명의 벽]이 경고하듯 말했다.

['정체불명의 벽'이 말합니다. '넌 내 주인이 아니다. 쓸데없는 짓 하지 마라.']

"네 도움이 필요해."

나는 솔직하게 말했다. 일분일초가 시급한 상황이었다.

"네가 도와주지 않으면 네 주인을 깨워야만 해."

벽은 잠시 답이 없었다. 뭔가 생각이라도 하는 듯한 침묵.

잠시 후 벽 건너편에서 메시지가 돌아왔다.

['정체불명의 벽'이 말합니다. '도와주마.']

그 말과 동시에, 내 주변에 파티션으로 막힌 좁다란 공간이 만들어졌다.

오래전 미노 소프트 인턴 시절의 사무실을 연상시켰다.

전방에 생성된 커다란 스크린과 그 밑으로 보이는 익숙한 형태의 입력 장치.

아마 장하영은 이 협소한 벽 안에서 무수한 성좌들의 이야기를 들어주었으리라. 오직 이 작은 벽에만 쓸 수 있는 낙서 같은 이야기를 듣고, 듣고 또 들었을 장하영……

['정체불명의 벽'이 말합니다. '그러게 평소에 좀 잘해주든가.']

할 말이 없었다.
나는 잠든 장하영을 잠시 내려다보다가 고개를 돌렸다.
일단 지금은 급한 불부터 끄는 게 먼저다.

['정체불명의 벽'이 당신에게 일시적으로 '사용권'을 허락했습니다.]
[메시지를 보낼 대상을 입력하십시오.]

제일 먼저 떠오른 성좌는 디오니소스였다.

[해당 성좌에게는 메시지를 보낼 수 없습니다.]
[현재 성운 <올림포스>와의 모든 통신이 마비되어 있습니다.]

처음부터 난관에 부딪혔다.
나는 재빨리 메시지 수신좌를 바꾸었다. 그러자 곧바로 답
장이 돌아왔다.
—소마가 더 필요하다고? 미안하지만 그대에게 넘겨준 것
이 전부다.
수르야였다.
이쪽도 상황이 여의치 않은 모양이었다.
—성운에 추가로 요청하시기는 어렵습니까?

—나는 〈베다〉에서 탈퇴하면서 소마 생산권을 빼앗겼다.

—혹시 디오니소스가 곁에 있습니까?

내 말을 알아들었는지 잠시 후 수르야의 대답이 돌아왔다.

—최근 〈올림포스〉도 설화 기근에 시달려서 넥타르 공급이 끊겼다는군. 그대에게 줄 만한 양은 남아 있지 않다고 한다.

—알겠습니다. 감사합니다.

—도움이 되지 못해 유감이다.

—아닙니다.

이미 수르야에게는 〈기간토마키아〉를 치르며 도움을 많이 받은 상황이기 때문에, 무언가를 더 요청하는 것은 무리였다.

나는 머릿속으로 멸살법에 등장하는 각종 성유액을 떠올렸다. 하지만 넥타르와 소마를 대체할 만한 것 가운데 당장 구할 수 있는 것은 없었다.

나는 입술을 깨문 채 필사적으로 생각했다.

치료가 불가능하다면 다른 방법을 찾으면 된다.

[성좌, '가장 어두운 봄의 여왕'에게 메시지를 발송합니다.]

페르세포네와 하데스는 〈올림포스〉 소속이 아니기 때문에 [정체불명의 벽]을 통해 통신이 가능했다. 이 방법만은 사용하고 싶지 않았지만 찬물 더운물을 가릴 때가 아니었다.

하지만 페르세포네에게서 돌아온 대답 또한 그다지 긍정적이지는 않았다.

―아들, 알고 있겠지만 「의식의 흐름」을 통해 부서진 존재는…….

이 세계의 모든 영혼은 〈명계〉로 간다.

하지만 그것은 어디까지나 영혼이 멀쩡할 경우의 이야기다.

―그렇습니까.

사실 조금은 예상하고 있었다.

「의식의 흐름」은 영혼을 이루던 이야기가 깨어져나가는 현상. 저 병증을 앓는 영혼체는 〈명계〉로 가지 않는다.

정확히는 어디로도 가지 않는다.

그냥 거기서 끝나는 것이다. 잘못된 길의 종착점에 다다른 이가 주저앉듯, 그 자리에서 영원히 사라지는 것.

페르세포네가 말했다.

―아들.

―아직은 제대로 '후계'를 계승한 상황이 아닙니다. 지금은 절 그렇게 부르지 마십시오.

나는 빠르게 응대한 뒤 통신을 끊었다. 그리고 스마트폰을 열어 멸살법 파일을 열었다.

아직 방법은 있다. 분명 있을 것이다.

['정체불명의 벽'이 말합니다. '너는 너무 많은 개연성을 해쳤다.']

……닥쳐.

['정체불명의 벽'이 말합니다. '해친 개연성은 반드시 다시 돌아오게 되어 있다. 그것이 이 세계의 법칙이니까.']

"닥치라고 했지."

빠르게 멸살법을 읽어나갔다.

찾아보니 멸살법의 유중혁도 나와 비슷한 난관에 부딪힌 적이 몇 번 있었다.

가령 161회차와 275회차.

그 회차에서 유중혁은 두 동료 중 하나만을 살릴 수 있는 상황에 처한다. 이설화와 이지혜 중 하나만 살릴 수 있다는 말에 유중혁은 다음과 같이 답했다.

「"둘 다 살린다."」

275회차도 마찬가지였다. 이현성과 신유승. 둘 중 하나만 구할 수 있는 상황에서 유중혁은 이렇게 선언했다.

「"내가 둘 다 구하겠다."」

실로 유중혁다운 대답이었다.

그렇게 161회차와 275회차의 유중혁은 실패했다.

그는 이설화도, 이지혜도, 이현성도, 신유승도 구해내지 못한다. 그리고 끝내는 자기 자신도. 그럼에도 매번 유중혁은 같은 선택을 하고, 또 같은 선택을 했다.

화면을 쥔 오른손이 불안하게 떨렸다. 나는 오른손을 꾹 붙들었다.

「*하*지 만 **김독 자는** *유 중* **혁이 아니** 지.」

유중혁이 그런 선택을 할 수 있었던 것은 녀석이 회귀자이기 때문이었다.

나와는 다른 회귀자. 몇 번이나 삶을 반복할 수 있는 존재.

하지만 내 삶은 이번 한 번이 전부였다.

그렇기에 이 삶은 실수를 허락하지 않는다. 내가 실수하면 누군가가 죽는다. 그래서 나는 실수하지 않았다. 흐름을 비틀고, 뒤틀린 개연성을 감수하면서도 여기까지 왔다. 잘 왔다고 생각했다.

브리아레오스는 말했다.

—진짜 '운명'은 피할 수도 없고, 그것을 피해 간다면 개연성은 반드시 왜곡된다. 그리고 뒤틀린 개연성은 반드시 누군가가 대신 해소해야만 하지.

안다. 나도 들어서 알고 있다.

단지, 내가 불만인 것은.

왜.

「……자 씨.」

왜, 그걸 해소하는 게 이들이어야 하냐는 것이다.

「독자 씨.」

한 방울, 두 방울. 단단한 화강암을 꿰뚫는 물방울처럼 나를
건드리는 목소리.

나는 뒤를 돌아보았다.

「독자 씨, 난 괜찮아요.」

유상아가 누워 있는 병실 커튼 사이로, 깨진 설화 파편들이
넘실거리며 흘러나와 내게 말을 걸었다.

「수경 씨를 살리세요.」

반쯤 벌어진 입에서 차마 목소리가 나오지 않았다.
하지만 유상아는 내 말을 듣기라도 한 것처럼 대답했다.

「전 살아날 방법이 있어요. 이미 '헤르메스 시스템'으로 살펴둔 방법이 있거든요.」

[전용 스킬, '거짓 간파 Lv.7'를 발동합니다!]
[당신은 해당 발언이 거짓임을 확인했습니다.]

"유상⋯⋯."

「독자 씨.」

그것은 나를 부르기 위해 꺼낸 말이 아니었다. 유상아 말투라고는 믿을 수 없을 정도로 단호한 어조.
언젠가 유상아와 함께 팀을 이룬 때가 떠올랐다.
그때도 그랬다. 특히 자신이 옳다고 생각하는 어떤 것을 주장할 때, 유상아는 결코 굽히는 법이 없었다. 차분하지만 강인한 어조로 조곤조곤 말을 이었다. 당황해 어쩔 줄 모르는 어린아이를 달래기라도 하는 것처럼.

「독자 씨, 개발팀에서 만든 게임⋯⋯ 독자 씨가 늘 테스트하던 게임. 그 게임 속에 들어왔다고 생각하세요.」

왜일까. 유상아의 그 말이 익숙하게 들리는 것은.

「저는 아직 시간이 좀 남아 있어요. 하지만 수경 씨는 지금 살리지 않으면 돌이킬 수 없게 돼요.」

왜 내가 앉은 이 자리가 언젠가의 지하철 좌석처럼 느껴지고, 어째서 떨리는 이 손이 내 것이 아닌 것처럼 느껴질까.

「이건 게임 퀘스트 같은 거예요. 미리 짜인 동선이 있고, 그 동선에 맞게 행동해야만 제대로 클리어할 수 있는 퀘스트.」

"유상아 씨."

「그리고 지금은 알맞은 선행 퀘스트를 수행해야 할 때예요.」

나는 유상아의 말을 이해했다. 이 세상 그 누구보다 잘 이해할 수 있을 것이다.
하지만 지금 그 말을 하는 유상아의 마음은 이해할 수 없었다. 어쩌면 평생이 걸려도 이해하지 못할 것이다.
나 따위가 감히 이해한다고 말해서는 안 될 것이다.

['제4의 벽'이 두께를 늘립니다.]

지하철 자리를 박차고 일어났던 유상아처럼, 나는 자리에서 일어나며 말했다.

"아일렌."

내 의도를 알아챈 아일렌이 고개를 끄덕였다. 유상아의 곁에 붙어 있던 의원들이 우르르 반대편 병실로 달려갔다. 그리고 나 역시 반대편 병실을 향해 천천히 발걸음을 돌렸다.

문턱을 넘어서는 순간, 차마 뒤돌아보지 않을 수 없었다.

「걱정 마요. 여기서 기다리고 있을게요.」

커튼 너머로 보이는 유상아의 실루엣은 이미 많이 흩어져 있었다.

어쩌면 저 너머의 인물은 이미 내가 아는 '유상아'가 아닐지도 모른다. 찢겨나가고 흩어져서, 더 이상 알아볼 수 없는 무언가가 되어 있는지도 모른다. 나는 이미 사라지는 유상아의 환청을 듣는 것인지도 모른다. 그럼에도

"유상아 씨. 기억하시는지 모르겠지만, 저는 첫 번째 시나리오에서 사람의 목숨을 선별했습니다."

나는 내가 기억하는 유상아를 향해 말을 계속했다.

"살려야 한다고 생각한 사람만 살게 두었습니다. 그때는 그래야 한다고 생각했으니까요. 그래야, 이 세계의 결말을 볼 수 있을 거라 믿었거든요."

「독자 씨.」

"하지만 이번에도 그렇게 해야만 '이야기의 결말'을 볼 수 있다면, 저는 차라리 결말을 보지 않는 편을 택하겠습니다."

누군가를 살리기 위해 누군가는 죽여야 하는 것.

"목숨을 두고 선택지 따위가 존재한다면 애초에 그건 잘못된 이야기인 겁니다."

내 대답을 두고 '양산형 제작자'는 이렇게 말할지도 모른다.

그건 '길이 없는 길'이라고.

[제4의 벽'이 당신을 바라봅니다.]

하지만 이것은 선택이 아니다.

처음부터 내게 길은 하나뿐이었으니까.

[마왕, '구원의 마왕'이 '제4의 벽'을 바라봅니다.]

나는 유중혁이 아니다. 그럼에도 이 문제에 관한 한 그 녀석과 내 대답은 똑같다.

"저는 그 '이야기'를 부술 겁니다. 그러니까 유상아 씨는 죽지 않습니다. 제 어머니도요."

새카만 어둠으로 덮인 막다른 벽이 눈앞에 있었다. 무엇으로도 부술 수 없을 것처럼 단단하고 두꺼운 벽.

나는 천천히 그 벽을 향해 손을 뻗었다.

❋

2

    일행들이 지구로 돌아온 것은 그로부터 한 시간 후였다.

    유중혁, 한수영, 이지혜, 정희원, 이현성, 신유승, 이길영, 이설화까지.

    포털을 통해 무사히 하위 시나리오로 내려온 그들이 제일 먼저 발견한 것은 공단 중심지에서 번쩍이는 스파크였다.

    번개라도 치는 듯, 공장 한가운데로 내려꽂히는 개연성의 스파크.

    이지혜가 물었다.

    "대체 뭔 일이 벌어지는 거야?"

    키메라 드래곤이 날갯짓을 했고, 얼마 지나지 않아 일행들은 공장에 도착했다. 흙벽 위로 뛰어내린 일행들은 곧장 병실을 향해 달렸다. 막무가내로 뛰어들어오는 사람들을 보고 비천호리가 손을 흔들었다.

"허, 벌써들 돌아오셨소?"

정희원이 물었다.

"독자 씨…… 아니, 유상아 씨 어딨어요?"

"그분은 저쪽에…… 그보다 여러분도 치료를 받으셔야 할 것 같소만."

"우린 멀쩡해요. 일단 현성 씨만 부탁해요."

"자, 잠깐만요! 저도 피부만 좀 탔지 멀쩡—"

"닥치고 누워 있어요."

정희원과 일행들은 새까맣게 타버린 이현성을 침대차에 내던진 뒤, 유상아의 병실을 찾아갔다.

분명 김독자라면 제일 먼저 그곳으로 향했을 거라는 생각 때문이었다.

"독자 씨! 상아 씨!"

"여, 여러분! 그렇게 막 들어오시면……!"

그러나 도착한 곳에서 그들이 마주한 것은 전혀 뜻밖의 광경이었다.

한수영이 중얼거렸다.

"이게 대체 뭔 상황이야?"

유상아의 병실에는 최소한의 의원을 제외하고는 사람의 흔적을 찾을 수 없었다.

여전히 부서지고 있는 유상아의 영혼.

김독자의 모습은 코빼기도 보이지 않았다.

쿠구구구구구.

한수영의 몸에서 새카만 격이 흘러나왔다.

"묻잖아. 이게 무슨 상황이야?"

위압감에 의원들이 묻지도 않은 말까지 줄줄이 모두 토해냈다. '귀환전쟁'에서 있었던 일부터, 김독자가 돌아온 후의 일까지.

"……그래서 이수경 씨 먼저 처치에 들어갔습니다. 아마 지금쯤이면 거의 마지막 단계로—"

말이 채 끝나기 전에 한수영의 신형이 움직였다. 누구도 말리지 못할 만큼 빠른 속도였다. 근처 의자 위로 뛰어오른 한수영은 자신보다 키 큰 사내의 멱살을 잡고 흔들었다.

"이 개자식. 넌 다 알고 있었지?"

"……."

"왜 제대로 이야기 안 했어? 이런 줄 알았으면—"

"말했다면 네가 바꿀 수 있었나?"

유중혁의 차가운 목소리가 병실을 울렸다. 굳어진 한수영의 입꼬리가 파르르 떨렸다.

알았다면 바꿀 수 있었는가? 모른다. 한수영은 그 질문에 대답할 수 없었다.

유중혁이 다시 한번 물었다.

"너 따위가 바꿀 수 있냐고 물었다."

"이 개새……!"

이번에는 유중혁도 양보하지 않았다. 허공에서 부딪친 두 사람의 격이 주변을 황폐화시키려는 순간. 정희원이 두 사람을 막아섰다.

"둘 다 멈춰요! 지금 여기 유상아 씨 안 보여요?"

[성좌, '악마 같은 불의 심판자'가 분노합니다!]

유중혁은 한수영의 손을 뿌리치며 의원들을 향해 입을 열었다.

"김독자는 어디냐."

그 물음에 한수영도 의원 쪽을 돌아보았다. 의원들은 대답 대신 일제히 한곳을 바라보았다. 시선 끝에는 이수경의 수술이 진행 중인 병실이 있었다.

한수영이 물었다.

"저 방에 김독자도 같이 있어?"

"그렇습니다. 아일렌 님께서 필요하다고 하셔서……."

일행들은 수술에 방해되지 않을 정도로 조용히 수술실 문으로 다가갔다. 투명한 유리 너머로 수술을 진행하는 아일렌과 김독자가 보였다. 조명의 역광 때문에 김독자의 표정은 잘 보이지 않았지만, 무척이나 수척한 것만은 확실했다.

떨리는 김독자의 손과 조금씩 낮아지는 시선.

먼저 입을 연 것은 신유승이었다.

"아저씨 상태가 좀 이상해요."

❅ ❅ ❅

수술이 시작된 후, 집도를 맡은 아일렌이 제일 먼저 한 말은
다음과 같았다.

"함께 들어와주셔야 합니다."

"제가 도울 일이 있습니까?"

"네."

병실에 들어서자 부서진 어머니의 파편들이 보였다.

풍백을 강림시켜 귀환자를 물리친 어머니는 모든 설화의
맥이 끊어진 상태였다.

「……독자야.」

어디선가 그런 말이 들려온 것도 같았다. 어쩌면 어머니의
설화일지도 모른다.

나는 그녀를 안심시키듯 생각했다.

'걱정 마세요. 난 누굴 택한 게 아니니까.'

최대한 빠르게 정확하게 어머니의 영혼을 수복해야 한다.
그래야 유상아를 살릴 시간을 벌 수 있다.

지금부터는 집도의인 아일렌의 시간이었다.

"의원들은 마력 공급을 시작하세요."

아일렌은 품속에서 작은 붓을 꺼내 든 뒤, 허공에 떠다니는
설화 파편을 하나둘 모으기 시작했다.

수술 자체는 간단했다. 흩어진 설화 파편을 수습하고, 설화를 맥락에 맞게 이어 붙이는 것.

맥락에서 빠져 그 의미를 잃어버린 문장들에 제자리를 되찾아주는 일.

말은 쉽지만 멸살법 전체를 뒤져도 이 정도 대수술을 행할 수 있는 존재는 손에 꼽았다. 그리고 그중에서도 독보적인 존재가 바로 옆에 있는 '설화 전문가' 아일렌 메이크필드였다.

[설화, '이야기를 수선하는 자'가 이야기를 시작합니다!]

「손끝에 닿는 모든 단어가 제자리를 되찾으니」

설화를 이어 붙이는 것도 결국 설화의 몫이다. 아일렌의 붓이 움직일 때마다 부서진 설화가 하나둘 이어지기 시작했다. 그 설화의 접착을 담당하는 것은 내가 구해온 성유액이었다.

[성유액, '소마'가 효력을 발휘합니다!]
[성유액, '넥타르'가 효력을 발휘합니다!]

집도 시간이 사십여 분을 넘어서자 아일렌의 이마에도 땀방울이 송골송골 맺혔다. 멸살법에서 몇 번이나 읽었던 아일렌의 집도 장면을 실제로 보고 있으려니 묘한 기분이었다.

전반적인 설화 수복이 끝나자 아일렌은 선반에 놓인 물 한 모금으로 입을 축였다.

나는 그런 아일렌을 향해 물었다.

"저 파편은 맥락에 안 맞는 것 같은데 괜찮은 겁니까?"

보는 내내 내가 조마조마하던 것은 아일렌이 이어 붙인 설화 파편들이 완벽하게 정갈하지는 않다는 점이었다.

입술을 가볍게 닦은 아일렌이 대답했다.

"괜찮아요. 그게 인간이란 것이니까."

그 말이 맞을지도 모른다는 생각이 들었다. 대개 인간은 생각도 기억도 정연하지 못한 존재니까.

아일렌이 말을 덧붙였다.

"하지만 제대로 붙이지 않으면 큰일 나는 문장도 있어요. 예를 들면, 저런 부위들."

아일렌이 어머니의 영혼체를 가리켰다. 수복된 다른 부위와는 달리 반쯤 무너진 심장은 아직 시술이 진행되지 않은 상태였다.

"사실 수경 씨는 회복시키기에 좀 늦었어요. 벌써 '테마'가 손상된 상태라."

"테마요?"

언뜻 멸살법 내용이 머릿속에 아른거렸다.

"사람의 영혼은 모두 이야기로 만들어져 있다는 것, 알고 계신가요?"

"들은 적 있습니다."

페르세포네에게도 들은 이야기였다.

아일렌이 계속해서 말했다.

"모든 영혼에는 그 영혼을 꿰뚫는 '핵심 테마'가 존재해요. 그 영혼의 본질을 이루는 가장 중요한 이야기."

뒤늦게 멸살법의 문장이 명료하게 떠올랐다.

「모든 이야기는 '테마Thema'가 있다. 심지어 테마가 없는 이야기조차 '테마가 없다'는 것이 테마가 된다.」

"이 영혼을 가장 잘 이해하는 존재만이 테마를 건드릴 수 있어요."

나는 순간 멈칫했다.

"설마 제가 함께 들어와야 한다고 말씀하신 이유가……."

"맞아요."

아일렌이 고개를 끄덕이며 말을 이었다.

"'테마'는 저 영혼을 가장 잘 아는 사람만 수복할 수 있어요. 저건 마왕님이 직접 하셔야 해요. 제가 설화를 공유해드릴 테니……."

아일렌의 뒷말은 제대로 들려오지 않았다.

[설화, '이야기를 수선하는 자'가 일시적으로 당신의 손끝에 깃듭니다.]

내가 직접 해야 한다고?

"남은 시간이 많지 않아요. 당장 시작해야 합니다. 의원들, 마력 공급 준비하세요!"

나는 멍하니 붓을 쥔 채 어머니를 영혼체를 바라보았다.

수의를 입고 영면에 든 사람처럼 고요히 눈을 감은 어머니.

못 본 사이 늘어난 주름, 내가 모르는 상처들.

강직한 눈썹과 마른 뺨.

아일렌이 말했다.

"책이라고 생각하세요. 눈앞의 설화가 전부 한 권의 책에서 나온 거라 생각해보세요."

눈앞을 부유하는 난해한 문장들을 보며, 나는 상상력을 발휘하기 위해 애썼다. 어릴 적 읽은 책을 기억의 책장에서 꺼내듯, 눈을 감은 채 허공으로 손을 뻗었다.

「"그래, 그 책이 읽고 싶니?"」

보얗게 쌓인 먼지를 치우고 커버를 열었을 때, 부서질 것처럼 낡아버린 첫 페이지.

다시 눈을 뜨자, 둥둥 떠다니던 설화들이 내 손끝으로 모여 있었다.

「"독자야."」

한 문장씩 파편들이 내게 말을 걸기 시작했다.

천천히 붓을 움직인다. 어머니를 떠올린다. 내가 기억하는 어머니.

퀴퀴한 곰팡이가 피어 있던 그 말들을, 오래된 기억의 우물 속에서 하나둘 길어 올린다.

「"독자야, 너는 어떤 인물이 제일 좋았니?"」

기억난다. 처음으로 어머니와 함께 읽은 책들.

나는 무의식중에 붓을 움직였다.

흘러넘친 문장들이 내 붓을 통해 이어져간다.

「"결말이 마음에 들지 않는 모양이구나. 하지만 모든 이야기가 해피 엔딩일 수는 없단다."」

내가 책을 좋아하게 된 이유를 만들어준 사람. 내가 저지른 죗값을 나 대신 치렀고, 감옥에 갔던 사람. 우리 이야기로 책을 쓴 사람.

보고 싶었던 사람. 원망했던 사람.

내 어머니지만 오히려 내게서 가장 멀리 있었던 사람.

「"독자야."」

거실에 낭자한 피. 떨어지는 칼의 감촉.

이어지는 어머니의 말.

「"다시 읽어보렴."」

그리고 거기까지 완성한 순간, 나는 붓을 멈췄다.
여전히 어머니의 '테마'는 완성되지 않은 상태였다.
"구원의 마왕 님?"
내가 아는 '어머니'의 이야기도 여기까지였다.

「"……죄라. 그것도 죄라면 죄겠지."」

「"수감자들은 모두 그런 식으로 생각하는 건가?"」

「"우습구나, 세상의 정의라는 것이."」

여전히 무수한 설화 파편이 내 주변을 떠돌았지만, 그것들
은 더 이상 내게 말을 걸지 않았다.
내가 모르는 맥락에서 온 파편이었다. 내가 듣지 못했기에
알 수 없는 문장이었다.
나는 갑자기 처음 읽는 책의 한복판에 내던져진 것처럼 혼
란스러워졌다.
내가 아는 '이수경'은 '내 어머니'로서의 '이수경'뿐이었다.
붓을 쥔 손이 떨렸다. 그 떨림이 나를 대신해 말하고 있었다.

할 수 없다고. 이건 내가 할 수 있는 일이 아니라고.

뒤늦게 후회가 파도처럼 범람했다.

더 이야기해야 했다. 더 말해야 했고. 더 많은 것을 나눠야

했다.

붓을 쥔 손의 고도가 점차 낮아지고 있었다.

다시 무너져가는 어머니의 설화들. 내가 알지 못하는 어머

니의 설화들이 나를 조롱이라도 하듯 떠돌았다.

「어쩌면 나는 단 한 사람조차.」

등 뒤에서 인기척이 느껴진 것은 그 순간이었다.

나도 아일렌도 아닌 누군가가 작은 붓을 쥔 채 허공을 응시

하고 있었다.

"이건 나한테 한 말이군."

하늘색 수감복 위로 멋들어진 정장을 걸친 중년 여인이 그

곳에 있었다.

조선제일술사를 배후성으로 둔 조영란이었다.

그녀 옆에 또 다른 이도 붓을 쥐고 있었다.

"흘흘, 설마 '빵'에 있던 시절을 그리워할 줄은."

피스 랜드에서 함께한 이복순이 웃었다.

병실 안으로 방랑자들이 몰려와 있었다. 제각기 붓을 쥐고,

성유액을 바른 뒤 문장을 이어 붙이기 시작했다.

내게는 어렵던 이야기들이 그녀들에게는 자유롭게 흘러들고 있었다.

너무나 당연하다는 듯 채워지는 퍼즐.

모든 방랑자가 '이수경'을 이야기하고 있었다.

어쩐지 시야가 흐려져서 잠시 말을 잇지 못했다.

눈앞에서 내가 몰랐던 어머니의 삶이 그려지고 있었다. 내가 알아야 했지만 알지 못했던 시간들이었다.

그러나 방랑자들조차 테마를 모두 완성하지는 못했다.

여전히 남아 있는, 주인을 찾아가지 못한 파편 몇 개.

곁에서 누군가가 내 손을 잡은 것은 그때였다. 붓을 쥔 내 손이 멋대로 움직이더니 내가 모르는 문장을 이어 붙였다.

당황한 내가 뭐라고 말하려는 순간, 손의 주인이 내 말을 잘랐다.

"김독자, 넌 네가 무슨 신인 줄 알지."

투덜거리는 목소리에서 레몬 사탕 향이 났다.

답답하다는 듯 내 손에서 붓을 빼앗은 한수영이 말했다.

"세상엔 네가 모르는 것도 있어, 멍청아."

✳

3

츠츠츠츠츠……!

망가졌던 영혼에 스파크가 튀며 어머니의 영혼체에 조금씩 활기가 돌아오고 있었다.

분주하게 움직이는 방랑자들은 한 치의 오차도 허용하지 않겠다는 듯, 까다로운 감식안으로 어머니의 설화 파편을 이어 붙였다.

"이건 그때네. 다들 기억하지?"

다수의 사람이 그려내는 단 하나의 초상肖像.

그 광경은 하나의 완전한 예술품을 조각하러 모인 장인들의 연회처럼 보였다.

이토록 많은 사람이 내 어머니를 기억한다는 사실이 놀라웠다.

어떤 시선은 존재를 죽인다.

시나리오가 시작된 후 많은 성좌의 시선 앞에 화신들은 죽어갔다. 노출당하고, 관음당하고, 욕망을 강요당하면서.

하지만 누군가를 살리는 시선도 있다.

"아, 이때 그렇네."

"수경 씨 없었으면 어쩔 뻔했어. 그치?"

그렇다는 듯 중얼거리는 방랑자들의 목소리.

어쩌면 우리는 평생을 살며 한두 사람에게는 기억의 대가大家가 되는지도 모른다.

[성좌, '하늘의 서기관'이 켜켜이 쌓이는 설화의 정경에 순수하게 감탄합니다.]

[성좌, '악마 같은 불의 심판자'가 크게 기뻐합니다!]

[성좌, '긴고아의 죄수'가 알 듯 모를 듯한 표정으로 머리털을 뽑습니다.]

[성좌, '심연의 흑염룡'이 투덜거리며 자신의 화신을 바라봅니다.]

채널 점검이 끝났는지 성좌들이 비유의 채널로 모여 이 광경을 지켜보고 있었다.

모두의 시선 속에 내 어머니가 완성되고 있었다.

어머니였던 이수경.

방랑자들의 왕이었던 이수경.

수감소의 혁명가였던 이수경.

에세이 작가였던 이수경.

그 많은 '이수경'들이 모여 '이수경'이라는 전체를 이뤄갔다.

내가 어정쩡하게 서 있자, 한수영이 옆구리를 쿡 찌르며 말했다.

"방해되니까 나가 있어."

한수영도 지난 삼 년간 어머니와 함께 있었던 만큼 설화에 지분이 있겠지.

나는 떨떠름하게 고개를 끄덕인 뒤 병실을 빠져나왔다.

어차피 설화 수복은 거의 끝나가는 상황이고, 나는 더 도울 일이 없어 보였다. 조금 불안하지만 그래도 저 녀석도 작가니까…… 어머니를 망쳐놓진 않겠지.

뒤쪽에서 낮게 읊조리는 한수영의 목소리가 들려왔다.

"이건 이때 말했던 건가? 모르겠다. 맞겠지, 뭐."

제발 괜찮아야 할 텐데.

병실 밖으로 나오니 일행들이 나를 기다리고 있었다.

"아저씨!"

"독자 형!"

나는 달려드는 두 아이를 품에 안은 채로 일행들을 둘러보았다.

정희원도, 이지혜도, 침대차에 묶인 이현성도…… 모두 내 대답을 기다리고 있었다. 따로 뭔가 설명하지 않아도 다들 상황을 알고 있는 듯했다.

내게 매달린 신유승이 물었다.

"할머니는요? 수경 할머니는 괜찮으세요?"

"아마 괜찮을 것 같아. 거의 마무리 단계로 접어들었거든."

내 대답에 일행들의 표정에 한 줄기 안도가 스쳤다. 무거운 짐 하나는 던 얼굴들이었다.

"야, 독자 형 엄마가 왜 네 할머니냐?"

"아저씨 엄마니까 나한텐 할머니지."

"독자 형은 네 아빠 아니거든?"

나는 재빨리 녀석들의 등을 토닥였다.

"자자, 싸우지 말고. 둘 다 할머니라고 하면 되잖아."

"진짜요? 그래도 돼요?"

"그럼."

얼굴을 발갛게 물들인 이길영과 신유승을 보며, 나는 뭔가 더 말하려다가 도로 입을 다물었다.

이 아이들에게 지난 삼 년은 어떤 시간이었을까.

나 없이 수십 개 시나리오를 헤쳐오면서 무엇을 보고, 무엇을 듣고, 어떤 이야기를 살았을까.

"형?"

내가 한참이나 머리를 쓰다듬고 있자 이길영이 어쩔 줄 모르는 얼굴로 나를 올려다보았다. 그 모습을 가만히 노려보던 신유승이 내 손을 빼앗아 자기 머리에 얹었다.

나는 두 아이를 가만히 품에 안으며 말했다.

"미안하다."

"네? 뭐가요?"

"그냥, 다."

지금 당장 무슨 이야기를 해도 용서를 구할 수 없다는 것을 안다. 하지만 무슨 말이라도 하고 싶었다.

어쩌면 어머니의 설화가 내게 영향을 끼쳤는지도 모른다. 제때 말하지 못해서 생긴 비극을 더 이상 만들고 싶지 않은 것인지도 모른다.

그럼에도 입술은 쉽게 떨어지지 않았다.

고생했다고, 미안하다고.

말하고 싶었는데.

"괜찮아요."

신유승이 먼저 말했다.

"우린 괜찮아요, 아저씨."

고개를 든 신유승이 나를 보고 있었다. 위로해야 할 사람은 이쪽인데, 괜찮냐고 물어야 할 사람은 이쪽인데.

"아저씨도…… 괜찮은 거죠?"

차마 그 말에 답할 수 없어서 나는 신유승의 시선을 피했다.

고개를 들자, 일행들이 모두 나를 바라보고 있었다. 이지혜는 울컥한 얼굴이었고, 정희원은 걱정스러운 얼굴이었다.

나는 애써 입술을 움직여 웃었다.

"왜 그렇게 보세요? 저 괜찮습니다. 어머니도 회복됐고요."

"진짜 괜찮은 거예요?"

"정말 괜찮습니다. 그리고……."

나는 한 사람 한 사람을 주의 깊게 들여다보았다. 몸 곳곳에 남은 상처에서 그들이 달려온 시간이 느껴졌다. 거대 설화 〈기간토마키아〉가 끝나자마자 제일 먼저 이곳으로 달려온 것이다. 승리의 여운을 제대로 느끼지도 못한 채로.

"〈기간토마키아〉…… 모두 고생하셨습니다, 여러분."

내 표정이 어딘지 우스웠는지 정희원이 피식 웃음을 터뜨렸다.

"그 말로 보너스는 다 퉁치는 거예요? 독자 씨는 진짜…… 우리가 착하니까 여기서 일해주는 거지……."

곁에서 이지혜가 열심히 고개를 끄덕였다. 정희원이 말을 이었다.

"그리고 왜 또 혼자 도망갔어요? 진짜 죽고 싶어요? 아니면 또 감금당할래요?"

"그게, '양산형 제작자'께서—"

"변명은 됐고요."

나는 일단 고개를 숙였다.

"죄송합니다."

지금은 이게 최선이다. 해명 같은 건 나중에 해도 되니까.

허리를 숙이자 눈에 띄는 낡은 배틀 부츠가 보였다. 부츠를 따라 시선을 들자, 뿌연 흙먼지가 묻은 검정색 코트의 사내가 보였다.

갑자기 새삼스러웠다.

내가 아는 그 '유중혁'이 이곳에 속해 있다는 사실이.

"유중혁, 너도 고생—"

"한심한 이야기나 늘어놓을 시간은 없다. 아직 다 끝난 것도 아니니까."

유중혁은 특유의 무시무시한 눈길로 이쪽을 일별하고는 병동 반대편 복도를 향해 걸어가버렸다. 역시 유중혁은 어디 있든 유중혁인 모양이다.

"다들 한가해 보인다? 야유회 왔어?"

병실 문을 열고 한수영이 등장했다. 꽤 마력을 많이 소모한 모양인지, 표정에 피로감이 묻어 있었다.

"어머니는?"

"화신체가 깨어나려면 시간 좀 걸리겠지만 병증은 완전히 치유됐어. 나머지는 시간에 맡겨야지."

"고생했다."

"유상아는?"

"의원들이 경과 지켜보고 있어. 아일렌 나오면 바로 처치 시작해야지. 성유액 조금 남았지?"

아일렌은 말했다. 이번에 살릴 수 있는 건 한 명뿐이라고.

"바로 이동하죠."

뒤따라 나온 아일렌이 의료팀을 대동하고 곧장 병실을 옮겼다.

그런데 유상아의 침실에서 낯선 광경과 마주했다.

"설화 씨?"

어쩐지 이설화가 보이지 않는다 싶었는데, 하얀 가운을 입은 그녀가 유상아를 돌보고 있었다.

착각일까. 유상아의 설화 파편이 부서져가는 속도가 미미하게나마 줄어든 듯한 느낌이 들었다.

"어떻게 된 거죠?"

"중혁 씨가 준 약을 좀 써봤어요."

"유중혁이 약을 줬다고요?"

이설화는 말없이 탁자 위에 놓인 작은 병을 내려다보았다. 이전에는 없던 병이었다.

유리병에 손을 대는 순간 아이템 정보가 눈앞에 떠올랐다.

"공청석유空淸石乳?"

나는 깜짝 놀랐다. 내가 아는 '공청석유'가 맞는다면, 그건 적어도 성유액에 비할 수 있는 희귀 아이템이었다.

존재 자체가 베일에 싸인 '제0 무림'에서 흘러나왔다는, 무림 최고의 영약靈藥 중 하나.

한꺼번에 너무 많은 생각이 떠올라서 무슨 말부터 해야 할지 알 수 없었다.

"이런 걸 어디서 구했답니까?"

"파천검성 님께 받았다고 해요."

파천검성은 아직 지구로 돌아오지 않은 모양이었다. 오랜만에 자신의 동족과 재회했으니 늦어지는 것일지도 모른다.

그나저나 파천검성이 공청석유를 갖고 있었다는 건…… 설마 '그 섬'에 갔던 건가?

유상아의 상세를 살피던 아일렌이 말했다.

"조금이나마 시간을 벌었네요."

"어느 정도나?"

"삼십 분 정도요."

"지금이라도 다른 성유액을 더 획득한다면……."

"이미 성유액으로 회복할 수 있는 단계가 아니에요. 임계점을 넘겼어요. 솔직히 아직까지 테마가 손상되지 않은 게 신기할 정도예요. 정말 이분의 정신력은……."

이어진 아일렌의 말에 일행들의 목소리가 들려왔다.

"잠깐만요, 무슨 소리예요?"

"상아 언니가 죽는다고요?"

그제야 상황의 심각성을 파악한 일행들이 의원들의 설명을 듣고 있었다.

창백해진 정희원과 안색이 새파래진 아이들. 이지혜는 겁에 질린 표정이었다.

"아저씨, 거짓말이지? 그치?"

"……."

"상아 언니가 죽는다고? 진짜로? 그럼 우리가 지금까지 뭐 때문에……."

유령처럼 비틀거리며 다가온 이지혜가 나를 흔들며 말했다.

"아저씨는 몇 번이나 죽었다 살아났잖아! 지금이라도 그런 특성을 얻는다든가─"

지금 그런 특성을 얻을 수 있는 방법은 없다.

이지혜를 뒤에서 안아 말린 정희원이 내게 물었다.

"혹시 그때 쓴 방법은 불가능한가요?"

그때 쓴 방법.

누구도 설명하지 않았지만 모두 다 허공의 비유를 보고 있었다.

"어렵습니다."

"이번에 〈명계〉의 후예가 됐다면서요. 그쪽 도움을 요청할 수는 없는 건가요?"

"이미 해봤습니다."

그 와중에도 허공에서 몇 번인가 간접 메시지가 들려왔다.

이 상황을 이용하고 싶은 몇몇 성좌의 메시지였다.

[성좌, '불사를 꿈꾼 시황제'가 당신에게 제안합니다.]

[성좌, '불사를 꿈꾼 시황제'가 자신과 계약하면 지금 당장 '불로초'를 제공하겠다고 말합니다.]

불사를 꿈꾼 시황제. 중국의 그 왕인가.

'불로초'라면 확실히 성유액이나 성유과에도 비견할 수 있는 아이템이었다.

하지만 저걸 쓴다 해도 유상아는 이제 회복될 수 없다.

「괜한 짓 말아요.」

그 순간 모두 한곳을 바라보았다.

「그들에게 손을 빌리면 반드시 여러분께 말도 안 되는 대가를 요구할 거예요.」

유상아가 말하고 있었다. 그녀의 화신체는 눈을 감고 있지만 모두 그녀의 이야기를 들을 수 있었다.

테마만 남겨둔 채 이미 절반 이상이 흩어진 영혼이 일행들을 한 사람 한 사람을 보고 있었다.

「여러분.」

유상아가 일행들을 향해 말했다.

「저 괜찮아요. 그러니까…….」

오늘 하루만 괜찮다는 말을 몇 번이나 듣는지 모르겠다.

그리고 이 자리의 모두가 알고 있었다. 그 '괜찮다'라는 말이 어떤 의미인지.

대체 어떤 시간을 거쳐서 우리에게 온 말인지.

「길영아, 누나 괜찮아. 울지 마. 유승이도.」

유상아가 일행들에게 계속해서 말하고 있었다.

나는 욱신거리는 심장을 부여잡고 벽에 기대섰다.

정희원이 의자에 털썩 주저앉았다.

「희원 씨. 난 희원 씨가 참 좋아요. 알죠?」

「그리고 지혜야…….」

후드득후드득 눈물이 떨어지고 있었다. 이지혜가 서럽게 울며 침대보를 그러쥐었다. 붉어진 눈동자가 나를 간절히 바라보고 있었다. 옆에서 까드득 이를 가는 소리가 들려왔다.

"김독자. '이계의 신격'과 계약해."

내 팔을 붙든 한수영이 말했다.

"그러면 방법이 있을지도 모르잖아. 아니, 내가 계약하겠어. 내가—"

「한수영 씨.」

한수영의 입술이 덜덜덜 떨렸다.

「이제 안 그러기로 했잖아요.」

내 팔을 놓은 한수영의 고개가 떨어졌다. 듣기 싫다는 듯 문을 박차고 나가는 한수영.

유상아는 계속해서 말했다. 남은 말을 모두 쏟아내려는 사람 같았다.

「현성 씨나 중혁 씨한테도 해줄 말이 있는데…… 이제 힘이 별로 남질 않았네요.」
「아직, 하고 싶은 말, 이 남았는데…….」

그리고 유상아가 나를 바라보았다. 기대선 벽에서 몸을 떼자, 화신체에 난 상처들이 욱신거렸다. 휘청, 세계가 흔들렸다.
하지만 이제는 일어서야 했다.
"다들."
그 말을 하는 순간 머릿속에 지끈 통증이 일었다.

['제4의 벽'이 당신에게 경고합니다.]

「안 돼.」

나는 녀석의 말을 무시하고 말을 이었다.
"다들 잠시 나가주십시오."
가장 먼저 정신을 차린 것은 정희원이었다. 나와 시선을 교환한 정희원이 이지혜를 일으켰고, 그녀의 독려하에 사람들이 하나둘 방을 나갔다.
마지막으로 신유승과 이길영까지 떠나자 방에는 나와 유상아만 남았다.

나는 심호흡을 하며 입을 열었다.

"유상아 씨. 그때 지하철에서 한 말들…… 기억하십니까?"

유상아는 대답이 없었다.

"책 읽는 거 좋아한다고 하셨잖아요."

나는 답 없는 유상아에게 계속해서 말했다.

"무라카미 하루키, 레이먼드 카버, 한강……."

유상아가 좋아한다고 말한 작가들의 이름을 읊었다. 유상아의 표정이 조금씩 변하는 게 느껴졌다. 어쩌면 사라져가는 먼 기억을 더듬고 있을지도 모른다.

"혹시 다시 살아날 수 있다면 그런 작가들 말고, 다른 책도 읽으실 의향이 있으십니까?"

한순간 유상아의 영혼에 빛이 돌아왔다.

「어떤 책이요?」

《반지의 제왕》 같은 책이라든가."

유상아의 영혼체가 쿡쿡 웃었다. 오래된 추억을 소환하듯 희미하게 미소 지으며 유상아의 영혼이 말했다.

「좋아요. 읽을 수만 있다면. 어떻게든…….」

그 소중한 말을, 나는 한 음절도 빠짐없이 모두 기억했다.

「다시 살아서, 그 모든 이야기를 읽을 수만 있다면.」

나는 고개를 끄덕였다.

이 방법이 통할지 어떨지는 모른다. 원작에서는 시도된 적조차 없었으니까.

하지만 그렇기에, 오직 나만이 할 수 있는 방법이었다.

츠츠츠츠츳!

엄청난 스파크와 함께 허공에 '벽'이 나타났다. 나는 막다른 길목 너머를 바라보듯 [제4의 벽]을 응시했다.

누구라도 이런 벽을 길 끝에서 마주한다면 절망하게 될 것이다.

"제4의 벽."

무엇으로도 부술 수 없을 것 같은 두꺼운 벽. 세상에 '벽'만큼 인위적인 축조물은 없다. 누군가가 명백한 목적을 가지고 만든 장해물. 이 벽이 정확히 어떤 목적으로 만들어졌는지는 모르겠다.

다만 확실한 것은, 최초의 '벽'은 누군가를 지키기 위해 만들어졌다는 것이다.

내가 입을 여는 순간, [제4의 벽]도 동시에 입을 벌렸다.

"삼켜. 단 한 문장도 빼놓지 말고."

4

[제4의 벽]에게 유상아의 영혼을 먹이는 것.

과거에 어머니가 '꿈을 먹는 자'와 혈투에서 [제4의 벽]에게 먹힌 사건에서 착안한 방법이었다.

그때 어머니는 영혼체가 손상된 상태에서 벽에 먹혔고, 다시 뱉어졌을 때는 오히려 영혼 일부가 수복되어 있었다.

거기다 [제4의 벽] 내부에 '도서관'이라는 공간이 있다는 점을 감안하면, 시도해볼 만한 모험이었다.

「싫어.」

그러나 내 의도를 읽은 [제4의 벽]은 말을 듣지 않았다.

흩어지는 유상아를 보며 [제4의 벽]이 격하게 반응했다.

「저 건 안 먹 어.」

"먹어."

온몸이 저릿저릿한 충격. 하지만 나는 물러서지 않았다.

"안 먹으면 스킬 끈다."

이것이 내 마지막 협박이었다.

어쨌든 [제4의 벽]은 스킬이고, 나는 언제든 마음만 독하게 먹으면 녀석을 꺼버릴 수 있었다.

그리고 몇몇 사건으로 미루어봤을 때, [제4의 벽]은 그걸 정말로 싫어했다. 그러니 이번에도…….

「할 수 있 으 면 해 보든 가.」

내가 그렇게 할 수 없을 거라고 확신하는 말투.

「날 꺼버 리 면 어차 피 저 여자 는 살 수 없 어.」

나는 입술을 깨물었다.

「그 리고 나를 끄 면 성좌 들이 네 정보 를 보게 될 거 야.」

[다수의 성좌가 당신에게 주목하고 있습니다!]

[일부 성좌가 당신이 가진 '벽'의 존재에 의구심을 품습니다.]

[제4의 벽]은 내가 정보 노출을 극도로 꺼린다는 사실을 잘 알고 있었다. 실제로 나는 [제4의 벽]을 제외하고는 쓸 만한 정신 방벽이 전무한 상태였다.

격이 높은 성좌가 벽이 사라진 찰나를 노려 들여다본다면 나는 벌거벗은 아기처럼 무력한 상태가 될지도 모른다.

나는 벽을 잠시 노려보다가 말했다.

"그럼 부순다."

「뭐?」

"벽 일부를 부숴서 강제로 먹게 하겠어."

본래 [제4의 벽]은 실체가 아니었다. 하지만 지금이라면 나는 '벽'을 두들길 수 있었다.

불끈 주먹을 쥔 채 눈앞의 벽을 향해 격을 발산했다.

둔중한 충격과 함께 병실 전체가 흔들렸다. 바깥에서 짧은 비명과 함께 일행들이 달려오는 소리가 들렸다.

나는 다시 주먹을 휘둘렀다.

콰아아아앙!

벽에는 여전히 흠집도 가지 않았다.

「소용 없 어 김독 자.」

"……."

「유 상아 를 살 리 는 건 지나친 개 연성 위반 이 야.」

나는 생각했다.

앞서 말했듯 [제4의 벽]은 실체가 아니다. 내가 구현한 '스킬'일 뿐.

그렇다면…….

ㅊㅊㅊㅊ츳!

나는 '벽' 한곳을 향해 시선을 집중했다. 병실 전체에 스파크가 범람하며, 병실 문을 열고 들어온 이지혜가 튕겨나가는 것이 보였다.

「*안 돼!*」

[제4의 벽]의 귀퉁이에 작은 금이 가고 있었다.

역시 내 생각이 맞았다.

지금까지는 스킬을 켜거나 끄는 것만 생각해왔다. 하지만 '스킬'이라는 것에도 적정한 중간 상태가 있을지 모른다.

말하자면, 스킬의 '일부'만을 끌 수 있다면 어떨까.

찌저저저적.

급속도로 갈라지는 벽과 함께 일순간 아주 작은 틈새가 발생했다.

무엇이든 삼켜버릴 수 있을 듯한 심연.

곧이어 틈새는 블랙홀처럼 주변 설화를 빨아들이기 시작했다. 유상아의 설화들이 작은 소용돌이를 이루며 순식간에 벽 너머로 빨려들어갔다.

「***멈 춰……!***」

엄청난 스파크가 전신에 직격했고, 나는 끔찍한 신음을 토했다.

병실 전체에 개연성의 후폭풍이 불고 있었다.

나를 향해 달려오는 일행들 목소리가 들렸고, 곧 시야가 하얗게 물들었다.

⌘ ⌘ ⌘

어둠 속에서 유상아는 정신을 차렸다. 눈을 뜨자 보이는 것은 새카만 어둠뿐. 한 점의 빛조차 허락하지 않는 그 무기질적인 정경 속에서, 유상아는 불현듯 뭔가 깨달았다.

난…… 죽은 건가?

마지막으로 보였던 풍경이 머릿속을 언뜻 스쳤다. 자신을 살리려는 김독자의 외침과, 개연성의 후폭풍. 그리고 어딘가로 빨려들어간 기억.

확신할 수 있는 것은 아무것도 없었다.

머리부터 발끝까지, 유상아는 자신의 감각을 점검했다. 눈, 입술, 혀, 귀, 손, 발, 무릎…… 감각이 느껴지는 곳이 단 한 군데도 없었다. 전신에 마비가 온 것처럼 감각은 그녀 안에서 완전히 소멸한 상태였다.

혹시 영혼만 남아버린 건가?

유상아는 침착하게 상황을 받아들이려 애썼다. 하루키 소설에서는 사람이 관념이 돼버리는 경우도 흔하니, 이건 충분히 있을 수 있는 일이었다. 죽은 사람이 영혼이 되는 것쯤이야…….

무섭네.

하지만 역시 어둠 속에 혼자 있는 건 무섭다. 게다가 감각이라는 게 전혀 느껴지지 않다니. 이래서야 자신이 존재하는지 아닌지조차 알 수 없는 상태가 아닌가.

유상아는 사고의 함정에 빠지지 않으려 애쓰며 철학의 오래된 명제를 떠올렸다.

「나는 생각한다. 고로 존재한다.」

르네 데카르트의 격언이었다. 이젠 너무 유명해서 그 말을 인용하는 것이 어쩐지 부끄러워진 격언.

하지만 지금 유상아에게는 그 격언이 희망이었다. 적어도 생각을 이어나가는 동안 '나는 존재하고 있는 것이다'. 하지만 얼마 지나지 않아 그 생각은 유상아를 무섭게 만들었다.

그럼 생각하지 않는 사람은 존재하지 않는 것인가.

이 어둠 속에서 생각마저 멈춰버리면.

그래서 유상아는 필사적으로 생각했다.

사라지지 않기 위해, 지워지지 않기 위해 필사적으로 지나간 일을 떠올렸다.

「"상아야."」

그러자 목소리가 떠올랐고, 이어서 얼굴이 떠올랐다. 익숙한 얼굴들이었다.

세계에 '시나리오'가 도래하기 전부터 함께한 그녀의 가족.

판사인 아버지, 의사인 오빠들. 부유한 가문에서 태어난 어머니.

「"남들 눈에 띄는 행동은 하지 마라."」

「"사람들은 네가 아니라 네가 가진 것들을 볼 거야."」

「"웬 4개 국어? 넌 귀여운 막내딸 노릇만 하면 되잖아."」

흘러가는 말들을 보며 유상아는 쓴웃음을 지었다.

정확히는 지었다고 생각했다.

「"게임 회사에 들어가겠다고? 게임 회사 사장이랑 결혼하겠다고 해도 말릴 판에."」

어쩌면 '시나리오'가 시작되기 전부터 그녀는 '시나리오'를 살고 있었다. 그렇게 칭하는 사람은 없었지만, 그녀에게는 그 것이 시나리오였다.

만약 도깨비가 그 시나리오에 이름을 붙였다면 〈독립 선언〉 정도가 되지 않았을까.

「"신입사원 유상아입니다."」

게임 회사에 들어가고 집에서 독립하면서 그녀의 삶은 조 금 변했다.

흥미로운 사람도 하나 만났다.

「"유상아 씨. 혹시 휴대폰 충전기 있습니까?"」

허여멀건 얼굴로 충전기를 빌려가던 사람.

「"7시에 중요한 약속이 있는데 배터리가 다 되어서요."」

그녀와 함께 신입 면접을 본, 회사의 모든 것에 비협조적이
던 인간.

「"회식은 참석하겠지만 7시엔 들어가야 합니다."」

할 말은 할 말대로 하면서도, 근무가 끝나면 제일 먼저 퇴근
하던 사람.

「"야유회 참여 안 합니다. 등산을 제일 싫어해서."」

남들 시선 따위는 존재하지도 않는다는 듯, 유령처럼 쏘다
니며 스마트폰만 들여다보던 사내.

「"유중혁 이 자식 또 죽겠네, 이거."」

그래서 그녀도 이상한 짓을 하나둘 해봤는지도 모른다.
부하 직원의 프로젝트를 빼앗아가는 상사를 골탕 먹이거나,

커피 심부름을 시키는 부장들 커피에 후추를 섞거나.

「"우엑! 뭐야! 커피 맛이 왜 이래!"」

훗날 '탕비실 사건'이라 이름 붙여진 미노 소프트의 역사적인 사건 또한 그렇게 탄생했다. 곱게 갈아둔 원두에 몇 번이고 후추를 쏟아부으며, 유상아는 알 수 없는 해방감을 느꼈다.

발칵 뒤집힌 회사. 심지어 감시 당번 직원이 있었는데도 잡히지 않은 범인.

「유상아는 지금도 기억한다.」

모두 퇴근한 회사.
탕비실 캐비닛 사이로 은은히 흘러나오던 스마트폰 불빛.

「그곳에 분명 김독자가 있었다.」

자신이 후추를 타든 소금을 타든, 그 불빛은 그저 그곳에 존재하며 그녀의 행동을 묵인했다. 마치 캐비닛 바깥의 일은 자기 소관이 아니라는 것처럼.

「어쩌면 그때 말을 걸어보아야 했던 것은 아닐까.」

당신은 왜 그 캐비닛 안에서 침묵해주었는지.

왜 내가 저지르는 일을 보고서도, '사람은 아무도 없었다'라고 말했는지.

어째서 탕비실로 가는 CCTV 방향을 돌려주었는지.

왜 당신은…… 항상 스마트폰을 보고 있을 때만 다양한 표정을 짓는지.

사위가 밝아지며 감각이 차츰 돌아오기 시작했다.

[강력한 존재의 '격'이 당신의 '설화'가 흐트러지는 것을 용납하지 않습니다.]

[정돈된 것을 좋아하는 누군가가 당신의 설화를 못마땅해합니다.]

어디선가 목소리가 들려왔다.

「(봐라, 역시 이건 '썸'이란 것이다.)」

「(아닙니다. 지구에 존재하는 거의 모든 영화를 섭렵한 제가 생각하기엔…….)」

「(결국은 모두 하나가 되기 위한 욕망 아닌가?)」

천천히 눈을 떴을 때, 유상아는 자신을 둘러싼 세 존재를 발견했다.

안경을 쓴 오징어 같은 생명체.

회백색 머리에 등이 굽은 노인.

그리고 성별을 알 수 없는 묘한 분위기를 풍기는 미인美人.

마지막 존재를 본 순간, 유상아는 화들짝 놀라며 깨어났다.

「(당신은……?)」

「(정신 차렸군, 신입 사서.)」

중성의 미인, 니르바나가 빙긋 웃었다.

유상아는 뭐가 뭔지 알 수 없었다.

왜 이 사람이 여기 있는 거지?

흠, 하고 그녀를 들여다보던 니르바나가 말했다.

「(설명하자면 길어. 곧 알게 될 거다. 넌 아주 운이 좋은 편이야. 겨우 그 정도 세월을 살고 이 '도서관'에 들어온 존재는 네가 처음이니까.)」

세 존재의 뒤쪽 허공에 활자 조합물이 넘실거리고 있었다.

[신입 사서 유상아를 환영합니다.]

유상아는 주변을 두리번거렸다.

어슴푸레한 칸델라 불빛이 곳곳의 어둠을 밝히고 있었다.

도서관…….

엄청나게 많은 책, 끝이 보이지 않는 서가. 이만한 크기의 도서관에 들어와본 것은 정말 오랜만이었다.

김독자의 말이 떠올랐다.

다시 살아나면 그녀가 읽던 작가들의 책 말고 다른 책도 읽을 의향이 있느냐고.

그것이 이런 의미였을까?

이곳이 어떤 곳인지는 모른다. 김독자가 어떤 원리로 그녀를 이곳에 보냈는지, 그녀에게 원하는 것이 무엇인지도 알지 못한다.

하지만 어떤 예감이 들었다.

지금 저 책들을 읽으면 그동안 궁금했던 수많은 의문을 해결할 수 있으리라는 예감.

「(읽을 건가?)」

「(네?)」

「(읽으면 후회하게 될 수도 있는데 말이지. 네가 감당하지 못할 진실일 수도 있으니까.)」

장서를 향해 다가가던 유상아의 손끝이 멈칫했다. 니르바나의 말 때문이 아니었다. 그녀가 잘 아는 사람이 어둠 속에서 모습을 드러냈기 때문이었다.

"그녀는 사서가 되지 않을 거야."

김독자가 그곳에 있었다.

⌘ ⌘ ⌘

「(독자 씨?)」

멍한 얼굴로 나를 바라보는 유상아를 마주한 순간, 깊은 안도가 밀려왔다.

성공했다. 어떻게든 유상아의 영혼을 보존하는 데 성공한 것이다.

아직 영혼체 곳곳이 손상되어 있기는 했지만 희미하게 흐르는 도서관의 힘이 그 영혼을 수복시키고 있었다.

나는 유상아에게 가볍게 고개를 숙이며 말했다.

"누추한 곳으로 모셔서 죄송합니다. 조금만 견뎌주세요. 제가 금방 꺼내드릴게요."

「(누추한 곳이라니? 어리석은 인간이 진리의 영성을 알지 못하는군.)」

"오랜만이다, 니르바나."

「(어떻게 이곳에 들어온 거지? '벽'이 허락지 않았을 텐데.)」

"꼼수를 찾았거든."

니르바나는 탐탁잖은 표정이었다.

「(무슨 생각인지는 모르겠지만 정말 좋지 않은 판단이었어. '벽'이 안 된다고 할 때는 이유가 있는 법이다.)」

"그렇겠지."

[제4의 벽]은 종전 일로 단단히 화가 났는지, 내게 말도 걸지 않고 있었다. 피부에 와 닿는 이 뾰족한 기류만으로도 녀석의 감정을 느낄 수 있었다.

하지만 지금은 그걸 신경 쓸 때가 아니었다.

「(저 녀석이 마음만 먹으면 사서 한둘쯤은 이야기의 먼지로 만들어버릴 수도 있어.)」

"말했잖아. 사서로 만들지 않을 거라고."

「(무슨 헛소리지? 여기에 들여보냈다면 당연히…….)」

"다시 밖으로 꺼낼 거야."

니르바나가 말도 안 되는 헛소리를 들었다는 듯 눈살을 찌푸렸다.

「(그걸 '벽'이 허락해줄 것 같냐? 그리고 설령 그게 가능하더라도 저 여자의 육신은 이미 죽었어. 육신이 죽은 이상 돌아갈 곳은 없다.)」

나는 말없이 니르바나를 바라보았다. 그러자 니르바나의 표정이 이상하게 변했다.

「(설마, 너…….)」

녀석도 이제 [제4의 벽]의 일부가 되었으니 내 생각을 읽은 것인지도 모른다.

부들부들 입술을 떨던 니르바나가 소리쳤다.

「(안 돼! 설령 '벽'이 허락하더라도, 그건 안 된다.)」

"니르바나."

니르바나는 알고 있을 것이다. 세상에는 수많은 종류의 '특성'이 있지만 '완벽한 불사의 특성'은 단둘뿐이라는 것을.

하나는 회귀자 유중혁, 그리고 다른 하나는…….

"네 배후성, '만다라의 수호자'는 지금 어디 있지?"

최초의 환생자.

이제 이 이야기의 세 번째 주인공을 만나러 갈 때가 왔다.

[PART 3- 03에서 계속]

Omniscient
Reader's
Viewpoint

전지적 독자 시점 PART 3-02

1판 1쇄 인쇄 2022년 11월 25일 **1판 1쇄 발행** 2023년 01월 03일
지은이 싱숑
펴낸이 고세규
편집 박정선, 박규민, 백경현 **디자인** 홍세연, 윤석진

발행처 김영사
주소 경기도 파주시 문발로 197(문발동) 우편번호10881
등록 1979년 5월 17일(제406-2003-036호)
주문 및 문의 전화 031)955-3200 **팩스** 031)955-3111
편집부 전화 02)3668-3291 **팩스** 02)745-4827 **전자우편** literature@gimmyoung.com
비채 카페 cafe.naver.com/vichebooks **인스타그램** @drviche **카카오톡** @비채책
트위터 @vichebook **페이스북** www.facebook.com/vichebook
ISBN 978-89-349-6743-9 04810 책값은 뒤표지에 있습니다.

비채는 김영사의 문학 브랜드입니다.